KB262494

진격 新무협 판타지 소설

흡정마공

吸精魔功

FANTASTIC ORIENTAL HEROES

흡정마공 6

진격 新무협 판타지 소설

초판 1쇄 찍은 날 § 2007년 12월 27일
초판 1쇄 펴낸 날 § 2008년 1월 8일

지은이 § 진격
펴낸이 § 서경석

편집장 § 문혜영
편집책임 § 이재권
편집 § 유경화 · 심재영

펴낸곳 § 도서출판 청어람
등록번호 § 제1081-1-89호
등록일자 § 1999. 5. 31
어람번호 § 제2-1386호

주소 § 경기도 부천시 원미구 심곡1동 350-1 남성B/D 3F (우) 420-011
전화 § 032-656-4452 팩스 § 032-656-4453
http://www.chungeoram.com
E-mail § eoram99@chollian.net

ⓒ 진격, 2007

ISBN 978-89-251-1109-4 04810
ISBN 978-89-251-0545-1 (세트)

[완결]

6

흡혈정마공

[전설의 끝]

吸精魔功

진격 新무협 판타지 소설

FANTASTIC ORIENTAL HEROES

도서출판 청어람

흡정마공

목차

第一章
집요한 살수

쐐애애액!

무섭게 고경천을 향해 날아오는 한 자루의 검. 그 끝엔 방갓을 벗어 얼굴을 드러낸 무정이 서 있었다.

그녀의 아름다운 얼굴은 딱딱하게 굳어 있었다. 고도의 집중력을 사용하는지 미간까지 심하게 찌푸려져 있었다.

휘리릭.

검은 일직선으로 날아오다 갑자기 그 자리에서 맹렬한 회전을 보였다. 그리고 먼저 날아온 검과 함께 고경천을 공격했다.

휘리릭.

쉬아아악.

각기 앞뒤로 갈라선 검이 한 자루는 상체를 한 자루는 하체

를 노렸다.

고경천은 순간 날아오는 검을 잡아채려 손을 뻗었다. 쳐내거나 부서뜨릴 수 없다면 잡는 것이 상책이다. 그로 인해 손이 상할 수도 있지만, 고경천은 지금까지 한 번도 깨지지 않은 홍강수(虹罡手)를 믿었다.

두 줄기 무지개가 어둠뿐인 허공에 화려한 궤적을 남겼다.

지척까지 다다른 검은 곧이라도 고경천의 손에 잡힐 듯했다.

"정(靜)!"

그 순간 무정의 차가운 호통성이 왕건묘를 울렸다.

두 자루 검은 말 잘 듣는 아이처럼 갑자기 허공에 멈춰 섰다.

"아니!"

오히려 보고 있던 광한이 놀라 한마디 했다. 고경천의 느닷없는 한 수도 놀라운데, 빠르게 움직이는 검을 순간적으로 정지시켰다.

"행(行)!"

무정의 입이 다시 열리고, 멈춰 있던 검이 지금하고 비교할 수 없는 속도로 덤벼들었다. 그것도 본래 노리던 부위가 아닌, 상체를 노린 검은 하체로 하체를 노린 검은 상체를 노렸다.

고경천도 이번만은 그대로 당할 수밖에 없었다. 뻗은 손을 다시 거둬들여 검을 막기에는 아무리 뛰어난 고수라도 무리였다.

찌익.

푹!

옷자락이 찢어지고, 날카로운 물체가 살을 관통하는 소리가 들렸다.

그러나 그게 다였다. 두 개의 검은 고경천의 살갗을 조금 상처만 내놓았을 뿐, 그 이상의 것은 해주지 못했다. 정확히 말하면 고경천의 손에 잡혀 더 이상 움직이지 않았다.

"……."

"무… 무량수불."

무정은 말을 잃고, 쉽게 흔들리지 않던 광한마저 평정심을 잃었다. 둘은 도저히 믿을 수 없단 눈으로 고경천을 바라보았다.

'위험했다.'

고경천은 등과 허벅지에 이는 고통 속에서도 오히려 안도를 느꼈다. 조금만 늦었어도 그는 외다리에 등판에 커다란 구멍을 갖게 되었을 것이다. 장기전을 계획하며 양의분심신공을 펼친 덕분에 순간적인 변화에도 몸을 움직일 수 있었다.

채캉!

고경천이 손에 잡힌 두 자루의 검을 부러뜨렸다. 잠시 흐트러졌던 자세를 추스르며 놀라 정신을 차리지 못한 두 사람을 바라보았다.

"이젠 내 차례군."

파칭.

고경천은 남은 검 조각을 아예 가루로 만들이 버렸다. 그리고 지금껏 제대로 사용치 못한 내공을 끌어올렸다. 다양한 내공들이 혈맥을 통해 양손으로 모여들었다. 그중 시각적으로 가장 눈에 띄는 벽뢰진기가 어둠을 밀어내려 뇌전을 피워 올렸다.

파지지직.

그 뒤를 따라 모든 내공의 기본이라 할 수 있는 현음빙기와 그와 짝을 이룬 천년화리의 기운이 각각 흑색과 백색을 손에 덧씌웠다. 그다음은 성질이 각기 다른 기운들이 각자의 색을 자랑하며 종국엔 고경천의 손을 일곱 빛깔을 자랑하는 칠채색으로 물들였다.

"흡."

짧은 호흡과 함께 고경천은 양손을 쳐들어 각각의 손에 왕건묘를 대낮처럼 밝히는 두 개의 초승달을 만들었다.

"나… 나무관세음."

무정의 입에서 처음으로 당황한 불호가 새어 나왔다.

"옵니다. 준비하십시오."

광한은 예전 고경천의 엄청난 공격을 본지라 무정처럼 완전히 기가 질리진 않았다. 그는 빠르게 송문고검을 검집에서 뽑아내며 그동안 순양무극공(純陽無極功)으로 쌓아온 진기를 검신에 불어넣었다.

광한의 검이 화로의 뜨거운 불꽃처럼 푸르게 달아오르며 그의 손에서 면밀히 이어지는 태극혜검의 원의 물결이 일었다.

무정도 광한의 움직임에 정신을 차리고 아랫입술을 깨물었다. 그리고 이제 두 자루뿐인 검에 그녀의 의지를 불어넣으며 크게 기합을 외쳤다.

"출(出)! 회(回)!"

채캉!

휘리리릭.

허공으로 솟아오른 두 자루의 검이 검집을 벗어남과 동시에 허공에서 빠르게 회전을 하기 시작했다. 그리고 검에 의지뿐이 아닌 그녀의 기도 담아지는지 점점 검이 우윳빛으로 물들어갔다.

"탄(彈)!"

궁을 떠나는 화살처럼 무정의 검이 만년한철도 구멍 뚫을 기세로 고경천을 향해 쏘아져 갔다.

"홍월강(虹月罡)!"

고경천도 기합을 터뜨렸다. 그와 동시에 양손을 땅으로 거세게 떨어뜨리자 무지갯빛으로 물든 두 개의 초승달이 각각 무정과 광한을 향해 날아갔다.

슈아아앙!

광한은 빠르게 다가오는 홍월강을 보며 힘줄이 튀어나올 정도로 강하게 검을 잡았다.

"원원무량(圓圓無量)!"

구름처럼 피어나는 원의 물결.

원은 커졌다 싶으면 천지를 담고, 작아졌다 싶으면 언제 원을 그렸는가 싶을 정도로 작은 점만 남겼다. 그러나 원들은 계속해서 크기와 위치를 바꿔가며 점점 거대한 구름 일 듯 그의 주변을 뒤덮었다.

그리고 시작되는 인력.

후오오.

원이 지나간 자리는 공기가 사라진 진공 상태가 되어 주변의 모든 것을 하나둘 끌어당겼다. 급기야는 거센 회전력으로 주변의 모든 것을 분쇄하는 폭풍이 되어 거대한 홍월강까지 빨아들였다.

그러나 둘의 충돌은 조용했다. 본시 무당의 무학이 강보다는 유에 치중한 탓인지 거대한 힘으로 홍월강을 받아들였어도 아무 소리도 나지 않았다.

오히려 달을 향해 쏘아 보낸 두 개의 우윳빛 화살이 거대한 폭발음을 만들었다.

콰광! 쾅!

*   *   *

“방금 놈이 성도로 스며들었다는 최종 보고를 받았소. 예상대로 놈들의 공세는 사람을 빼돌리기 위한 성동격서였소.”

“수고하셨소.”

옥정곽은 개방 방주의 말에 묵묵히 고개를 끄덕였다.

“정말 놀라울 뿐이오. 옥 대협의 귀신같은 예측이 아니었다면, 설마 장독을 뚫고 남쪽의 민강으로 합류하는 협수로를 이용할 줄 그 누가 알았겠소? 그래서 그쪽에는 특별히 사람도 세우지 않았거늘……."

"그거야말로 너무 뛰어난 상대는 적에게 필요없는 근심까지 불어넣는다는 말과 같소. 만일 아미에서 보여준 엄청난 능력이 아니었다면, 나조차 그렇게까지 생각지 못했을 것이오. 그런데 적은 우리가 벌인 유인책에 당황한 듯 맹렬히 공세를 펼치면서도 오히려 다른 쪽을 살폈소. 아니었다면, 모를까? 이로써 나는 그들이 행하는 일에 더 많은 고민을 해야 할 것 같소."

옥정곽은 머리가 아프다는 말을 하면서도 표정엔 흡족함이 서렸다. 이로써 적들은 최고고수 둘 모두를 외부로 보내 버린 것이다.

"지금이야말로 우리가 움직일 때요. 성도에서 청성으로 오는 길을 막음과 동시에, 최고고수가 없는 틈을 타 거세게 그들을 몰아쳐야 하외다."

이 한마디에 아미 장문인 자청이 제일 반가운 표정을 지었다.

다른 장문인들도 참아온 시간이 있어선지 얼굴에 생기가 돌기 시작했다. 이로써 무당산의 치욕을 덞과 동시에 천하가 골치 아파하는 북신마교를 다른 이도 아닌 육파일방의 힘으로 뽑아낼 수 있게 되었다. 그럼 천하는 다시 한 번 육파일방의 능력에 대해 놀랄 것이며, 그 후 이 기세로 옛 영광을 도모할 수도 있었다.

"그럼 성도에서 청성산으로 향하는 길은 화산파에서 맡아주시고, 나머지 분들은 나와 함께 직접 북신마교의 본산을 쳐들어갑시다. 그리고 개방 방주께서 우리의 동향을 슬쩍 공동쪽으로 흘려주시오."

"알겠소."

"옥 대협의 명을 따르리라."

"허허허. 이제야말로 놈들에게 제대로 된 맛을 보여줄 수 있게 되었소."

"육파일방의 영광을 되찾는 일이 얼마 남지 않았다는 말 아니겠소?"

육파일방의 장문인들은 저마다 한소리를 했다. 벌써부터 그들은 이번 일 이후에 갖게 될 영광에 빠졌다.

그러나 옥정곽의 내심은 그들과 달랐다. 뭐니 뭐니 해도 가장 큰 공은 적의 수장을 치는 일이다. 그 일의 끝엔 육파일방이 아닌 오직 한 사람의 이름만 남을 것이다.

그래선지 옥정곽과 태허는 눈을 마주치며 각자 흡족한 미소를 지었다.

*   *   *

먼지구름이 하나둘 사그라지자 반달 아래 장내의 모습이 다시금 드러났다.

광한은 손에 든 송문고검으로 땅을 짚고 거친 숨을 몰아쉬고 있었다.

그에 비해 무정은 엉망진창이었다. 얼굴을 가린 방갓은 어디로 갔는지 찾을 수 없고, 단정히 틀어놓은 머리가 이리저리 얼굴과 어깨를 덮었다.

“쿨럭. 윽.”

한쪽 무릎을 꿇고 앉은 그녀가 울컥 선혈을 토해내 승포를 적셨다. 생각보다 내상이 심한지, 그녀의 신형이 무너질 듯 휘청거렸다.

셋은 그 자세로 쉽게 움직이지 못했다.

그러나 승리를 위해선 누구보다 고경천이 먼저 움직여야 했다.

고경천은 양의분심신공을 이용해 본래 갖고 있던 진기들을 회복시켜 갔다. 하지만 예상대로 자신의 내공의 본바탕이 되는 두 가지 진기만 반응했다. 다른 때라면 몰라도 지금 이 자리에선 별로 좋은 징조는 아니었다.

상대는 누가 뭐래도 육대절학을 각각 하나씩 익힌 절세기재들. 이 순간만큼은 흡정마공의 작은 문제가 치명적으로 작용했다.

본래 흡정마공엔 무시할 정도의 문제가 하나 있었다.

바로 지금처럼 내공을 한꺼번에 토해놓고 나면 다시 복귀되는 데 시간이 걸린다는 점. 무슨 이유인지 고경천이 흡정마공을 익히기 전에 얻은 기운들은 운기행공을 통해 모을 수 있는

데, 후에 흡정마공을 통해 얻은 내공들은 운기행공을 통해 모이지 않았다. 흡정마기가 그 기운들을 기억했다 스스로 채우는 듯 시간이 흘러야 제자리를 찾았다.

그래서 지금도 고경천이 양의분심신공으로 빠르게 모으는 내공도 본래 있던 천년미인삼과 천년화리를 통해 얻은 내공이 전부였다. 이 정도도 일반 무림인에겐 엄청난 양이지만, 그가 방금 보여준 것처럼 압도적인 힘으로 상대를 질리게 할 순 없었다.

"신니께서는 일단 내상부터 다스리십시오. 그동안 빈도가 시간을 끌 테니, 치료가 끝나면 그때 저를 엄호해 주십시오."

그러나 무정은 대답을 하지 않고 광한만 말없이 바라보았다. 그 눈엔 아직 싸울 수 있단 의지가 강하게 피어났다.

"방금 전의 격돌로 느꼈겠지만, 육대절학 중 수비와 공격의 최강이란 무학의 합공으로도 상대를 어떻게 할 수 없었습니다. 그런데 이 중 한 사람이라도 불능이 되면, 더 이상 우리는 대항할 수단이 사라집니다. 그러니 지금은 일단 내상을 다스리는 데 최선을 다하십시오. 제가 어느 정도 시간을 벌 수 있을지 알 수 없지만, 최대한 시간을 끌어보겠습니다."

광한은 무정의 대답을 기다리지 않고 고경천을 향해 몸을 날렸다. 육신을 이루는 근육과 뼈들이 힘에 겨운 비명을 질렀지만, 이을 악물고 버텨내며 원의 물결을 다시 일으켰다.

이번의 원은 얼마 전과는 달랐다. 눈을 어지럽힐 정도로 현란하지 않지만, 오히려 그 움직임은 날카롭고 빨랐다. 수비 일변도에서 공세로 전환한 것처럼 순식간에 고경천의 사방을 뒤덮었다.

'시간을 안 주는군.'

고경천은 양의분심신공으로 운기하던 것을 멈추고, 아직 완전히 채워지지 않은 두 가지 기운을 따로따로 운용했다. 그전의 한꺼번에 운용하던 것과 달리 오른손엔 현음빙기를, 왼손엔 백염화기를 일으켜 광한을 맞아들였다.

이 순간 그의 몸은 두 개의 영혼이 들어선 듯, 등 뒤를 노리는 원의 공격을 그저 한 손만 움직여 막아냈다.

파캉! 카강!

광한은 충돌 때마다 느껴지는 손아귀의 얼얼함에 입술을 깨물었다. 그럴수록 더욱 초식을 현란하게 바꿔가며 검이 고경천의 강수와 부딪치지 않게 노력했다. 운형(雲形)과 풍의(風意)를 담은 무당무학답게 일어날 때는 순식간에 천지를 뒤덮고 물러날 때는 머뭇거림을 남기지 않았다.

고경천은 광한의 공격에 진땀을 흘렸다. 힘과 힘의 대결이 편했지. 초식 면에 있어서는 오랜 전통을 갖고 뛰어난 사부 밑에서 가르침을 받은 광한 쪽이 훨씬 뛰어났다. 어느 정도 그동안 익힌 임기응변으로 버티고 있지만 시간이 흐를수록 골머리가 아팠다. 만일 양의분심신공으로 마음을 두 개로 나누지 않았다면, 정말 초식 앞에 낭패를 당해도 단단히 당했을 것이다.

하지만 시간이 흐를수록 힘이 부친 자는 오히려 고경천보다 광한이었다. 애초에 수비 위주인 태극혜검을 공격으로 사용하자 무리한 내공 운용으로 부작용이 드러났다.

고경천은 힘에 겨워하는 광한을 보며 슬며시 두 가지 기운을 따로 운용하던 방식을 버렸다. 나눠진 마음 중 하나는 운기행공으로 돌리고, 나머지 하나로 광한의 검을 맞서갔다.

칙. 찌익.

처음보다 위태롭게 변해 버린 고경천의 상태지만, 그래도 치명상은 피해가며 광한의 검을 막아갔다. 이럴 때는 예전 후유증으로 질겨진 피부가 도움을 주었다.

그렇게 일각여가 지났을까? 광한이나 고경천 모두 지치고 상처 입어 누구 하나 먼저 쓰러져도 이상하지 않을 때였다.

광한이 회심의 한 수로 비틀거리는 고경천의 오른쪽 다리를 사선으로 쓸어왔다. 이미 다친 다리에 깊은 검상 하나만 더 주어도 이길 수 있다 여겨선지, 광한의 검이 원이 아닌 점과 점을 빠르게 잇는 직선을 그렸다.

쐐애애액!

그 순간, 고경천의 두 눈이 빛나며 오른손을 검이 떨어지는 사이로 밀어 넣었다.

태앵!

검이 반탄력에 위로 떠오르며 광한은 자기도 모르게 오른쪽 가슴의 공간을 열어줘야 했다.

고경천은 그 틈을 놓치지 않고, 검게 물든 왼 주먹을 빈 공간으로 찔러 넣었다.

퍽!

뚜둑!

"크윽!"

광한이 억눌린 비명을 토해내며 검을 놓친 채 빠르게 뒤쪽으로 날아갔다.

"출!"

그와 동시에 무정의 입에서 한소리 기합성이 터졌다. 내상을 다스린 그녀가 다시 한 번 진절머리나는 이기어검을 시전한 것이다.

고경천은 매섭게 자신을 향해 날아오는 검을 바라보며 그대로 앞으로 달려들었다. 언제라도 방향을 틀어 자신의 배후를 노릴 수 있었지만, 고경천은 그걸 무시하고 그대로 광한을 쫓았다.

검은 고경천의 그런 무모한 행동을 비웃듯, 재빠르게 방향을 틀어 텅텅 빈 고경천의 등을 노렸다.

그러나 그보다 먼저 고경천이 광한을 낚아채 자신의 등 뒤로 돌렸다.

마치 검이 놀란 듯, 그대로 허공에 멈춰 섰다.

"윽. 쿨럭!"

무정의 비명이 터졌다. 억지로 시도한 공격에 다시 한 번 신혈을 쏟았다.

그러나 그녀는 다시 도진 내상보다 눈앞의 현실에 절망을 느꼈다.

고경천은 방패로 삼은 광한을 내팽개치고, 지금까지 참은

분노를 토해내듯 광한의 대결 동안 모아놓은 내공을 양손에
가득 담았다.

"가라!"

기합성과 함께 각각 흑색과 백색을 띤 초승달이 고경천의
양손을 떠났다.

"졌소. 그러니 멈추시오!"

광한이 안타깝게 소리쳤다.

그러나 이미 손을 떠난 두 개의 초승달은 포기한 듯 눈을 감
은 무정을 덮쳐 갔다.

"장문인, 어미 유정이 쌓은 이십 년 전의 업을 풀지 못하는
못난 제자를 용서하십시오."

유언과 같은 작은 속삭임.

하지만 한 사람에겐 유언처럼 들리지도, 작은 속삭임처럼
들리지도 않았다.

'유정?!'

보타문… 유정… 이십 년 전의 업… 그리고 어미…….

타앗!

고경천은 망설임없이 그녀를 향해 몸을 날렸다.

"빌어먹을!"

설마 이런 자리에서, 또 이런 상황으로 사부가 부탁한 하나
뿐인 친인을 만날 줄은 몰랐다. 설마 무정이란 이름이 정이 많
단 어미인 유정과 반대되는 이름일 줄은 정녕 꿈에서도 생각
지 못했다. 더욱이 그녀가 지금까지 만난 무공 중에 최악인 이

기어검을 익혔을 줄은 몰랐다.

슈아아앙.

그사이 두 개의 강기는 한 치의 흔들림 없이 무정을 덮쳐 갔다.

고경천은 바보처럼 다른 방법은 생각지 못하고, 몸으로 그녀를 밀쳐 내듯 막아섰다.

콰가가강!

뒤를 이어 두 개의 강기가 둘을 덮쳤다.

“······.”

광한은 순간적으로 말을 잃었다. 왜 죽일 듯이 덤벼들던 고경천이 무정의 앞을 막아서는가?

그러나 장내는 충돌 여파로 일어난 흙먼지에 가려 제대로 파악되지 않았다.

그렇게 침묵 속에 시간이 흐르고 드러난 모습은 한쪽에 튕겨가 멍한 눈빛을 던지는 무정과, 그 앞에서 무릎을 꿇고 두 팔을 축 늘어뜨린 고경천의 모습뿐이었다.

그리고 그때,

“안 돼!”

갑작스레 상내에 한 사람이 뛰어들며 놀란 미넝을 터뜨렸다. 그 사람은 나타나기 무섭게 무릎 꿇은 고경천을 향해 달려들었다.

당아영은 고경천 앞에 서서 아무 말도 하지 못했다.

고경천의 소매는 어디론가 날아가 보이지 않고, 드러난 팔뚝은 갈라진 논 짝처럼 붉은 줄이 쫙쫙 가 있었다.

"고… 고 공자."

참을 수 없는 격동이 당아영의 말에 묻어났다.

그러나 고경천은 그 소리가 들리지 않는지 여전히 고개를 숙인 채 움직일 줄을 몰랐다.

"고 공자!"

당아영이 고경천을 안아 일으켰다.

눈을 감고 있는 고경천은 호흡이 거친 것이 기식이 엄엄해 보였다.

"고 공자!"

다시 한 번 크게 소리친 그녀가 소맷자락을 떨쳤다.

푸욱.

어울리지 않는 이질적인 음향이 장내를 울렸다.

소맷자락을 빠져나온 당아영의 손이 고경천의 단전에 닿아 있었다. 그리고 그 손끝에 한 자루의 단검이 자루만 남기고, 깊숙이 박혀 있었다.

떠지지 않을 것 같던 고경천의 눈이 이 순간 찢어질 듯 크게 떠졌다.

고경천은 본능적으로 고통을 주는 자의 얼굴을 바라보았다.

그러나,

"왜… 왜……."

얼굴을 확인한 고경천이 왜만 연발했다. 그나마 그 소리도 곧이어진 믿을 수 없는 현실에 사라졌다.

당아영의 눈꼬리와 입꼬리가 조금씩 위로 올라갔다. 그리고 언제 그랬냐 싶을 정도로 몽롱한 안개에 휩싸이더니 종국엔 다른 사람의 얼굴로 바뀌어졌다.

"너… 너… 너!"

고경천은 너무 익숙한 얼굴에 다른 말을 하지 못했다.

"왜? 너무 반가워서 그러세요?"

손사향이 생글생글 웃고 있었다.

"크윽!"

고경천은 충격과 단전이 꿰뚫린 고통에 비명을 토해냈다. 더욱이 집을 잃은 내공들이 안개처럼 스러지는 느낌은 도저히 참을 수 없었다.

"내가 분명히 말했죠. 반드시 당신의 목을 내 것으로 만들겠다고. 적주는 지금까지 거미줄에 걸린 먹이를 한 번도 놓친 적이 없어요. 호호호."

손사향의 웃음소리가 밤하늘 저 높은 곳까지 울려 퍼졌다.

갑자기 주역에서 조역으로 전락한 두 사람만 혼이 나간 표정을 짓고 있었다.

"이 무슨……."

그나마 정신 상태가 나은 광한이 놀란 한마디를 토해냈다.

"크윽. 큭!"

웃을 때마다 몸을 흔드는 손사향으로 인해 고경천은 더한 고통을 맛보았다. 단전을 헤집는 단검의 고통이 점점 그의 의지를 흐리게 만들었다. 그 덕에 고경천의 의지를 따르는 흡정마기가 요동쳤다.

꿈틀.

견디지 못한 고경천의 혈맥들이 미친 듯 들끓었다.

"그렇게 고통스러워요? 설마 이 정도까지 참을성이 없는 사람일 줄은 몰랐는데……."

우둑. 두둑.

"크억!"

혈맥이 끝이 아니라 관절들까지 조금씩 고경천의 의지를 배신했다. 그동안은 가장 든든한 방패가 되어준 흡정마기가 주인의 위기를 느끼자마자 매정하게 돌아섰다. 그래서 고경천이 처음 흡정마기를 받아들였을 때처럼 온몸을 들쑤시고 다녔다.

상황이 이렇게까지 변하니, 손사향마저 더 이상 놀리고만 있을 수 없었다. 그녀의 상식선에서 단전이 깨졌다고 이 정도의 증상을 보인다는 이야기는 듣지 못했다. 그래서 본능이 전하는 경고에 단검을 놓고 물러나려 했다.

꽉!

그러나 그보다 먼저 고경천의 족쇄 같은 손이 그녀의 팔목을 잡았다. 더욱이 나머지 손은 사랑하는 여인을 껴안듯 그녀의 등을 강하게 옥죄었다.

"자… 잠깐만요. 설마 이제 와서 저에게 사랑을 느껴 이런 짓을 벌이는 것은… 윽!"

우둑.

너무 강렬히 껴안는 힘에 손사향은 뒷말을 잇지 못했다. 그녀는 점점 전신을 강하게 울리는 고통에 얼굴 표정마저 바꿨다.

"놔, 이 자식아! 놓으란 말이야!"

손사향은 그나마 자유로운 손으로 고경천의 가슴을 강하게 밀쳤다.

펑!

그러나 고경천은 꿈쩍도 하지 않았다.

"크아아아악!"

오히려 비명을 더 크게 지르면서도 손사향을 더 세게 안았다.

"이게 뭐야!"

손사향의 눈이 휘둥그레졌다. 갑자기 고경천의 얼굴에 거미줄처럼 검은 선이 생기더니, 무언가 이질적인 기운이 잡힌 팔을 통해 미친 듯이 파고들었다.

"아악!"

그녀의 비명이 고경천의 비명에 더해졌다.

둘은 듣는 사람의 등골을 서늘케 할 비명을 내지르며 왕건묘를 정말 귀역처럼 만들어 버렸다.

"무량수불."

"나무관세음."

광한과 무정은 몸도 추스를 생각을 못하고 두려운 광경에 각자에 맞는 불호만 내뱉었다.

시간이 지나자 남녀가 한데 어우러진 비명이 결국 두 개로 나뉘어 한쪽은 낮아지고 한쪽은 높아졌다.

낮아지는 쪽은 고경천, 높아지는 쪽은 손사향이었다.

특히 손사향은 비명과 더불어 육신이 거의 붕괴되어 가듯 제멋대로 요동쳤다. 관절과 근육이 뒤틀어진 그녀는 본래의 아름다움을 잊고, 추함의 극을 보여줬다.

그리고 그런 비명조차 결국엔 다 사라졌다. 둘 다 숨이 끊어진 듯 고경천과 손사향은 마치 사이좋은 연인들처럼 꼭 끌어안은 상태로 침묵에 빠졌다.

갑작스런 침묵은 또 다른 공포로 왕건묘를 뒤덮었다.

덩그러니 둘만 남은 광한과 무정은 각자의 얼굴을 바라볼 뿐, 누가 먼저 입을 열지 않았다. 그나마 남자인 광한이 사태 파악이 빨라 먼저 정신을 추스르고, 상처 입은 몸을 이끌고 자리에서 일어나 무정에게 다가갔다.

무정은 광한이 다가올 때까지 멍하니 고경천 쪽만 바라보고 있었다.

그녀와 생사를 가르며 싸우던 상대가 마지막에 왜 그녀를 구해주는가? 도대체 무슨 이유로 생면부지인 그녀를 구한단 말인가?

"신니, 괜찮으십니까?"

광한의 부름에 무정의 멍한 시선이 그제야 다른 쪽으로 향했다.

"많이 다치셨습니까?"

걱정스레 다시 묻는 광한의 음성에 무정이 정신을 차리고 대답했다.

"괜찮소. 내상이 가볍지는 않지만, 정양을 취하면 충분히 나을 수준이오. 그보다 광한 도장께선 이 상황을 어떻게 보시오?"

"저도 어떻게 된 상황인지 조금도 짐작지 못하겠습니다. 그저 저 여인의 등장과 더불어 모든 것이 정신없이 돌아가… 그보다 아직까지 움직임이 없는 걸 보면 두 사람은 양패구상이라도 한 것 같습니다."

"양패구상이라니… 우리 둘도 어쩌지 못한 저자가 겨우 저 여인의 공격에 양패구상했단 말이오?"

"빈도도 정확한 상황이 짐작 안 되지만, 아마 저자는 신니를 막으려다 자신의 공격에 치명상을 입은 듯합니다. 그런 상태에서 여인의 갑작스런 공격을 당했……."

"아니! 광한 도장도 보시지 않았소? 분명 여시주와 저자는 아는 사이요. 그런데 왜 암습을……."

"음……."

광한은 알 수 없었다. 당사자가 아니면 알 수 없는 일이 태반인데, 더더군다나 그 일이 남녀 사이의 일이라면? 그저 무거운 신음으로 모든 걸 대신했다.

그런데 일순.

광한의 표정이 무겁게 굳어졌다. 그건 무정도 다르지 않아 두 사람의 시선이 왕건묘로 들어오는 정문을 향했다.

아직 시야에 들어오진 않았지만, 무인 특유의 감각을 자극하는 느낌. 무언가가 다가오고 있었다.

"아무래도 같은 편은 아닌 것 같습니다."

무정도 광한의 말에 고개를 끄덕였다. 그녀는 입가의 피를 승포로 닦아내고 힘겹지만 신형을 일으켰다.

그리고 그때.

검은 안개 같은 것이 왕건묘의 담장을 넘었다.

"삼, 사, 오조는 목격자를 처단하고, 나머지 일, 이조와 육조 조장은 나를 따른다."

아무도 없는 공간에 퍼지는 거친 음성.

대답도 없었다. 명이 떨어지기 무섭게 검은 안개가 사방으로 퍼졌다. 일순 퍼져 나간 검은 안개는 어둠 속으로 스러지고, 그 안에서 검은 복면과 야행복을 걸친 자들이 광채를 숨긴 무기를 들고 무작정 덤벼들었다.

"일단 제가 막아보겠으니, 신니는 한시 빨리 이곳을 벗어나십시오."

광한은 함께 도망치는 것은 포기했다. 달려드는 무리 개개인이 내뿜는 기세가 생각보다 강했다. 한번만 막아서면 충분히 무정이 몸을 뺄 수 있다 여겨 그는 원의 물결을 넓게 펼치며 달려드는 자들을 막아섰다.

"한 놈도 놓쳐선 안 된다!"

복면인들 중 누군가 외치자 광한과 무정을 향해 달려드는 열여덟 명의 무리 중 여덟 명이 무정의 퇴로를 봉쇄할 듯 달려가며, 어떤 자는 직접 무정을 덮쳤다.

무정은 달려드는 무리를 바라보며 아까 경황 중에 손에 잡은 검에 힘을 주며 아랫입술을 깨물었다.

"미안하오. 난 이유를 들어야겠소."

무정은 그 한마디를 남기며 포위망이 펼쳐지지 않은 고경천과 손사향이 껴안고 서 있는 곳으로 몸을 날렸다.

그쪽은 이미 열세 명의 인물들이 넓게 포위를 하며 중앙을 향해 달려들고 있었다.

무정은 그 모습을 보는 순간 망설이지 않고 손에 있는 검을 그들을 향해 던졌다.

지이이잉.

검신이 요란하게 떨리는 소리와 함께 무정의 손을 떠난 검이 물결을 거스르는 연어처럼 힘찬 몸부림을 보이며 복면인들을 덮쳤다.

그러나 그들은 이미 합격에 오랜 시간 손을 맞춘 사이답게 몇 사람만 몸을 틀어 무정의 검을 막아갔다.

"흥!"

무정은 그들의 몸짓에 싸늘한 코웃음을 날리며 검을 조종했다.

정면으로 향하던 검이 갑자기 바닥으로 뚝 써시니 복면인들이 검을 찾으려 시선을 아래로 향한 순간, 무정의 의지를 받은 검은 그대로 위로 솟구쳤다.

찌이익.

“어!”

비명보다 놀람에 가까운 한소리 후, 복면인 한 사람이 사타구니부터 머리끝까지 반으로 갈라진 채 뒤로 넘어갔다.

“서… 설마 이기어검?”

곁에 있던 자가 믿을 수 없다는 듯 한소리를 내뱉었다.

그의 말대로 허공을 뚫을 것 같던 검은 그대로 방향을 틀어 입을 연 자의 머리부터 사타구니까지 반대로 반으로 갈라놓았다.

“……”

공격하던 자들이 얼이 빠져 그대로 굳었다.

그리고 그 기세를 놓치지 않으려던 무정은 나머지를 베려 했으나,

“큭!”

무정이 선혈을 내뿜으며 그대로 무릎을 꿇었다.

탱.

허공에 있던 검이 바닥으로 떨어지며 그때야 복면인들이 정신을 차리고 다시 공격에 들어왔다. 이번엔 고경천을 공격하던 무리 외에 그녀를 쫓으려던 자들까지 무정을 덮쳐 왔다.

“신니!”

광한은 다른 자들에게 잡혀 몸을 뺄 수 없자 안타깝게 소리만 질렀다.

그리고 그 순간 본래 고경천과 손사향을 공격하려던 복면인들도 각자의 무기를 높이 쳐들었다.

第二章

　고경천은 죽음과 삶의 경계를 넘나들고 있었다. 숙주의 몸이 엉망이 되는 순간, 흡정마기는 그를 버리고 손사향의 몸속으로 파고들었다. 그렇게 흡정마기는 과거 고경천이 흡정마기를 받아들였을 때처럼, 손사향의 몸을 돌아다니며 자기가 지내기 좋은 공간으로 만들려 했다.

　그러나 아쉽게도 새로운 숙주인 손사향은 고경천처럼 정신력이 강하지 못했다. 애초에 흡정마기의 정체를 모르는 그녀로선 내공이 사라지는 느낌에 공포에 물든 것이다.

　흡정마기는 새로운 숙주가 숨이 끊기자 다시 새로운 숙주를 찾았다. 그러다 전에 있던 숙주가 아직 숨이 끊어지지 않았다는 걸 알고 본래의 자리로 돌아가려 했다.

그리고 일은 그때 벌어졌다.

흡정마기가 다 돌아가지 않은 상태로 새로운 숙주로 여겼던 몸이 손상되었다. 마치 그릇이 떨어져 산산조각이 나는 것처럼 숙주의 몸이 갈기갈기 찢어졌다. 그렇게 되니 아직 자리를 다 차지하지 못한 흡정마기가 검은 혼령처럼 그 모습을 드러냈다. 하나 그건 나타나기 무섭게 고경천의 몸속으로 빠르게 몸을 숨겨 그 모습을 본 자는 없었다.

대신 흡정마기가 이로 인해 위험을 느끼게 되었다. 본래도 숙주를 찾으면 의지를 갖고, 자신의 몸에 맞게 변화시키는 흡정마기였다. 이건 순전히 흡정마기가 내공이 아닌 본래 정체가 과거 육합선인의 원신이어서 가능한 이야기였다. 과거 고경천이 환청이라 여겼던 것은 원신에 남겨진 기억이나 마찬가지였다.

지금 이 순간 흡정마기의 그런 점이 또 한 번 작용했다.

촤아악.

고경천의 몸에서 검은 선들이 사방으로 펴져 나갔다. 마치 먹이를 잡기 위해 줄을 치는 거미처럼 검은 선들은 고경천의 주위에 흡정마기를 쳐놓았다.

그리고 그 거미줄로 먹이가 들어왔다. 후미로 돌아 고경천을 베어버리려던 복면인이 흡정마기에 걸려든 것이다.

"……!"

복면인의 눈이 커졌다. 상대가 뿜어낸 기세라 느꼈던 이상한 기운이 전신을 파고들었다.

"크아아악!"

그것이 시작이었다.

하나둘, 불 속에 뛰어드는 불나방처럼 복면인들이 흡정마기가 친 거미줄 속에 몸을 던졌다. 그리고 참을 수 없는 고통에 미친 듯 비명만 질러댔다.

위험을 느끼고 몸을 멈춘 자들은 그대로 굳어 멍하니 고통에 몸부림치는 동료를 바라보았다.

아무것도 없는 공간에서 자기들끼리 몸을 비트는 복면인들.

덕분에 다른 곳의 싸움도 멈춰졌다.

그리고 이 순간 죽은 듯 깊은 잠에 빠졌던 고경천의 육신이 깨어나고 있었다. 다시금 단전을 가득 채워가는 내공들로 인해 고경천의 단전에 박힌 검이 조금씩 밀려났다.

툭.

고경천의 굳게 닫힌 눈이 떠졌다.

츄르르륵.

고경천의 의식이 돌아오자 흡정마기들은 고경천의 의지에 동화되며 본래의 자리로 돌아왔다.

털썩. 털썩.

주위에 있던 복면인들이 껍데기만 남아 바닥에 널브러졌다.

고경천의 눈은 언제 상처를 입었냐는 듯 맑게 빛나고 있었다. 사경을 헤맸던 덕인지, 평소보다 깊게 가라앉은 두 눈이 주변을 살폈다.

홍의만 남기고, 본래의 모습이 사라진 손사향의 육편들. 그리고 주변을 꾸미듯 널브러진 복면인들의 시신들.

고경천은 마지막에 본 복면인들에게서 과거를 기억해 내었다. 특히 이곳이 왕건묘이기에 그들이 누구인가 더 빨리 기억해 낼 수 있었다.

과거 이곳에서 아미사천왕과 공동오로를 물리쳤을 때 갑작스레 그를 암습했던 정체불명의 습격자들. 고경천은 아직 정확한 그들의 정체를 몰랐지만, 그들은 다시 한 번 그때처럼 자신을 암습한 것이다.

하지만 그때나 지금이나 그들은 자신을 어쩌지 못했다. 고경천은 양손을 들어 주먹을 꽉 쥐었다.

'전화위복인가?'

화 뒤엔 반드시 복이 온다고, 그가 잠시 의식을 잃고 있는 사이 흡정마기는 새로운 진화를 했다.

흡정망(吸精網).

이 말이 어울리는 진화였다. 아니, 어쩌면 진화가 아닌 이것이야말로 흡정마공의 진짜 모습일지 몰랐다.

지금까지는 흡정을 하는 데 상대방의 몸을 잡고 흡정마기를 체내에 밀어 넣는 것이 전부였다. 그다음이 상대의 내공이 담긴 공격을 흡정수로 흡수한 방법이었다.

그런데 근처에 다가가거나 상대의 내공을 흡정수로 얻어내는 것은 각각 제약을 갖고 있었다.

하지만 진화된 흡정망은 달랐다. 전처럼 상대를 꼭 잡지 않아도 되고, 흡수되는 양도 흡정수처럼 적지 않았다. 오히려 줄을 쳐놓고 먹이를 기다리는 거미보다 더 나았다. 거미는 줄에 걸린 먹이를 다시 줄로 칭칭 동여매야 했지만, 흡정망은 줄에 걸리는 순간 끝이었다.

고경천은 주변의 인물들을 한차례 둘러보았다.

모두 얼이 빠진 모습으로 그만 바라보고 있었다. 도대체 무슨 일이 일어나고, 시체처럼 미동도 없던 그가 어떻게 아무렇지 않게 움직이는가 하는 눈빛들이다.

고경천은 그런 눈빛들을 무시하고, 천천히 광한과 무정이 있는 곳으로 걸음을 옮겼다.

그러자 그때야 정신을 차린 듯, 복면인 중 하나가 몸을 날려 고경천 앞을 막아섰다.

추리리릭.

갑작스레 고경천의 몸에서 검은 선들이 뻗어 나와 앞에 선 자의 몸을 덮쳤다.

복면인이 무언가 몸을 옥죄는 기분을 느낀 것도 잠시, 몸속을 파고드는 이질적인 기운에 비명을 질렀다.

“으악! 크아아악!”

고경천은 비명과 동시에 흡정망을 통해 들어오는 상대의 내공을 느꼈다. 무언가 지금까지와는 완전히 다른 묘한 느낌.

그러나 고경천은 아무런 감흥도 없는 듯 계속해서 걸음을 옮겼다.

“노오오옴!”

복면인 중 이마에 육(六) 자가 써진 자가 검을 들고 고경천을 향해 몸을 날렸다. 그리고 그 뒤를 이어 불 속에 몸을 던지는 불나방들처럼 다른 자들도 각각의 병기에 내공을 불어넣으며 고경천을 죽이려 달려들었다.

쉬이이익!

병장기들은 요란한 파공성을 내며 허공을 갈라갔다.

그러나 그것도 고경천의 근처에 가서는 거짓말처럼 허공중에 멈췄다.

"거… 거… 거짓… 으아아악!"

기세 좋게 덤벼들던 복면육호는 과거 왕건묘의 일의 복수는커녕, 고스란히 흡정망의 먹이가 되어버렸다.

츄아아악.

기세를 탄 흡정마기가 사방팔방 미친 듯 요동쳤다.

"으악!"

"크아아악!"

흡정마기가 스칠 때마다 퍼덕이던 복면인들이 하나둘 혼이 사라진 껍데기가 되어 바닥을 굴렀다.

"으으……."

누군가 참지 못하고 주춤거리며 한 걸음 물러섰다. 그러자 그 걸음이 전체가 되어 열 명이 채 남지 않은 복면인들이 고경천을 피해 뒷걸음질을 쳤다.

그러나 복면일호만은 다른지, 물러나는 자들을 향해 소리쳤다.

"가까이 다가갈 수 없으면 멀리서 공격해라!"

복면일호는 제일 먼저 자신의 검에 주황빛 검기를 입혔다.
그리고 그 검기가 뜨거운 열기를 발산하는 빛의 덩어리가 되
자 고경천을 향해 날렸다.

슈아앙!

어떤 복면인은 불꽃처럼 일렁이는 붉은 기운을, 또 어떤 이
는 벼락을 쏘아 보내듯, 푸른 뇌전을 고경천을 향해 날렸다. 각
각의 기운들은 각각의 색을 자랑하며 고경천의 전신을 덮어갔
다.

광한은 그들이 펼친 일수에 상대의 정체를 깨달을 수 있었
다.

"삼양진기!"

삼양궁의 천일진기, 벽뢰진기, 열화진기(熱火眞氣)를 통틀어
삼양진기라 부른다.

흑양전의 고수들은 본래 자신들의 정체를 밝히는 무공을 사
용하지 않는다. 그래서 외부적으로 기운을 드러내는 무공은
금지하고, 기습과 합격의 묘용을 주로 사용해 왔었다. 그러나
상식 밖의 고경천을 만나며 그런 규율이 깨져 버렸다.

고경천은 자신에게 날아드는 삼색의 순양 덩어리를 바라보
있다.

'의심은 필요없다.'

고경천은 자신에게 한마디를 하며 오른손을 들어 올렸다.
이미 제자리를 찾은 흡정마기가 다시금 몸속에서 꿈틀대며 고
경천의 오른손을 향해 몰려들었다.

“가라!”

츄아아악!

어부가 강에 그물을 치듯, 고경천의 손에서 얽히고설킨 흡정마기가 삼색의 순양 덩어리를 덮어갔다. 그물에 걸린 고기처럼 순양의 덩어리가 곧 흡정망에 감싸였다.

치이이익.

힘의 여파는 사라지지 않아 고경천이 끌려나듯 뒤로 밀려났다.

그러나 흡정망 속에 사로잡힌 삼색의 순양 덩어리는 점점 빛이 흐려졌다. 그리고 그 크기도 시시각각 줄어들어 종국엔 언제 그랬냐는 듯 어둠 속에 완전 묻혀 버렸다.

“…….”

사람들은 말을 잃었다. 고경천 근처에서 거짓말처럼 사라진 기운들. 정말 모든 것이 꿈만 같다는 말 외엔 설명할 길이 없었다.

“으으으…….”

누군가 신음과 함께 뒤로 한 걸음 물러섰다. 아무리 자신이 흑양전이란 비밀단체 소속이라도 상식을 벗어난 일 앞에서는 평범해질 수밖에 없었다.

그러나 그것도 맘대로 되지 않았다.

“우우우우!”

밤하늘 저 멀리 울려 퍼지는 성난 늑대의 포효가 왕건묘를 뒤덮어오고 있었다. 그 소리는 시시각각 빠르게 거리를 좁혀

오며 곧이라도 그 주인공이 나타날 것 같았다.

*　　　*　　　*

쾅!

"맹공이란 말이오?"

추일학은 자기 앞에 있는 탁자를 거세게 내려쳤다.

"그렇소. 적들이 갑자기 미치기라도 했는지, 양쪽에서 거세게 몰아쳐 들고 있소."

"이런 막무가내 식이라니……."

제갈효의 반문에 완전 진이 빠진 사람처럼 추일학은 의자에 힘없이 몸을 기댔다.

"나도 이건 조금도 예상치 못했소. 설마 이런 식으로 나올 줄은……."

제갈효도 얼굴에 괴로움을 드러냈다.

육파일방은 모든 상식을 무시하는 인해전술로 나왔다. 그것도 평지가 아닌 산지에서 지리적 불리함도 무시해 버렸다. 그 덕에 지금까지 어떻게든 막고 있지만, 문제는 어떻게 알았는지 공동파 측도 약속이라도 한 듯 덮쳐오고 있다는 것이다.

이렇다 보니 북신마교는 지리적 이점을 조금도 살릴 수 없었다. 일반적으로 어부지리를 노리는 게 상책인데, 공동파는 그보다 하책인 적과 함께 하는 공격을 선택했다. 그것이 정, 사라는 다른 이념을 가진 적과 말이다.

"…하오."

"……?"

제갈효는 작은 목소리라 제대로 듣지 못해 추일학을 바라보았다.

추일학은 강렬한 안광을 내뿜으며 다시 한 번 힘있게 내뱉었다.

"무조건 버텨야 하오."

"알겠소."

제갈효도 얼굴에 비장한 표정을 지었다. 이번 싸움은 애초에 승률이 오 할도 되지 않았다. 단지 시간 끌기를 통해 무림의 전체적인 변화를 노리는 것이 수였다. 지금으로선 그 이상의 방법은 없었다.

결국 북신마교는 이를 악물고 버텨야 했다. 고경천의 등장이 오히려 악재로 작용한 이상, 버텨내지 못하면 모든 것이 끝이었다. 이는 패배로 끝나는 것이 아닌 너무 많은 것을 잃을 수 있었다.

"더 이상 미룰 수 없소. 나는 육파일방 쪽을 맡을 테니, 추전주는 공동연합 쪽을 맡아주시오."

"알겠소."

제갈효는 자리에서 일어나 추일학의 처소를 벗어나려 했다. 그러다 무슨 생각이 났는지 한마디를 덧붙였다.

"추 형."

지금까지는 추 문상 혹은 문상이라 부르던 음성이 변했다.

“말하시오, 제갈 형.”

추일학도 그런 마음을 느꼈는지 처음 만났을 때처럼 불렀다.

“추 형, 명심하시오. 북신마교에 필요한 자는, 아니, 교주에게 필요한 자는 그 누구보다 추 형이란 걸. 그러니 절대 죽지 마시오.”

“그건 나도 마찬가지외다. 무사하시오.”

“걱정 마시오. 공동파 놈들. 숫자만 믿고 설치는데, 그런 놈들은 내 상대가 아니오.”

“나도 걱정 마시오. 명색이 같은 무림이현인데, 쉽게 당하진 않을 것이오.”

북신마교의 두 두뇌는 상대에게 신뢰 어린 눈빛을 보냈다.

“마도를 위해!”

“마도를 위해!”

추일학의 말에 제갈효는 이 말을 답하고 실내를 벗어났다.

“후후. 그동안 너무 뒷전에만 있었는데, 간만에 제대로 실력 발휘를 해야겠군.”

촤락.

추일학의 손에 갑힌 섭선이 멋들어지게 펼쳐졌다

*   *   *

왕건묘에 있는 자 모두 새로운 장소성에 시선을 주고 있었다. 고경천은 물론, 그를 공격하려던 다른 자도 다르지 않아 모두들 점점 소리가 가까워지는 담을 바라보았다.

휘리리릭.

옷자락을 거칠게 날리는 소리와 함께 한 사람이 왕건묘에 모습을 드러냈다.

그자는 묶지 않은 백발을 휘날리며 거대한 덩치에 어울리는 검이라 부르기 민망한 직사각검을 들고 있었다.

쿵!

그가 거칠게 검을 바닥에 내려치자 땅이 지진이라도 만난 듯 진동했다. 그는 시선을 들어 좌중을 살피다 익숙한 얼굴에 호랑이 같은 안광을 뿜어댔다.

고경천은 그 눈빛이 자신을 향했는데도 오히려 미소를 지었다.

"여전히 서생의 능력은 귀신같소. 내가 이곳에 어떻게 있는지 알고 무상을 보낸 것이오?"

캬오오.

그러나 대답은 혁진웅의 가슴속에서 얼굴을 내미는 설묘가 대신했다.

"너로구나."

캬웅.

당연한 것 아니냔 듯 설묘가 울어댔다.

혁진웅은 품에서 설묘를 꺼내 바닥에 내려놓은 후 숨 막힐 듯한 위압감을 뿜으며 복면인들을 압박해 갔다.

얼마 남지 않은 복면인들은 혁진웅의 기세에 저희들끼리 뭉치기 시작했다.

한쪽은 귀신같은 능력의 괴물, 한쪽은 호랑이가 울고 갈 정도의 매서운 기운을 풍기는 백발의 노인. 어느 하나 만만한 구석이 없었다.

오히려 이 순간은 지쳐 바닥에 쓰러진 자들이 더 나았다.

"화산마검 혁진웅……."

광한은 혁진웅의 모습에 신음 같은 한마디를 내뱉었다.

무림이십팔수 중 최고의 강자라 불리는 그는 중원오주들마저 어쩔 수 없는 존재라 했다. 천중삼원엔 미치지 못해도 그를 제외하면 알려진 자들 중에 제일 강한 자가 아닌가라는 게 그에 대한 소문이었다.

복면인들은 더 긴장했다.

"잠깐!"

고경천은 그런 혁진웅을 불렀다.

"왜 그러시오, 교주?"

"이쯤에서 저들을 보내줍시다."

"보내주자니, 저놈들은 교주를 건드린 놈들이오. 난 나 외에 교주에게 상처 입힌 자를 너둘 만큼 자비롭지 않소."

"이 상처는 저들과 관계가 없소."

고경천의 손이 아랫배를 가리켰다.

"그러니 저들은 놓아주시오. 저들은 나타나고 나서 지금까지 아무것도 하지 못했소. 생각 같아선 저들 모두 살려 보내기 싫지만, 지금은 저들을 상대하는 것보다 본산의 일이 먼저 아니오?"

"음……."

혁진웅은 무거운 신음을 흘렸다. 그도 청성산의 사정을 잘 알고 있었다. 그가 빠져나올 구멍을 만들기 위해 무리한 공격을 감행한 북신마교가 지금 어떤 어려움에 빠졌을지 알 수 없었다.

팍!

맘대로 하라는 듯 혁진웅은 검을 바닥에 꽂았다.

고경천은 완전 패잔병이 되어버린 흑양전의 생존자들을 바라보았다.

"돌아가라! 이는 내가 너희들을 어여삐 여겨서가 아니다. 난 일개 수하들보다 그 윗선에 죄를 묻고 싶을 뿐, 그러니 돌아가서 삼양궁주에게 전해라. 사천의 일이 마무리되는 대로 조만간 정식으로 방문할 것이라고."

흑양일호는 고경천의 당당한 기세에 잠시 갈등에 빠졌다. 받은 명을 행하지 못하고 물러난 적은 지금까지 없었다. 그렇다고 이대로 싸우기에는…….

"알겠소. 그러나 당신이 내뱉은 말은 꼭 지키시오. 한 문파의 수장이 곤경을 벗어나려 실언을 했단 말이 나오지 않게."

"쓸데없는 소리! 지금까지 난 하고자 한 일에 대해 망설여 본 적이 없다! 또! 나를 건드린 놈들을 용서해 본 적도 없고!"

"알겠소. 그럼, 믿고 물러나겠소."

흑양일호는 인사를 끝으로 살아남은 자들에게 명을 내렸다.

남은 자들은 품속에서 화골산을 꺼내 이미 숨이 끊어진 자들을 한 줌의 물로 만들었다. 그리고 미련이 없다는 듯 곧 어둠 속에 녹아들어 그렇게 왕건묘를 떠났다.

고경천은 떠나는 자들을 잠시 바라보았다. 그리고 그들의 모습이 시야에서 완전 사라지자 남겨진 둘을 바라보았다.

"이제 둘 남았군."

광한은 상황을 인식했는지 눈을 감고 있었다. 대신 무정만이 무슨 할 말이 있는지 고경천을 빤히 바라보았다. 그러다 더 이상 참을 수 없는지 입을 열었다.

"묻고 싶은 말이 있소."

고경천은 잠시 그녀의 진지한 눈빛을 바라보다 고개를 좌우로 내저었다.

"굳이 들어서 좋을 것 없으니 그만두시오."

"아니오. 난 알아야겠소. 그렇지 않으면 난 죽이려던 자에 구함받았단 치욕을 벗지 못할 것이오."

고경천은 그 말에 잠시 침묵을 유지했다. 그러다 더 이상은 이야기하기 싫은지 광한을 바라보았다.

"이 이야기는 당신이 하는 것이 나은 듯한데, 내 사부인 무허에 대한 이야기는 무당이 더 잘 알고 있지 않은가? 그분이 도인의 신분으로 비구니와 결혼을 해 그 죄과로 극마동에 갇힌 일 말이야."

"음."

광한은 신음을 흘렸다. 그도 무허에 관한 일은 알고 있었다. 하지만 그 일이 보타문과 관련이 된 것인지는 지금 처음 알았다.

"도장!"

재촉하듯 무정이 입을 열었다. 지금 그녀는 평소의 모습과 달리 무심이 흐트러져 있었다.

"무량수불."

광한은 그저 도호만 읊었다. 그러다,

"이 문제는 내가 이야기할 성질이 아닙니다. 차라리 사부님에게 듣는 것이 더 나은 일이 될 것입니다. 제가 지금 이야기할 수 있는 것은 신니의 앞에 있는 자는 과거 무당의 제자였고, 그 사부가 무허 사숙이었다는 점입니다."

"……!"

무정의 눈이 커졌다. 설마 아버지가 무당의 도사일 줄은 꿈에도 몰랐다. 그렇다면 어미는 보타암의 비구니고, 아비는 무당파의 도사란 말인데, 그저 단순히 어미의 업보를 위해 살아오라 들어왔던 모든 것들이 이 순간 엄청난 무게로 그녀를 내리눌렀다.

광한은 말을 잃은 무정을 뒤로하고 고경천에게 한마디를 했다.

"오늘 일은 빈도의 패배요. 이로써 무당은 귀공에게 완전히 패한 것이오."

"확실해서 좋군."

그렇게 고경천이 오늘의 대결에 대해 만족할 때였다.

그의 귓속으로 광한의 머뭇거리는 전음이 들렸다.

[예전 무당산에서 언급한 십 년 전의 일. 지금에서 말하지만, 그건 귀공의 오해요. 난 지금까지 누구도 비웃은 적이 없소. 그 당시에도 나는 비웃은 게 아니라. 또래와의 비무가 너무 즐거웠기에 웃었을 뿐 그 이상은…….]

광한은 부끄러운 듯 전음을 제대로 끝내지 못했다. 대신 자신의 치부를 감추려 멍해 있는 무정을 부축해 빠르게 왕건묘를 떠났다.

고경천은 잠시 머릿속이 멍해졌다. 지금까지 그를 지탱해 오던 하나의 진실이 완전히 무너져 버렸다. 만일 광한이 이기고 나서 그런 말을 했으면 믿지 않았을 것이다. 그러나 그는 패배자임에도 불구하고 또 한 번 치부를 꺼냈다.

"윽!"

집중력이 흐트러지자 온몸을 엄습하는 고통이 느껴졌다. 고경천이 비틀거리며 금방이라도 쓰러질 듯했다.

그 순간 혁진웅이 움직였다.

"고맙소."

고경천은 자신을 부축하고 있는 혁진웅에게 감사를 전했다.

"교주는 쓰러져선 안 되오. 그래야 교주를 따르는 백호칠수의 명예를 지킬 수 있소."

"명심하리다. 일단 상처를 살펴야겠소."

고경천은 무뚝뚝한 혁진웅의 말에 미소를 보이며 지금까지 일부러 무시해 온 상처를 살펴갔다.

찌이익.

피에 눌어붙은 옷자락이 찢어지며 그 아래 숨겨진 상처들이 드러났다.

상처를 보던 혁진웅이 고경천보다 먼저 미간을 찌푸렸다.

깨끗한 얼굴과 달리 고경천의 몸은 엉망이었다. 이곳저곳 몸에 남겨진 상처들로 만신창이었다. 어떤 것은 오래되었는지 작은 흔적만 남고, 어떤 것은 아직도 피를 흘리는 곳도 있었다.

그러나 그중 혁진웅을 가장 신경 쓰게 만든 것은 단전 부위를 헤집어놓은 상처였다.

"무공을 상실했소?"

혁진웅은 청천벽력 같은 말을 너무 담담히 내뱉었다.

고경천은 그 말에 아무런 말도 하지 않았다. 혁진웅은 뒤늦게 이 자리에 온지라 흡정마공의 진화를 보지 못했다. 거기다 흡정마공의 진정한 효능을 모르는 그에게 설명하려면 이야기가 너무 길어질 수 있었다.

"금창약 가지고 있는 것이 있소?"

혁진웅은 그 말에 묵묵히 품에서 하얀 자기병을 꺼내 주었다.

"호법을 부탁하오."

고경천은 제자리에 앉아 일단 운기부터 했다.

예상대로 내공은 아무런 이상이 없었다. 일반인에게 있어 단전은 내공의 그릇이지만, 고경천의 그릇은 흡정마기 그 자체였다. 그래서 흡정마기는 그 깨어져 나간 단전에서도 내공을 담고 있었다.

고경천은 자기병을 들어 단전의 상처를 벌려 그 안에 뿌렸다. 그리고 한 손을 들어 잠시 무언가 생각을 하는 듯하더니 곧 그 손에 천년화리의 기운을 끌어 모았다.

하얗게 달구어진 손에서 뜨거운 기운이 뿜어졌다.

고경천은 망설임없이 달궈진 손을 상처 부위에 댔다.

치이이익.

타는 소리와 함께 상처에서 고기 타는 냄새가 났다.

혁진웅은 신음 소리 하나 내지 않는 고경천을 보며 또 한 번 미간을 찌푸렸다.

그러나 아까처럼 뭐라 입을 열지 않았다. 이번만큼은 그도 고경천의 의도를 충분히 알 수 있었다. 어차피 청성산으로 돌아가는 동안 상처를 돌볼 틈이 없다. 이렇게라도 지혈해 놔야 격렬히 움직여도 상처가 터지지 않을 것이다.

고경천은 모든 것이 끝나자 자리를 털고 일어났다. 분명 단전에 참을 수 없는 고통이 엄습할 텐데도 표정 하나 바꾸지 않았다.

"갑시다. 서생과 다른 사람들이 많이 기다릴 것이오."

"교주는 내 뒤만 따르시오. 길은 내가 열리다."

"후후, 그래서야 어찌 교주라 할 수 있소. 더욱이 난 지금까지 누구의 등을 보는 것이 아닌, 늘 앞에서 적들을 마주 대했소. 그러니 내 걱정하지 말고 무상의 몸이나 걱정하시오."

혁진웅은 호랑이 눈빛으로 고경천을 바라보았다. 잠시 떨어져 있는 동안 고경천의 눈빛은 처음보다 더 깊고 잔잔해졌다. 물론 그 안에 담겨 있는 꺾이지 않는 고집은 여전하더라도 무언가 바뀌긴 바뀌었다.

"교주, 이것만 명심하시오. 교주가 죽는 것은 이 늙은이의 숨이 끊어진 다음이란 걸 말이오."

타앗.

혁진웅이 땅을 박차고 선두에 섰다.

"후후. 고집은."

고경천도 선두를 내주지 않으려 속도를 내는 혁진웅을 따라 몸을 날렸다. 설묘는 그런 고경천의 곁을 따르며 어둠 속에 그렇게 세 가닥의 긴 그림자를 남겼다.

왕건묘를 벗어나 성도 외곽을 감싸는 북문에 다다르니, 이미 문은 굳게 닫혔고 그곳을 지키는 수문위사들의 모습만 보였다. 그들은 동이 트기 전 어둠이 짙게 깔린 시간임에도 조금도 흐트러짐이 없었다.

"저들을 보니 무상께서 어떻게 성내로 들어왔는지 의문이 드는구려."

혁진웅의 손가락이 높은 성벽 위를 가리켰다. 그는 벽호공을 시전에 그대로 성문을 타 넘어 그 위를 순라하는 호위들을 피해 내부로 들어온 것이다.

"흠."

고경천은 잠시 성 높이를 보다 그도 그렇게 할까 생각에 잠겼다.

카르릉.

그런데 설묘가 무엇을 느꼈는지 곁에서 낮게 가르릉거렸다.

그들이 몸을 숨긴 곳은 성문과 이어지는 관도를 따라 들어선 한 전각의 그늘.

설묘는 그들이 몸을 숨긴 주변 전각을 훑으며 몸에 긴장을 드러냈다.

그러고 보면 수문위사들도 이상했다. 그들이 너무 움직임이 없었다. 인간이 동상이 아닌 이상, 조금이라도 몸을 움찔거려야 하는데, 그들은 돌덩이처럼 꼼짝도 하지 않았다.

"혹시 성으로 들어올 때 습격당한 적 있소?"

"없소. 내가 들어설 때는 돌아다니는 자들이라곤 순라꾼이 전부였소."

"그럼."

고경천의 뇌리에 먼저 떠난 두 사람이 떠올랐다. 그들도 분명 성도를 벗어나 육파일방 진영으로 갔을 텐데. 그렇다면 혹시 그들이 수문위사들을 점혈해 놓았는가? 그러나 그 생각은 곧 지웠다. 광한 성격상 범인들에게 무공을 시전하지 않을 것이다. 더더욱 무정은 그렇게 할 상태도 아니고.

"마검께서 오른쪽을 맡으시오. 난 왼쪽을 맡을 테니. 대신 괜히 애꿎은 전각엔 피해를 주지 마시오. 나중에 내가 의부에게 크게 혼이 날지도 모르니 말이오."

“알겠소.”

혁진웅의 거대한 체구가 그늘에서 벗어나 대로를 가로질러 오른편의 전각 위로 몸을 솟구쳤다. 그의 백발이 허공에 바람처럼 흩날리며 사각검을 든 그의 모습이 어둠 속에 수놓아졌다.

그 순간,

“놈들이 나타났다! 쏴라!”

양편의 전각 위에서 궁수들과 암기수들이 모습을 드러내며 허공에 뜬 혁진웅을 향해 화살과 암기를 쏘아댔다.

쐐애애액!

쉬아아악!

“만매성막(萬梅成幕)!”

혁진웅의 검이 사방으로 춤을 추자 그 끝에서 검은 매화들이 피어났다. 순식간에 혁진웅 주변을 가득 채운 매화로 혁진웅 자체가 한 그루 흑매화가 되었다.

파스스슥.

화살과 암기 모든 것이 가루가 되었다. 튕기는 것도 아닌 닿은 순간 가루가 되어 주변에 눈처럼 내렸다.

“역시.”

든든한 혁진웅의 모습에 고경천이 미소를 지었다. 누가 뭐래도 그를 제외한 북신마교 제일고수였다.

공격했던 자들도 그 사실을 깨달았는지, 두 번째의 공격은 하지 않았다. 대신 한 사람만이 악에 받쳐 혁진웅을 향해 소리쳤다.

"이 반도! 본 파의 무공으로……!"

화산장문인 담웅은 분노에 몸을 떨었다. 이십 년 동안 있던 화산파의 모든 치욕은 오직 한 사람으로 인해 비롯되었다.

바로 화산마검 혁진웅. 지금까지 많은 화산 제자들을 화산 무공으로 끝장내 버렸다.

혁진웅은 낯익은 얼굴이 보이자 지붕에 내려서며 그를 향해 입을 열었다.

"지겨운 얼굴이군."

"닥쳐! 모두 저놈을 공격해라!"

담웅의 외침에 화산 제자들이 혁진웅을 향해 불나방처럼 쏘아졌다.

고경천은 그 모습을 보며 슬슬 움직일 준비를 했다.

"너는 구경이나 하고 있어라."

캬웅.

설묘가 그럴 수 없다는 듯 울었지만 고경천은 고개를 저었다.

"지금부터 일은 인간과 인간의 일이다. 굳이 네가 그런 진창에 빠질 필요가 있느냐? 자고로 사람과 짐승은 그 가는 길이 다르다 했다."

캬르릉.

설묘가 이해한다는 듯 낮게 울었다.

"그럼 이따가 보자."

고경천도 어둠 속에서 몸을 끌어냈다.

"또 있다!"

미처 혁진웅 포위망에 뛰어들지 못한 화산 제자들이 고경천을 발견하고 달려들었다.

고경천은 달려드는 그들을 보며 잠시 어떡할까 고민했다. 진화된 흡정마공을 이용해 끝장을 낼 것인가? 아님 그저 본신의 무공을 이용해 끝낼 것인가?

그러나 결론은 의외로 빨리 내려졌다.

"시끄러워서 좋을 건 없지."

고경천은 양손에 내공을 끌어올려 손을 무지갯빛으로 만들었다. 그리고 매화검기를 날리며 달려드는 화산 제자들을 향해 허공에 무지개를 그리며 맞아들였다.

그러나 애초에 일반 무사들로는 그 둘을 막을 수 없었다. 혁진웅은 화산 장문인이 가세해 힘들지 몰라도 고경천은 일수에 하나씩 화산 제자들을 지붕 아래로 떨어뜨리며 빠르게 성문을 향해 달려들었다. 그러자 기다렸다는 듯이 또 다른 무리들이 기합성을 터뜨렸다.

"진을 펼쳐라!"

성문 위에서 서른여섯 개의 그림자가 떨어져 내리며 북문으로 달려드는 고경천의 삼십육방을 점하며 그 안에 가두었다.

매화삼십육검진(梅花三十六劍陣).

서른여섯 명의 뛰어난 검수들이 매화 문양을 만든 채 그 안의 적을 상대하는 수법으로, 각각의 뛰어난 절진을 자랑하는 육파일방 중에서 화산파가 자랑하는 절진이었다.

고경천은 자세를 풀고 그대로 서 있었다. 경험상 진은 진의 묘리를 잘 알지 못하면 괜히 고생만 한다는 것을 잘 알고 있었다. 그래서 이번엔 느긋한 심정으로 그들이 진을 운용하는 것을 보기로 했다.

지금 매화삼십육검진을 이루는 자들의 나이는 적게는 불혹을 넘겼고, 많게는 환갑을 지났을 법한 자들이 섞여 있었다. 이들은 화산파에서도 검진만 이십 년 동안 전문적으로 익힌 자들로 개개인의 무공 실력은 어떨지 몰라도 진의 운용 능력에 있어서는 극에 달한 자들이었다.

삼십육 인이 각자의 방위에서 검을 들어 고경천을 겨누었다. 그리고 그들은 각각 다른 자들과 위치를 교차하며 시종일관 한 사람을 지켜볼 수 없게 만들었다. 아직 본격적으로 공격해 오는 자가 없었지만, 시간이 지날수록 온몸을 파고드는 검기가 고경천의 피부를 따갑게 만들었다.

그런데도 이 순간 고경천은 웃고 있었다. 어느 것보다 더 현묘한 움직임으로 그의 눈을 어지럽게 만들어도 그는 여유가 있었다.

"출진!"

백발이 성성한 노인의 외침이 터지자 지금까지 위치만 바꾸었던 자들이 꽃잎이 바람에 떨어지는 듯 진에서 솟구쳐 고경천을 향해 날아들었다.

쉬아아악.

자색의 검기가 영롱하게 맺힌 검이 고경천을 덮쳐 왔다.

고경천은 살짝 몸을 움직여 일검을 피했다.

공격한 자는 어느새 뒤쪽의 또 다른 방위에서 위치를 이동하며 고경천의 시야에서 사라졌다.

쉬아아악!

쐐애애액!

그다음부터는 정신없었다. 서른여섯 개의 꽃잎이 모두 바람에 흩날리듯 여기저기서 솟구치는 검기들이 고경천의 몸을 덮쳐 왔다.

고경천도 처음과 달리 점점 움직임이 빨라지고 조금씩 의복이 검기에 갈라져 갔다.

'이 정도면 충분히 놀아준 거지.'

한참 위험지경에 빠졌던 고경천의 얼굴이 차갑게 굳어버렸다.

찌이익.

그는 막 한 자루의 검이 어깨를 스치자 조용히 하나를 떠올렸다.

'흡정망.'

추르르르륵.

고경천의 모공에서 땀이 솟아 나오듯 흡정마기들이 그물처럼 그의 몸 주변으로 퍼져 나가기 시작했다.

"어? 크아아악!"

놀라는 것도 잠시 매화검수 한 사람이 비명과 함께 그 자리에서 미친 듯 몸을 비틀어댔다. 그런데 진이 한 치의 오차도 없이 움직여지는지라 다른 자들도 곧 고경천이 쳐놓은 거미줄에 하나씩 몸을 던졌다.

"크악!"

"으아아악!"

연속적으로 비명이 울려 퍼졌다. 그들은 한창 매화꽃의 봉우리를 닮아가는 중이라 삼십육 인 모두 고경천이 쳐놓은 함정에 걸려들었다.

"크아아악!"

처음 고경천이 조용하게 모든 것을 끝내려 했던 것과 달리 삼십육 인이 토해내는 비명으로 북문 주변은 지옥처럼 변했다.

"무슨 일?"

담웅은 제자들을 지휘해 혁진웅을 공격하다 섬뜩한 비명에 뒤를 돌아보았다. 뒤쪽은 그가 든든히 믿고 있는 매화삼십육검진의 고수들이 있는데, 어떻게 이런 동시다발적인 비명이 터진단 말인가?

"저건……."

담웅의 입이 벌어졌다. 그의 눈에 믿었던 자들이 급살이라도 맞은 듯 제자리에서 몸을 떠는 모습이 두 눈을 파고들었다.

"이런 무슨 개 같은 일이……."

장문인이란 신분도 잊고 욕을 하며 그는 북문 쪽을 향해 몸을 빼려 했다.

"이십 년 동안 하나도 변한 게 없군."

"……!"

담웅은 바로 등 뒤에서 들려오는 창노한 음성에 재빠르게 몸을 틀어 자하신공 십성이 담긴 낙영장(落英掌)을 쏟아주려 했다.

푸욱.

그러나 아랫배가 날카로운 것에 관통되는 느낌에 치솟는 선혈만 토해내야 했다.

"컥! 거… 거짓… 쿨럭!"

담웅은 혁진웅의 뒤를 바라보았다. 그 뒤쪽은 숨이 끊어져 지붕 이곳저곳에 널브러진 화산 제자들로 가득했다. 이십 년 동안 과거의 영광을 기약하며 절치부심 키워낸 제자들이 한여름 지붕에 말리는 무 신세가 되어 있었다.

꾸욱.

"화산파… 화산……."

담웅은 고통 때문인지 분노 때문인지 혁진웅의 옷깃을 틀어쥐며 이 말만 가까스로 했다.

그런 담웅의 모습을 보는 혁진웅의 눈가가 깊게 가라앉았다. 그와 오래도록 이어진 화산파와의 악연. 일부러 끝을 내려 하지 않았건만, 결국 이런 식으로 끝이 났다. 그래선지 혁진웅은 죽어가는 그를 위해 뒷말을 이어주었다.

"화산파의 무공은 최강이다!"

“늦었…….”

담웅은 이 말을 끝으로 눈을 감았다. 과거 혁진웅이 이 사실을 인정했으면 화산파는 그를 문파의 한 사람으로 받아들였을지도 몰랐다. 매화칠절검은 화산파가 잊었던 무공이고, 그걸 가지고 온 혁진웅은 화산파의 중요한 사람이 될 수도 있었다.

그러나 무인들의 자존심과 고집이 결국 이십 년이란 시간만 허망하게 흘려보냈다.

혁진웅은 축 늘어진 담웅의 몸을 지붕에 누인 채 검을 조심스럽게 뽑아냈다. 그리고 묵념하듯 잠시 눈을 감고 난 뒤 곧 고경천이 있는 북문으로 몸을 날렸다.

이미 황천을 건넌 자들이 대부분인지 비명은 사라지고 없었다.

‘돌아와라.’

고경천이 의지를 거두자 그의 몸 주변으로 퍼져 있던 흡정마기들이 제자리로 돌아갔다.

털썩. 털썩.

삼십육 인들이 하나둘 바닥에 차가운 몸을 뉘었다. 그들은 고통과 절망에 빠진 얼굴로 이렇게 생의 막을 내렸다.

노작하고 나서 혁진웅은 주변을 보고 미간을 모았다. 그의 상식으론 지금의 결과가 도저히 이해가 가지 않았다. 싸움 도중 얼핏 본 고경천은 아무것도 하지 않고 그대로 서 있기만 하지 않았는가?

“이것이 진정한 흡정마공의 위력이오.”

“음.”

혁진웅이 감탄인지 두려움인지 모를 신음을 흘렸다.

고경천이 그런 그를 뒤로하고 당당히 북문으로 걸음을 옮겼다.

“나는 더 이상 흡정마공을 사용함에 있어 망설이지 않을 것이오. 그것이 진정한 마왕이 되는 길이라도 말이오.”

혁진웅은 고경천의 뒷모습을 바라보다 고개를 내저었다. 어차피 흡정마공이 어떤 것인지 알고 있고, 거기다 누가 뭐래도 직접 겪어본 고경천은 결코 말과 같은 사람이 아니다. 그도 고경천의 뒤를 따랐다.

고경천은 성문 앞에 서서 석상이 된 수문위사를 살폈다. 역시 예상대로 점혈이 되어 있었다.

파바박.

“윽.”

“음.”

그들은 몸이 풀리자 진이 빠진 듯 쓰러지려 했다. 그러나 마혈이 제압당했다 해도 눈과 귀로 똑똑히 경험한 것이 있어 두 사람을 보며 겁에 질린 표정을 지었다.

“나는 지부대인의 명을 받아 움직이는 자이오. 그러니 지부대인께 고경천이란 자가 벌인 일이라 전하면 될 것이오.”

말끝에 고경천은 품에서 한 장의 서찰을 꺼냈다.

걸레처럼 구겨지고, 피에 절은 모습이지만 그 안에 적힌 대강의 내용과 지부의 관인은 알아볼 수 있었다.

끄덕끄덕.

그것이 아니라도 이미 겁에 질린 두 사람은 자신의 능력 밖이라 제일 먼저 성도부로 이 일을 알릴 생각이었다. 북문위장도 이미 당한 상태라 그들에겐 선택의 여지가 없었다.

"공무를 위함이니 문을 여시오."

"예? 아… 알겠습니다."

위사 한 사람이 이 시간이면 절대 열리지 않을 북문을 열었다.

그 너머 어둠에 잠긴 청성산을 지나 중강(中江)까지 이어지는 길이 보였다.

"갑시다."

고경천이 먼저 몸을 날리고, 그 뒤를 백발을 휘날리며 혁진응이 따랐다.

끼이익.

위사들에 의해 다시 문이 닫히며 요란한 소리를 낼 때, 또 다른 소리가 거기에 섞였다.

펑!

성문 안쪽에서 하늘로 붉은 연기를 뿜어내며 불꽃이 솟아올랐다. 아마 화산 제자들 궁에서 살아남은 자가 마지막으로 일의 실패와 위급을 알리는 신호를 보낸 듯했다.

"조금 귀찮아질 것 같소."

"싸움에 귀찮고 귀찮지 않고는 없소."

"역시… 무상은 시원시원해서 좋소. 그럼 갑시다."

고경천과 혁진웅은 어둠 속을 바람처럼 달렸다. 조금 있으면 이 어둠도 사라질 때고, 그때가 되면 그들은 청성산에서 승리의 기쁨을 만끽할 것이다. 둘은 그걸 기대하며 더욱 발걸음에 박차를 가했다.

第三章

동녘이 밝아왔다. 순식간에 어둠이 걷히며 청성이 본래 색으로 탈바꿈되었다. 이젠 신록에 물든 산이라 부를 수 없을 정도로 녹색 기운이 하나둘 빠져나가고 있었다. 빠른 곳은 벌써 가을 색에 물들어가는데, 가을의 진정한 색인 붉은색은 오히려 자의가 아닌 타의에 의해 덧칠되고 있었다.

"막아!"

"암기를 쏴라!"

목이 터져라 외치고 또 외쳐도 점점 쓰러져 가는 동료들의 죽음을 막을 수 없었다.

말 그대로 끝이 없이 밀려드는 인의 물결.

청성산 동편의 북쪽과 남쪽 산등성이는 해일처럼 밀려오는 인의 물결에 몸살을 앓았다.

그 덕에 애써 만들어놓은 곳곳의 함정과 기관도 시체로 채워져 유명무실화되었다. 그들의 야간 공세는 애초에 그 모든 것을 날려 버리려 작정했는지, 해가 뜨는 지금까지 계속되었다.

그중 북쪽에서는 흑색 도복을 걸친 한 노도가 눈에 띄는 능력을 보였다.

그는 일수에 진한 벽색 섬광을 쏟아내며 작은 산을 방불케 하는 중년인을 몰아붙였다.

파지지직.

"크윽!"

우문태는 장을 교환할 때마다 몸속으로 파고드는 뇌전에 자랑인 신법을 발휘할 수도 없었다. 본래 그의 신법은 방어임과 동시에 공격이기도 했다. 그런데 몸속을 헤집는 뇌전으로 인해 평소와 달리 폭풍이 아닌 산들바람 수준이었다.

그래서 그를 도우려 홍아연이 주변을 에워싸며 성난 말처럼 발길질을 해댔다.

만일 그녀가 돕지 않았다면 우문태는 진즉에 뇌기를 뿌리는 노도사의 손에 끝장났을 것이다. 그의 능력이 얼마나 뛰어난지, 비록 이십팔수 내에서도 무공이 떨어지는 둘이지만, 그래도 둘을 혼자의 몸으로 몰아붙이고 있었다.

공동 장문인 뇌풍자.

공동오로 중 하나로 그야말로 진정한 공동파의 고수라 할

수 있었다. 예전 무림인들은 그의 천뢰신공을 삼양궁의 벽뢰
진기와 동급에 놓았다. 그만큼 파괴력에 있어선 최상위에 올
라 있는 무공이었다.

뇌풍자는 지금 불진과 천뢰장법을 함께 사용했다. 불진이
움직였을 때는 뇌성이 천뢰장법을 사용했을 때는 뇌전이 일었
다.

"크윽!"

"아악!"

천뢰장법에는 우문태가 불진에는 홍아연이 나가떨어졌다.

그들은 입가에 피를 흘리며 질렸다는 눈으로 뇌풍자를 바라
보았다.

뇌풍자는 그런 둘을 바라보며 뇌신다운 위엄을 풍기며 한마
디를 했다.

"오늘 이후로 북신마교는 없다."

그의 등 뒤로 공동연합의 무리들이 해일처럼 밀려들었다.
그리고 그들은 그들 앞을 막아서는 북신마교도들을 상대하며
쓰러지고 쓰러져도 미친 듯 몰려들었다.

"물러서지 마라!"

제살요가 목청껏 소리쳤지만, 그의 목소리는 뇌풍자의 뇌성
에 비하면 너무나 미비했다.

*   *   *

"이번에야말로 악적인 네놈들을 끝장내 주마!"

"망할 비구니! 재수없는 소리 작작하고 내 장이나 받아라."

처음은 무승부로 끝난 단정과 오염달의 싸움이 또 벌어졌다. 그때는 어느 정도 단정이 물러날 여유를 두었지만, 오늘만큼은 끝장을 내겠단 생각에 악착같이 달려들었다.

이미 양쪽 둘 다 거의 밤새도록 벌어진 싸움에 엉망이 되었다.

승복은 피에 절거나 찢어져 누더기가 되고, 오염달의 머리는 산발되어 피에 절었다. 둘 다 누가 정의고 악이고 할 수 없이 모두 악귀의 모습을 하고 있었다.

그와 달리 을지황과 최염은 눈부신 싸움을 벌였다. 둘 다 검의 고수고, 을지황은 달빛을 닮은 검기를 뿌리고, 최염은 날카로운 바람을 동반한 검기를 사용하는지라 주변이 상처투성이다.

둘이 뿌린 검기가 주변의 초목은 물론, 땅 이곳저곳을 갈라놓았다. 그래서 특히 그들 주변은 사람들이 없었다. 혹시라도 자기편의 검기에 당할까 적, 아군 모두 떨어졌다.

"과연 현무칠수 최고 검의 고수답구나."

을지황이 싸우며 칭찬을 아끼지 않았지만, 말이 없는 최염은 말 대신 더욱 거세고 날카로운 검기를 뿌렸다.

캉!

카가강!

그들 주변에 검기 외에 쇠가 만드는 불똥이 또 다른 아름다움을 만들었다.

이렇게 현무칠수의 최고고수 이 인이 막히자, 남은 사람 홍해구와 추일학은 형편이 좋지 않았다.

홍해구는 또다시 맞붙게 된 정일참으로 인해 거의 피투성이가 되어갔다. 지금도 오염달 못지않은 악과 깡으로 버티지만, 그가 쓰러지는 건 시간문제였다.

추일학은 이미 후방에서 지휘하는 것은 포기하고, 그마저 상대의 고수들을 막아내려 앞장섰다. 그가 상대하는 자는 청룡칠수의 조금산. 주판이라는 기문병기를 맞아 바람처럼 섭선을 접었다 폈다 하며 공세를 막았다.

현무칠수의 나머지 진가도는 같은 도문을 따르는 황전기를 맡았다. 그들은 제기로 쓰이는 방울과 목검으로 공격하거나 때론 깃발과 부적까지 사용했다.

이렇듯 고수가 다 하나씩 묶이니 북신마교의 전력은 순식간에 바닥으로 떨어졌다.

현무마단의 단주 양정은 양가창법으로 어떻게든 육파일방의 장문인 중 개방 방주를 막고 있지만, 그도 언제 쓰러질지 몰랐다.

그 외 새롭게 현무마단 휘하의 내구가 된 자들은 써시천 무림인들 중에서도 가리고 가려 뽑았지만, 상대적으로 전통이 있는 육파일방 연합 앞에선 크게 힘을 쓰지 못했다. 육파일방 중 한곳이라면 모를까? 동시에 상대하니 결국 북신마교도 한계를 드러냈다.

그와 반대로 육파일방 쪽의 삼 인은 여유있게 싸움을 구경하고 있었다.

소림 방장 허공과 무당 장문인 태허는 육파일방의 우위에 있는 자들답게 싸움에 참가하지 않았다. 옥정곽은 본래 직접 싸움보다 추일학처럼 후위에서 지휘를 하는지라 참가할 이유가 없었다.

"서서히 끝이 보이는 듯하오."

옥정곽이 흐뭇한 미소를 지었다.

"아미타불. 결국 사필귀정일 뿐이오."

"그래도 대단하오. 육파일방의 정예가 총출동하고도 이렇게까지 애를 먹다니."

허공의 말에 태허는 고개를 좌우로 저었다.

"상대는 순식간에 중원을 지탱하는 다섯 개의 세력에 육박하는 세력을 길렀소. 만일 저들이 제대로 정비할 시간만 가졌어도, 중원의 서쪽은 영원히 저들의 몫이 됐을 것이오."

"그러나 모든 것은 다 인과에 따르기 마련이오. 저들은 등장과 동시에 너무 많은 곳의 미움을 샀소. 하오총문과 녹림, 마염성을 제외한 육파일방과 삼양궁을 건드렸으니 정해진 수순이외다. 더군다나 소문에 마염성도 당했다 하더니, 결국 공동연합이란 허울에 덮어졌지만 그들도 북신마교를 멸망시키려 움직이지 않았소."

"방장의 말씀이 맞소. 겉으로 드러난 곳은 두 곳이지만, 실상 세 곳이 북신마교를 제거하기 위해 움직였다 할 수 있소.

뒤늦게 북신마교 교주가 하오총문의 힘을 끌어들였다지만, 그
건 때늦은 몸부림일 뿐이오. 그들의 근거지인 남해와 사천까
지의 거리는 하루 이틀에 올 수 있는 거리가 아니오. 더욱이
삼양궁과 녹림이 본격적으로 충돌을 하기 시작했다 하니, 마
염성을 제외한 전 무림이 얽히는 이번 일에 하오총문도 한곳
에 총력을 기울이지 못할 것이오. 거기다 무너지기 일보 직전
의 북신마교라면……."

　태허는 이걸로 무당의 치부를 덮을 수 있다 여겨선지 즐거
워 보였다.

　그러나 옥정곽은 오히려 얼굴을 무겁게 만들었다.

　"아직 장담할 수는 없네."

　"무슨 말인가? 지금 전황은 뒤집을 수가 없네. 북신마교는
양쪽으로 첩첩산중일세. 다행히 공동연합은 우리가 흘린 정보
대로 동시에 오늘 밤 움직여 주지 않았나?"

　"나는 지금 북신마교를 이야기하는 것이 아닐세. 자네 말대
로 이미 북신마교는 끝장났다고 볼 수 있네. 저들은 최고고수
둘을 밖으로 내보내 스스로 약점을 짊어졌네. 그들만 있었어
도 전황은 이렇게 쉽게 풀리진 않았을 거야. 하지만 그렇다 해
도 우리가 북신마교를 이기는 것은 변히지 않네. 문제는……."

　"……?"

　"……?"

　허공과 태허 모두 옥정곽을 바라보았다.

　옥정곽은 두 사람의 시선을 받으며 승리의 분위기 속에서

더한 어두운 표정을 지었다.

"두 분도 알겠지만, 처음부터 가장 큰 적은 북신마교가 아닌 마염성이었소. 두 분은 잊었소? 마염성엔 천중삼원인 천시마염 막청해 말고도 무서운 사람이 있는 것을……."

"사도제일뇌."

"쌍뇌수사 사마교."

두 사람의 입에서 신음 같은 이름이 튀어나왔다.

이십 년 전 육파일방이 봉인하게 된 직접적인 원인 제공자가 다름 아닌 사마교였다. 그의 악마 같은 계책은 육파일방과 삼양궁의 충돌을 부추겼다. 결과적으로 삼양궁, 육파일방, 마염성이 커다란 피해를 입었지만, 가장 큰 피해를 육파일방이 입은 것도 다 그 때문이다.

"나는 그가 움직이길 바랐소. 일부러 중앙을 비워놓자 한 것도 바로 그를 끌어내려 함이었소. 이십 년 전에는 우리가 그의 계책에 삼양궁과 충돌을 냈지만, 마염성이 중앙으로 진출하면 삼양궁과 힘을 합쳐 마염성을 치려 했소. 그래서 삼양궁도 녹림과 충돌하는 듯해도 아직까지 제대로 된 전화가 타오르지 않는 것이오. 더욱이 그 순간 녹림까지 끌어들이면, 마염성은 졸지에 삼면에서 공격을 받아야 하오. 하오총문이야 어차피 지하에 숨어 확실히 제거하기도 힘든 세력. 그들에게 보상을 제공하면 침묵시킬 자신이 있었소. 그런데……."

옥정곽은 여기서 잠시 말을 멈추었다.

나머지 두 사람은 옥정곽이 말을 하지 않아도 뒷말이 어떤 것이 이어질지 잘 알고 있었다.

예상과 달리 마염성은 아직도 침묵에 빠졌다. 그들은 먹음 직스런 먹잇감이 눈앞에 있는 데도 이미 그게 먹잇감이 아니라 독인지 알고 쳐다보지도 않았다.

"우우우!"

그러나 그들은 더 이상 그것에 걱정을 잇지 못했다.

청성산 전역을 감싸는 듯한 장대한 장소성. 그 소리엔 그 어떤 것보다 뜨겁게 타오르는 분노가 담겨 있었다.

"놈들이 오는 거 같소."

옥정곽과 허공, 태허의 시선이 산 아래로 향했다.

"허공 방장께 맡기겠소. 혹시나 전황에 변화가 올 거 같으면 직접 나서서 해결해 주시오."

"아미타불. 알겠소."

허공은 남고, 옥정곽과 태허가 장소성이 들려오는 산 아래로 달렸다.

그곳엔 숫자는 둘이지만 능력은 천인 자들이 오고 있었다.

현재 육파일방 각파의 고수들은 대부분 북신마교의 본산을 공략하는 데 투입했고, 후방에 있는 자들은 그보다 떨어지는 자들이나. 그러나 그 인에는 숫기는 저지만 진정한 육파일방의 고수들이 기다리고 있었다.

소림의 핵심이라 할 수 있는 십팔나한과 무당의 핵심인 무당칠검이다. 십팔나한은 각자의 능력도 능력이지만, 그들이 펼치는 십팔나한진은 매화삼십육검진보다 위라 할 수 있었다.

무당칠검도 그들이 펼치는 북두천강진의 위력은 십팔나한진
에 조금도 떨어지지 않았다.

그 두 무리가 각각 고경천과 혁진웅을 막기로 되어 있었다.

"우우우우!"

장소성은 빠르게 청성산의 하부를 향해 다가오고 있었다. 얼마 전에 꽤 거리가 있던 것에 비하면, 지금 소리는 순식간이라 할 만했다.

"오… 온다."

비교적 하급제자들이라 들려오는 장소성에 미리 겁을 먹은 자들도 있었다.

그러나 그들의 두려움도 한발 먼저 나서는 이십오 인에 의해 사라졌다.

"소림십팔나한이다!"

"무당칠검이다!"

특히 자파에 속한 자들은 얼굴에 강한 자부심마저 드러냈다.

나타난 자들은 불혹을 넘겼을 법한 자들로 소림십팔나한은 항렬상으론 백호칠수의 아불승하고 같았다. 그들 모두 정자배들로 이들이 바로 차기 소림을 지탱할 동량들이다. 더욱이 이 중엔 차기 장문인으로 거론되는 자도 있었다.

무당칠검은 한자배로 광한과 같은 항렬이다. 이들은 비록 차기 장문인으로 거론되지 못해 태극혜검은 배우지 못했지만, 각자 무당이 자랑하는 일곱 가지 검학을 극성까지 익힌 자들

이다. 이들이 각기 칠성에 따른 방위를 밟으며 검진을 펼치면 무당 장문인도 뚫지 못할 정도라 했다.

이들은 흐트러지지 않은 표정으로 여명 속에 서서히 모습을 드러내는 두 사람을 바라보았다.

모두들 거침없이 이곳까지 다가오고 있었다. 중간중간에 매복을 해놓아 그들의 발길을 잡으려 했건만, 막상 도착하는 자들은 크게 지치거나 상처 입은 모습들이 아니다.

그들은 각자 얼굴을 확인할 거리가 되자 맡은 사람 쪽으로 걸음을 옮겼다.

소림십팔나한은 고경천 쪽으로, 무당칠검은 혁진웅 쪽으로 걸음을 옮겼다.

고경천과 혁진웅은 제자리에 멈춰 서 막아선 자들을 보았다.

지금까지 상대한 자들과는 질적으로 달랐다. 확실히 육파일방의 수위를 차지하는 두 곳의 제자들답게 녹록지 않은 기운을 풍겼다. 물론 하나하나는 상대하기 어렵지 않았지만, 이들 모두가 덤비면 쉬이 승리를 장담할 수 없었다.

"무상, 가능하겠소?"

고경천은 별걱정이 없었지만, 혁진웅은 걱정이 되어 이 말을 꺼냈다.

"교주가 나 외에 쓰러지면 안 되는 것처럼 나 또한 남에게 쓰러지지 않소."

"좋소! 그럼 후딱 해치우고 빨리 모두를 만나러 갑시다."

고경천은 제 발로 소림십팔나한의 중심을 향해 걸어 들어갔다.

그러자 빠르게 십팔나한들이 각자의 방위를 밟으며 고경천을 둘러쌌다.

혁진웅은 다가가는 대신 그들이 다가오길 기다렸다. 그러자 무당칠검은 칠성의 방위를 밟으며 둘러싸는 것이 아닌 천강좌 옆에 상대를 두었다. 이는 북두천강진의 묘리로 둘러싸서 빠져나가지 못하게 하는 것이 아니라 일곱 사람이 한 몸이 되어 진퇴를 거치며 공격하는 것이다. 어찌 보면 대인 상대하는 데 있어 가장 강력한 진이 바로 북두천강진일 것이다. 물론 십팔나한진도 위력이 있지만, 십팔나한진은 대인진에 최적화된 것이 아니라, 몇 명이 되었든 다 상대할 수 있는 진이다.

혁진웅은 대검을 양손으로 들고 손잡이는 비스듬히 위로 검 끝은 바닥을 향하게 했다.

무당칠검도 각자 검결을 집고, 검을 뽑아 혁진웅을 겨누었다.

"으핫!"

기합성과 함께 혁진웅의 검에서 검은 매화들이 하나둘 피어나기 시작했다. 매화삼마검의 전신인 매화칠절검이 펼쳐진 것이다.

"출진!"

천강좌의 신호에 따라 북두천강진이 본격적으로 움직이기 시작했다.

캉!

퍼벅!

불꽃이 튀고, 검기에 얻어맞은 땅이 금방 몸살을 앓기 시작
했다.

고경천은 싸움이 시작되자 혁진웅에게서 시선을 거두었다.
그가 처음부터 최강무공을 펼치지 않은 것은 아마 적들의 시
선을 분산시키기 위함이라.

'쓸데없는 짓을 하는군.'

고경천은 그를 둘러싼 십팔나한을 바라보았다. 모두들 가사
에 이마에는 계인 자국이 확실하고, 손에는 불문병기인 선장
과 봉, 방천산, 계도를 들고 있었다. 개중에는 독특하게 염주와
목탁도 들었다.

"아미타불."

불호가 신호가 된 듯 그들이 일제히 움직이기 시작했다.

봉을 든 자가 바닥을 찍고 몸을 허공으로 뛰었다. 그와 동시
에 계도를 든 자가 땅바닥을 구르며 고경천의 하체를 쓸어오
고, 목탁을 든 자는 금방이라도 던질 자세를 취했다.

고경천은 일단 하체를 쓸어오는 계도를 피해 뒤로 한 걸음
물러났다.

부우웅.

그 자리로 공중에 뜬 자의 봉이 떨어졌다.

펑!

고경천이 옆으로 한 발 움직여 봉을 피해내자, 이번엔 목탁

이 그를 향해 암기처럼 날아왔다.

쐐애애액.

고경천은 그것도 살짝 몸을 틀어 피하려 했다.

휘리리릭.

그러나 기다란 채찍처럼 염주가 그 뒤를 따라와 목탁의 옆면을 때려 방향을 틀게 만들었다.

고경천도 이 순간은 미간을 찌푸렸다. 기존에 상대해 왔던 진법들과는 너무나 궤를 달리했다.

그래서 기를 끌어올려 홍강수를 만들어 날아오는 목탁을 때려 부수려 했다.

그러나 십팔나한진의 변화는 이것이 끝이 아니었다.

등 뒤에서 무거운 풍압이 느껴지며 선장이 횡으로 고경천의 옆구리를 노리고 파고들었다. 그리고 그와 함께 방천산이 수직으로 고경천의 머리를 노리고 떨어졌다.

'젠장.'

고경천은 내심 욕설이 튀어나왔다. 그는 힘을 분산시켜 목탁을 쳐냄과 동시에 그 반동으로 신형을 틀며 옆구리와 머리를 노리는 두 개의 병기를 막아냈다.

깡!

요란한 쇳소리가 주변을 울렸다.

다시 목탁은 염주를 통해 주인에게 돌아가고, 그다음부터는 또 다른 순서로 병장기들이 그를 덮쳤다. 계도가 허공으로 가고 봉이 바닥을 노린다던가, 방천산과 선장이 그 역할을 대신 한다던가. 심지어는 목탁의 역할을 봉이 대신하기도 했다.

고경천은 시간이 지날수록 눈과 몸 모두 정신이 없었다. 확실히 소림십팔나한진 나한진 하는데, 오늘 그 명성을 온몸으로 확실히 느꼈다.

막지 못할 정도는 아니지만, 이런 식이면 먼저 지쳐 나갈 공산이 컸다. 더욱이 강기를 쓴다 해도 한순간도 숨을 돌릴 틈을 주지 않아 그것도 용이하지 않았다.

결국 남은 것은 한 가지다.

'아직은 보여주지 않으려 했건만.'

결정적인 순간을 위해 남겨두려 했지만, 상황은 그를 그대로 두지 않았다. 이미 그가 흡정을 할 때 상대의 몸을 잡아야 한다는 것은 무림인 누구나 아는 공공연한 사실이었다.

'흡정망.'

일순 고경천의 움직임이 멈춰지고, 그의 몸에서 검은 선들이 허공에 그림을 그리며 주변으로 빠르게 펼쳐져 갔다. 얼마 전엔 밤이라 정체가 드러나지 않았지만, 지금은 태양이 주변을 밝히는 낮인지라 그 모습이 그대로 드러났다.

"저럴 수가!"

뒤늦게 노작한 옥징곡은 믿을 수 없었다.

"무량수불!"

태허도 그저 도호를 내뱉는 것이 다였다.

"크아아악!"

"으악!"

“컥!”

맑은 가을 하늘을 순식간에 지옥으로 바꿔놓은 처절한 비명 소리. 당하는 자나 듣는 자 모두 극도의 공포 속에 빠져 버렸다.

지옥의 중심에 고경천이 있었다.

그는 거미줄에 앉아 먹이를 기다리는 거미처럼 제자리에서 거미줄만 사방에 쳐놓은 채 그 안에 걸린 인간들의 정기를 남김없이 빨아들였다.

순식간에 주변엔 정기를 빼앗기는 나한들로 아수라장이 되었다.

허공에 뜬 자는 허공에서 몸을 비틀고 땅을 구른 자는 땅에서 몸을 비틀었다. 그 외의 자들은 뒤로 몸을 빼려다 그대로 거미줄에 걸려 애처롭게 바동거렸다.

도대체 천하의 소림십팔나한이란 말이 무색하게 너무나 어이없는 최후들이었다.

고경천은 모든 이들이 비명을 멈추자 차가운 얼굴로 흡정마기를 거두어들였다.

추리리릭.

거미줄들이 순식간에 고경천의 몸으로 사라졌다.

털썩. 털썩.

다 익은 과실이 떨어지듯, 허공에서 나한들이 떨어져 내렸다.

고경천은 그것으로 끝낸 것이 아닌, 혁진웅과 치열하게 싸우는 무당칠검에게로 걸음을 옮겼다.

　그리고 지옥을 곁에서 생생하게 느낀 무당칠검의 제일 후미에 있던 자는 고경천이 다가오자 자기도 모르게 몸을 피하다 진에서 벗어났다.

　"사제!"

　그로 인해 진이 흔들리자 천강좌의 도사가 소리쳤지만, 작은 흐트러짐은 곧 커다란 붕괴로 변해갔다.

　그리고 그 순간, 진의 흔들림을 놓치지 않은 혁진웅이 허공으로 솟구쳤다.

　"낙매폭우(落梅暴雨)!"

　혁진웅의 노성과 함께 그의 대검에서 검은 매화들이 비가 되어 떨어졌다.

　천강좌의 도사는 하늘을 보다 절망감을 드러냈다.

　이곳저곳 어느 곳도 피할 수 없게 쏟아지는 검은 매화의 소낙비. 진은 이미 제 역할을 잃었고, 뒤에서 흡정마기를 일으키는 고경천으로 인해 피할 곳도 없었다.

　"피해라!"

　그래도 포기하지 않는 자가 있었다. 태허가 노성과 함께 서눌러 싸움터도 몸을 닐렸다.

　퍼버버벅!

　비명도 없었다.

　순식간에 육편이 되어 나뒹구는 일곱 구의 시신이 땅을 피로 물들였다.

척.

혁진웅은 땅으로 내려오며 얼굴에 피곤한 기색을 드러냈다. 그러나 고경천을 보며 미간을 모았다.

"나는 도움을 바라지 않았소."

고경천은 어깨를 으쓱했다.

"나는 아무것도 한 것이 없소. 그저 그들이 지레 놀라 스스로 무너졌을 뿐. 거기다 저들을 죽인 것은 내가 아니라 무상이오."

너무나 천역덕스런 대답에 혁진웅은 오히려 할 말이 없었다.

"이놈들!!"

태허의 노성이 천공을 울림과 동시에 그의 몸에서 우레성이 터졌다.

우르르릉!

날벼락처럼 태허의 손끝에서 태청강기가 벼락처럼 떨어졌다.

혁진웅이 그걸 보고 먼저 나서서 태청강기를 막아내려 했다.

"그럴 필요 없소."

고경천이 한 발 앞서 천신처럼 우뚝 섰다. 그리고 한 손을 들어 날아오는 태청강기를 향해 뻗었다.

츄리리릭.

고경천의 손에서 검은 그물이 뻗어나가 허공에 그물을 쳤다.

태청강기는 그물에 걸린 고기가 되어 흡정마기 속으로 걸려 들었다.

쉬이이이익.

바람 빠지는 소리와 함께 태청강기가 흡정마기의 그물 안에서 서서히 그 모습을 잃어갔다. 종국엔 아무 일도 없었다는 듯 흡정마기도 고경천의 몸속으로 빨려 들어갔다.

“…….”

정적.

공격을 한 자, 막은 자, 구경하는 자 모두 말을 잃었다. 지금 그들의 머리는 하얗게 지워지고 있었다. 지금까지 듣도 보도 못한 이 놀라운 비사. 이로써 무림인들의 뇌리에 흡정마공의 진정한 저주가 새겨졌다.

‘모든 무공의 상극이며 초유의 파괴를 불러오는 혼돈의 저주받은 무학.’

왜 그런 수식을 갖고 있는지 똑똑히 알게 되었다.

“마… 말도…….”

태허는 오랜 수양도 잊고 말을 더듬었다.

자신감을 갖고 있던 옥정곽도 일순 얼이 빠져 아무런 행동도 취하지 못했다.

“갑시다.”

고경천은 싸늘한 표정을 지으며 혁진웅을 이끌고 걸음을 옮겼다.

이 순간 혁진웅은 고경천의 뒤를 따르지만, 그도 이미 얼이 나간 상태였다. 도저히 상식으로 어떻게 해볼 수 없는 경지. 이건 아무리 오랫동안 무공을 익혀도 해볼 수 없는 경지였다.

[길을 열 테니, 옥정곽을 죽이시오.]

"……?"

혁진웅은 싸늘한 전음성에 정신을 차렸다. 그리고 두 눈에 광채를 드러내고 진한 살기를 일으켰다.

고경천은 명을 내리고 걷는 걸음에 속도를 가했다. 그는 태허는 무시하고 지나쳐 빠르게 군웅들 속에 몸을 숨기고 있는 옥정곽을 향해 달려들었다.

"옥정곽!"

고경천의 노성이 하늘을 찔렀다. 그리고 양손에 지금까지 흡수한 전 내공을 끌어올려 거대한 홍월강을 만들었다.

"비키지 않으면 다 죽일 것이다! 가라!"

고경천이 손을 내리자 거대한 홍월강이 땅을 쓸며 옥정곽을 향해 날아갔다.

"마… 막아라!"

태허가 놀라 소리치며 다시 몸을 날리려 했다.

그러나 고경천이 강기를 날리고 돌아서 그런 태허를 막아섰다.

"우리도 남은 빚을 끝낼 때가 되었소."

"무량수불."

차가운 고경천의 말에 태허는 무겁게 도호를 외웠다.

"지켜라! 옥 대협을 지켜라!"

육파일방의 제자들이 몸을 던져 홍월강을 막아서려 했다.

서걱. 서거걱.

비명도 없었다.

앞을 막아선 자들은 깨끗하게 갈라진 자신들의 병기와 허리를 보며 허무한 얼굴로 숨을 거두었다.

옥정곽은 잠시 갈등을 했다. 이대로 몸을 피할 것인가? 아님 한발 먼저 나서 강기를 막을 것인가?

그러나 이저 저도 할 수 없었다. 홍월강을 따라붙으며 엄청난 기세를 끌어올리는 한 사나이.

자기처럼 허연 백발을 자랑하지만, 그의 몸은 어떤 젊은이보다 생동감이 있는 육체를 보여주었다.

이십팔수 중 각각 문과 무에서 제일이라 불렸던 그들. 그들이 오늘 처음으로 마주 서게 되었다.

"암중유일매(暗中唯一梅)!"

혁직웅의 기합성이 터졌다.

과거 고경천을 거의 궁지로 몰아넣었던 매화삼마검의 마지막 절대초식.

쳐든 그의 검에서 유일한 검은 매화가 꽃을 피웠다. 크기는 먼저 쏘아진 홍월강을 능가할 정도의 엄청난 크기. 매화는 꽃을 피우자 바로 지듯이 옥정곽을 향해 떨어졌다.

옥정곽은 더 이상 갈등하지 않았다. 이대로 몸을 피하면 주변에 그를 보호하려는 육파일방 제자 전부 전멸할 위기였다.

"허허. 결국 무림은 지략이 아닌 힘인가?"

허탈한 음성을 남기며 두 눈에 강렬한 광채를 뿜어내며 그대로 검은 매화를 향해 달려들었다.

"노룡파천(怒龍破天)!"

옥정곽의 몸이 푸른색의 기운에 감싸였다. 스스로 하나의 강기 덩어리가 된 그의 몸이 빨려들 듯 검은 매화 속으로 사라졌다.

콰아아앙!

"이럴 순… 이럴 순……."

태허는 피비가 되어 뿌려지는 옥정곽의 잔해를 보며 늙은 노안에 눈물을 매달았다. 그러다 분노해 고경천을 향해 소리쳤다.

"정녕 네놈은 예라곤 없느냐? 아무리 적이라도 명색이 선배이거늘! 어찌 선배의 시신을 이리 손상시킬 수 있더냐?"

"예? 당신이 나에게 예라는 말을 할 수 있는가? 십 년 전 예로 대한 우리 부자를 물 먹인 자가. 더욱이 그렇게 예를 잘 아는 자가 사제를 그렇게 구석으로 몰아붙일 수 있느냐?"

"닥쳐라! 네놈은 잠시지만, 내가 너의 존장이었다는 것도 잊었느냐?"

이 자리에 상낙자는 사라졌다. 남겨진 것은 분노에 몸을 떠는 상노자라 해야 어울리는 사람뿐. 그는 고경천의 등장으로 모든 것이 엉망이 되는 걸 맛보았다.

"잊은 것이 아니라 기억할 필요가 없었다. 난 이날 이때까지 무당에 받은 것이라곤, 씻을 수 없는 상처뿐이니까. 더욱이 당신은 사제의 유일한 딸을 나에게 보내 내 손으로 죽이게 만들려고 했지."

"무슨 말이냐?"

"무슨 말? 그건 잘 알고 있었을 텐데. 청룡칠수의 수좌와 그렇게 가까운 사이면서도 멸절사태를 통해 보타암에서 보낸 자객이 이십 년 전 무허 사부와 유정 사모 사이에서 태어난 딸임을 몰랐단 말이냐?!"

고경천의 얼굴에 진한 분노가 솟구쳤다. 정말 모든 것이 너무나 화가 나게 만들었다. 무당파는 시작부터 지금까지 그에게 좋은 걸 남겨준 것이 없었다. 처음엔 아버지를 죽게 만들더니, 지금은 유일한 친인들의 목숨마저 빼앗으려 했다. 그것도 알량한 자존심을 위해…….

태허는 얼이 빠져 아무 말도 하지 못했다. 단지 보타암이 보내는 천년검후라고만 알았지, 설마 이십 년 전의 그 일로 무허 사제에게 소생이 있을 줄 몰랐다.

"허허… 허허… 어허허허."

태허가 웃었다. 갑자기 본래의 모습으로 돌아가기라도 했는지, 상낙자에 맞는 별호처럼 계속해서 웃었다. 그러나 그 웃음 속에 즐거움은 없었다. 오직 허무뿐.

"컥! 쿨럭!"

한참 웃던 그가 탁한 기침과 함께 피를 쏟아냈다.

태허는 그대로 시선을 돌려 고경천을 바라보았다.

"도는 물처럼 흘러가야 도인 것을. 결국 막으려 한 것은 다른 누구도 아닌 나란 말인가? 쿨럭!"

태허는 더 많은 피를 토해냈다.

고경천은 태허의 그런 모습에도 무심함을 잃지 않았다.

"내 너의 대사백으로서가 아닌, 네 사부의 얼굴을 봐서 부탁 하나만 하자."

"당신과 나에게 부탁하고 들어줄 건 아무것도 없소. 그저 누가 죽고 누가 사느냐 뿐이지."

"그건 알고 있다. 그래서 나는 기꺼이 죽음을 택하겠다. 그러나 나머지 육파일방의 제자들. 그들만은 살길을 열어주거라."

태허의 머릿속엔 그들이 전통있는 육파일방의 제자들이니, 그들이 전황에서 유리하다던지, 아님 아직도 많은 숫자가 남았다니 이런 것은 사라졌다. 남은 것은 오직 감히 상대할 수조차 없는 고경천의 경이로운 경지. 그것뿐이었다.

고경천은 애절한 태허의 눈빛에도 표정 하나 흐트러뜨리지 않았다.

"내 분명 당신과 나는 부탁이 필요없는 사이라 했소. 하나… 나를 건들지 않으면 난 언제나 먼저 건들지 않소."

고경천은 이 말을 끝으로 신형을 돌렸다. 태허는 이미 황천을 건너고 있었다. 그의 심맥은 가닥가닥 끊어져 금방이라도 바닥에 쓰러져도 이상하지 않은 상태다.

“고맙다.”

태허는 이 말을 끝으로 마지막 남은 진기를 모아 청성산 전체에 메아리치도록 소리쳤다.

“사해조수는 죽었고, 육파일방은 졌다! 그러니 모두 퇴각하라! 절대 싸우지 말고 모두……!”

털썩.

다시 한 번 소리치려던 그의 의지는 계속 이어지지 않았다. 태허는 그대로 숨이 끊겨 차가운 바닥에 육신을 눕혔다.

고경천은 천천히 북신마교 본산을 향해 걸음을 옮겼다. 그 뒤를 혁진웅이 호위하듯 따랐다.

이 순간 둘의 걸음은 천만대군을 방불케 했다.

태허의 명이 아니라도 근처에 살아남아 모든 걸 보아온 자들은 고경천의 발길을 막을 수 없었다. 그는 더 이상 그들의 뇌리 속에서 같은 인간이 아니었다. 전설대로 흡정마공을 익힌 초유의 파괴자였다.

*　　　*　　　*

“뭘 보나?”

“서쪽이요.”

당협기의 말에 창가에 서서 서쪽 하늘을 바라보던 아불승이 퉁명스럽게 대답했다.

둘은 지금 호화로운 내실에 있었다. 이곳은 녹림을 찾은 그 둘을 위해 배정해 준 곳으로 그들은 추일학의 명을 받고, 녹림에 동맹을 하러 왔다 여기서 몇 날 며칠 이렇게 보내고 있는 중이다.

"이놈아, 본다고 어떻게 된다냐? 여기서 걱정할 바에는 한시 빨리 문상이 내린 명을 완수하고 돌아가는 것이 순서 아니냐?"

"누가 그걸 모르오? 도대체 산적들이 뭐가 이리 계집처럼 뭉기적거리오? 아니면 아니고, 기면 기지."

"너 근자에 오 좌사하고 붙어 다니더니 점점 그를 닮는다. 머리 좀 굴려라, 머리 좀."

"머리요? 그거라면 질리도록 굴렸소. 애초에 장강에서 교주님을 놓치고, 교로 복귀하려던 우리를 문상이 녹림으로 가라 하지 않았소? 그래서 서둘러 녹림에 오고, 여차 저차 해서 시킨 대로 하지 않았소? 그런데 지금 이게 뭐요? 답은 없고, 몇 날 며칠 멍하니 시간만 보내고. 지금쯤 본산은 육파일방 놈들하고 한바탕할 텐데."

"에효. 왜 이렇게 눈치가 없을까? 일부러 그랬다고는 생각하지 않느냐? 너를 생각해서 일부러!"

"뭐가 일부러요?"

"네가 아무리 아니라 해도 소림은 너의 사문이다. 특히 십팔나한의 수좌까지 지낸 너라면, 애초에 넌 같은 육파일방이라도 대형과 달라. 그분이야 무공으로 연을 맺었다지만, 너는 그곳에서 먹고 자라오고 하지 않았느냐?"

"그 말이면 그만두시오. 난 어차피 이십 년 전에 소림 법명을 버린 몸이오. 스님이 되고 나서도 함부로 살생을 해야 될 입장이라면 난 차라리 속인으로 하겠소. 그리고 소림이 아니라도 얼마든지 부처님을 만날 수 있소. 그러니 나에게 소림은 더 이상 아무 관계도 아니오. 나를 죽이려 한다면, 나도 그들을 죽일 뿐이오."

아불승은 싸늘하게 말했다. 과거 한창 잘나가던 그가 소림을 등지게 된 것도 이십 년 전의 혈사로 육파일방이 너무 많은 살생을 해서이다. 특히 그는 그 당시 적이라고 죽이던 사람들 속에서 적이 아닌 한 사람을 찾아냈다. 그 여인은 성수곡 출신으로 소림 제자에 의해 거의 사경까지 몰렸다. 아불승은 그걸 보고 소림에 회의를 느꼈다. 여러 번 이번 일에서 손을 떼자고 했지만, 소림도 다른 문파처럼 흡정마공의 저주에 걸려 헤어나오지 못하고 봉문지경까지 다다른 것이다.

"그래, 그만두자. 옛날이야기 해서 뭐 하느냐? 그보다 너는 어떻게 보느냐?"

"뭘 말이오?"

"녹림의 의도 말이다."

당협기의 말에 아불승은 잠시 심각하게 쳐다보았다.

"정말 내 생각을 듣고 싶은 것이오? 그렇다면 간단히 말해… 모르겠소."

"……"

당협기는 예상은 했지만 막상 듣고 나니 화가 나려고 했다.

그러나 일단 참았다. 자기도 누구처럼 이거다 하고 확실하게 말을 못하는 처지라 나무랄 형편이 아니었다.

"그럼 다섯째 형은 어떻게 생각하오?"

"나야… 나도 잘 모르지. 그냥 막연히 뭔가 노리고 있다는 느낌만 든다. 그런데 도대체 뭘 노리는 건지 알 수가 없어. 지금 삼양궁과 싸움 중이라 해도 너도 오면서 봤지만, 생각보다 뭉그적대는 싸움이잖아. 이래선 삼양궁 때문에 몸을 못 뺀다고도 할 수 없고. 지금이야 육파일방이 우리 쪽에 매달리느라 마음먹고 치려 한다면 중앙을 쉽게 먹을 수 있잖아."

"그러나 북엔 마염성, 남엔 삼양궁이 있지 않소?"

"그건 그렇지만… 삼양궁과 육파일방은 이십 년 전보다 사이가 좋아졌잖아. 그 다리 역할을 청룡칠수가 하고 있고, 마염성이야… 왜 그들은 움직이지 않을까?"

잘나가던 당협기가 다시 질문을 던졌다.

"내가 그걸 알면 뭐 하러 고민하겠소?"

"하긴… 도대체 왜 움직이지 않을까? 나 같으면 차라리 마염성과 짜고서 같이 움직일……."

"다섯째 형 그거!"

"뭐? 아!"

당협기는 말하다 깨달을 수 있었다.

그때였다. 그들이 머무는 빈객청으로 다른 사람이 나타났다.

"두 귀빈을 수석원로께서 만나뵙기를 청합니다. 잠시 같이 가시겠습니까?"

“수석원로라고 했느냐?”

아불승은 반문했다.

당협기는 잠시 그들을 데리러 온 하급무사를 보다 생각을 굳혔다. 그들이 이곳에 온 지가 몇 날이 흘렀는데, 공개석상에도 코빼기도 비추지 않은 수석원로가 갑작스레 사람을 보내 청했다.

“가자.”

“잠깐, 다섯째 형.”

“잔말 말고 가자. 따라와라.”

[호랑이를 잡으려면 호랑이 굴에 가야지. 뭔가 꿍꿍이가 있다면 우리 머리에 부딪쳐 보지 않고 알 수 있느냐?]

이어지는 전음에 아불승은 조용히 걸음을 옮겼다.

그들이 도착한 수석원로의 거처란 곳은 손님인 그들이 머무는 곳보다 못했다. 전형적인 산적 수채답게 박제해 놓은 짐승들의 형상과 털가죽, 날카로움을 자랑하는 거대한 대부가 전부였다.

“이렇게 오라 해서 죄송하오.”

의자에 앉아 있던 호안의 노인이 그 둘이 들어서자 자리에서 일어나 반겼다.

당협기와 아불승이 그를 보며 맨 처음 느낀 것은 혁진웅이다. 그들의 대형처럼 그의 전신에서는 나 만만한 놈 아니란 기운이 물씬 풍겨졌다.

확실히 녹림의 수석원로다운 연륜을 전신에서 뿜어댔다. 그래서 아불승과 당협기는 자기도 모르게 행동에 조심을 가했다. 비록 상대가 그들의 뇌리 속에 없는 인물이라 할지라도 분명 무림이십팔수보다 약한 이름은 아닐 것이다.

"일단 내 소개부터 하겠소. 과거 무림에서 활동할 당시 만산패왕(萬山覇王)이란 별호로 불렸던 호붕천(虎崩天)이오."

"호붕천."

"음……."

아불승과 당협기는 신음을 흘렸다.

호붕천은 이십 년 전까지만 해도 녹림도들의 우상이나 마찬가지였다. 지금이야 녹림 하면 범산호란 이름을 앞세우지만, 이십 년 전에는 당연히 이 이름을 앞세웠다.

"그리고 말하기 앞서 한 가지만 묻겠소. 두 사람은 북신마교와 하오총문이 손을 잡은 것을 알고 있소?"

"소문은 들었소."

당협기가 고개를 끄덕였다.

"듣자 하니 북신마교도들은 교주에 대한 충성심이 무척 높다 하던데 두 사람도 그렇소?"

"물론이오. 처음에는 울며 겨자 먹기로 그랬지만, 지금은 이 세상에서 우리 교주를 제일 믿소. 그분이야말로 앞으로 무림에 새로운 바람을 불러일으킬 분이시오."

호붕천은 잠시 두 사람의 눈빛을 보았다. 늙은 호랑이의 세월이 담긴 눈으로 두 사람의 얼굴에서 무언가를 찾으려고 했다. 그러다 미소와 함께 둘만 들리게 전음을 보냈다.

[그럼 그 사실은 알고 있소? 두 사람의 교주가 공석인 하오총문주에 등극하며 천시명왕 공야현이 된 것을 말이오? 그리고 나는 그런 하오총문주를 보필하는 주작칠수의 일인이라는 것을 말이오.]

"……."

당협기와 아불승의 눈이 거세게 흔들렸다.

만일 호붕천이 눈빛으로 주의를 주지 않았다면, 둘은 놀라 굳게 다문 입 안에 담긴 말을 내뱉었을 것이다.

"자, 이제 서두는 끝났으니, 귀하들이 녹림을 찾아온 일에 대해 이야기를 해봅시다. 그동안 본인이 이래저래 일이 많아 관심을 두지 않았는데, 꽤 흥미가 있는 이야기라 이렇게 부른 것이오."

호붕천은 말끝에 부드러운 웃음을 보였다.

그러나 두 사람은 차갑게 빛나는 그 눈에서 그가 무언가를 경계하고 있다는 것을 알고 있었다.

아불승은 소림의 천이통을 끌어올리고 나서야 간신히 미약한 기척을 간지해 낼 수 있었다.

*   *   *

"…절대 싸우지 말고 모두……."

허공은 거의 승리로 굳어가는 전황을 보다가 모든 것을 뒤집어 버리는 메아리에 백미를 꿈틀거렸다.

그러나 다른 자들은 움찔하는 것으로 끝나지 않았다.

육파일방의 제자들, 특히 무당파의 제자들은 그 음성이 누구 것인지 잘 알고 있었다.

"장문인……."

"진짜야?"

"서… 설마. 아까의 장소성이……."

불안감은 빠르게 전달되기 마련이다. 겁없이 덤벼들던 육파일방의 제자들이 나가는 것보다 물러가는 게 많았다. 그리고 선두에서 싸우는 청룡칠수는 그 소리에 상대하던 현무칠수를 강하게 밀치고 난 후 혼란을 정리하고 있었다.

추일학을 위시한 북신마교의 고수들도 잠시 동안 이 말의 의미를 되새기느라 공격하란 명령을 내리지 못했다.

그들은 그렇게 치열했던 싸움을 혼란 속에 소강상태로 만들어 버렸다.

허공은 지금 사실에 대해 결정을 내리지 못했다. 그도 태허의 목소리는 잘 알고 있기에 차마 이렇다 저렇다 결정할 수 없었다. 특히 그는 그 둘이 왜 갔는지 너무나 잘 알고 있었다.

"방장!"

한 소림 승려가 헐레벌떡 허공이 있는 곳으로 달려왔다. 그는 얼마나 다급히 달려왔는지 금시라도 숨이 넘어갈 것 같았다. 그는 그래도 숨을 고르는 것이 아닌 자기가 알고 있는 사실을 전달하는 데 최선을 다했다.

"알려 드립니다. 옥 대협은 적의 공격에 분사해 시체조차 온전히 추스르지 못했고, 태허 장문인은 퇴각하란 말을 끝으로 저항도 못하고 숨이 끊겼다 합니다."

"아미타불."

허공은 두 사람의 죽음에 불호로 먼저 명복을 기렸다. 그러나 이 사실만으로는 쉽게 믿을 수 없기에 재촉했다.

"자세히 말해보도록 해라. 어떻게 그 두 사람이 그리 허무하게 죽을 수 있단 말이냐?"

이 순간 허공의 말은 모두를 대변하는 말이었다.

지금은 적과 아군 모두 가리지 않고, 입을 여는 소림 승려의 입술만 뚫어져라 바라보았다.

"옥 대협은 화산마검의 마지막 초식에 제자들이 죽게 될 위기에 빠지자 스스로 몸을 던져 공격을 막았다고 합니다. 태허 장문인은 어떻게 된지 알 수 없이 마교주와 대화를 나누다 갑자기 웃음을 터뜨리고 그대로 한마디를 남기고 숨이 끊겼다 합니다. 그런데 소식을 전한 자들의 말을 전하면, 마교주는 인간이 아니라 합니다. 그는 인간이 아닌 악마가 되어 어떤 무공을 쓰든 손도 대지 않고 죽인다 합니다. 정녕 전설대로 흡정마공의 진정한 저주가 부활했다 합니다."

"……!"

장황하게 이어진 설명은 모든 이들의 정신을 확 깨웠다.

아군은 아군대로 적군은 적군대로 말이다. 특히 흡정마공의 진정한 저주가 부활되었단 말은 충격을 넘어 공포였다. 모든 무학의 상극이며 초유의 파괴자란 그 능력. 그 능력이 진실로 눈을 떴다면, 그 누구도 막을 수 없으리라.

"이… 이놈들!"

여기까지 이야기를 듣던 무당 제자가 하나가 분노에 북신마교도를 향해 공격해 들어갔다.

푸욱!

그의 검은 잠시 얼이 빠져 있던 북신마교도의 배에 정확히 박혔다.

무당 제자는 그것도 모자라 악에 받쳐 소리쳤다

"네놈들! 정녕 용서치 않겠다! 살과 피는 씹고, 뼈는 갈아 마셔 서라도 이 원한을 풀겠다! 으아아악!"

그의 발악 같은 외침이 다시금 도화선이 되었다.

잠시 얼이 나갔던 청룡칠수도 하나둘 정신을 차렸다.

"허허. 대형, 태어난 날은 다르지만 어찌 한날한시에 죽잔 약속을 어기십니까?"

을지황의 노안에 눈물이 맺혔다. 그러나 그 눈물은 빠르게 사라지며 그의 전신이 진한 살기에 물들었다.

"이 의제는 대형의 뜻에 따라 북신마교도 한 놈이라도 더 죽이고 뒤를 따르겠습니다."

을지황은 말이 끝나기 무섭게 잠시 떨어졌던 최염을 다시 몰아쳤다. 그는 아예 수비는 도외시하고 공격 일변도라 지금까지 팽팽한 판국을 유지하던 최염은 곧 위험에 빠져들었다.

"내 정녕 예전부터 이날을 예상했느니라. 그래서 반드시 멸하려 했건만. 나무관세음. 내 대형의 묵은 원한을 갚고 말리라. 악적 죽어라!"

나찰귀로 변한 단정의 검이 오염달에게 쏟아졌다.

그 뒤로 정일참, 황전기, 조금산 모두 각자의 상대에게 덤벼들었다. 이는 다른 자들도 눈에 불을 켜고 덤비는 계기를 만들어 잠시 소강상태에 빠졌던 싸움을 전보다 더 격렬히 타오르게 만들었다.

"아미타불."

허공은 잠시 눈을 감았다. 태허가 죽으며 남긴 유언과 같은 한마디는 분명 적의 엄청난 능력을 전하려 한 의도였을 것이다. 그러면 분명 지금 이곳으로 오고 있는 둘은…….

그러나 악에 받쳐 싸우는 청룡칠수와 육파일방 제자들을 보고 있으니 말릴 수도 없었다. 이미 자기의 소중한 사형제들을 많이 잃은 육파일방으로서 퇴각이란 있을 수 없었다.

"허허. 부처는 육파일방을 버리려 하는가?"

허공이 허탈함에 부처를 찾았지만, 부처는 대신 그에게 악마를 보내주었다.

"으아!"

"도망쳐라! 악마다!"

아래에서 육파일방 제자들의 비명이 높아지고 있었다.

허공은 더 이상 지체할 수 없어 몸을 날리려 했다.

"커억!"

"윽!"

두 개의 비명이 장내를 울렸다.

"다섯째!"

"다섯째야!"

추일학과 오염달이 피를 토하듯 소리쳤다.

"어억!"

홍해구는 창을 놓친 손으로 가슴을 움켜쥐며 뒷걸음질치고 있었다. 그의 창은 마지막에 정일참의 허벅지에 꽂혀 있었다.

홍해구의 손 사이로 진한 선혈이 분수처럼 뿜어졌다. 정확히 심장을 가른 일격이 그에게 죽음을 선사하고 있었다.

그러나 그의 절망은 그게 다가 아니었다.

"죽어!"

언제 곁에 왔는지 아까 소리쳤던 무당 제자가 등 뒤에서 폐를 관통하는 일검을 찔렀다.

푹!

"컥! 컥!"

털썩.

폐가 관통되어 제대로 숨도 쉬지 못한 홍해구는 그렇게 숨을 거두었다.

"다섯째!"

추일학이 기합성과 함께 상대하던 조금산을 향해 강한 일격을 날렸다.

"크윽!"

조금산은 주판을 잡은 손이 떨어져 나갈 것 같아 비명을 지르며 물러났다.

그러나 그는 그대로 홍해구를 향해 몸을 날리는 추일학을 쫓았다.

"비켜! 미친 비구니야아아악!"

오염달이 광분해 소리치며 단정을 몰아붙였다.

"사필귀정이다!"

단정도 이미 악에 받쳐 조금도 물러나려 하지 않았다. 둘은 어떻게든 상대를 끝장내려 했지만, 처음부터 줄지 않은 실력 차로 흉흉해지기만 했다.

"비켜!"

펑!

"으억!"

홍해구를 검으로 찌른 무당 제자가 추일학의 일격에 바닥을 나뒹굴었다.

"다… 다섯째야."

추일학이 멍한 얼굴로 쓰러진 홍해구를 안아 일으켰다.

온몸이 상처가 아닌 곳이 없었다. 이미 실력 이상의 상대를 상대하느라 몸이 만신창이였다. 그런 것을 억지로 버텨 거의 걸레처럼 너덜너덜해졌다. 그러나 치명상은 역시 신장을 가른 일도와 등 뒤를 꿰뚫은 일검이었다.

추일학은 억울해서 감지 못한 홍해구의 눈을 감겨주었다.

"어디다 한눈을 파느냐!"

언제 다가왔는지 조금산이 금주판으로 추일학을 공격해 왔다. 추일학은 일단 홍해구를 안은 팔을 놓치기 싫어 섭선을 든 손으로 금주판을 막아갔다.

퍽!

"윽!"

추일학은 힘을 이기지 못하고 홍해구를 놓치고 그대로 반대로 날아갔다.

그런데 그가 날아가는 방향이 얼마 전 일장을 날렸던 무당 제자가 쓰러진 자리였다.

갑자기 죽었다 여긴 그가 벌떡 일어났다.

"추일학, 이걸로 청부는 완수다."

뼛속까지 울리는 차가운 음성과 함께 무당 제자가 사악한 미소와 함께 그대로 추일학에게 쏘아져 갔다. 지금 그의 모습은 과연 얼마 전의 어설픈 무당 제자냐 싶을 정도로 극상의 쾌를 보여주었다.

추일학의 눈이 흔들렸다.

앞은 조금산 뒤는 정체불명의 살수.

그러나 문제는 방금 전의 충돌로 기혈이 진탕되어 쉽게 내공이 모이지 않는다는 것이었다. 충격과 불의의 일격이 그의 몸을 갉아먹은 탓이다.

추일학은 죽음을 예감하며 갑자기 드는 기이한 느낌에 한쪽을 바라보았다. 그쪽에서 한 사람이 그를 향해 번개가 울고 갈 정도의 빠르기로 다가오고 있었다.

푸욱.

퍽!

"컥!"

날카로운 검은 심장을 뚫었고, 금주판은 단전을 가격했다.

추일학의 입에서 진한 선혈이 뿜어지며 그 순간 청성산이 무너질 듯한 분노성이 터졌다.

"서새애애애애앵!"

사람들이 소리의 임자를 찾기 전에 그는 추일학의 곁에 다가와 있었다. 그는 도착하기 무섭게 한 손에 각각 두 사람의 목을 틀어잡고 있었다.

"뒈져라!"

흡정망이 아닌 원시적인 흡정이었다.

분노에 물든 고경천의 얼굴에 악마 같은 검은 선들이 그려지며 일순 손을 통해 무지막지한 양의 흡정마기가 두 사람에게 쏟아져 들어갔다.

"크아아악!"

"끄아아악!"

우두둑. 뿌둑.

순식간에 사지 관절과 육신의 뼈들이 제멋대로 춤을 추기 시작했다.

주인의 의지를 제대로 담은 흡정마기가 상대의 몸을 뼈마디 하나나 근육 한 올 한 올까지 철저하게 파괴시켰다.

"으아아아악!"

"끄악!"

두 사람은 비명을 지르는 것도 모자라 침과 눈물, 콧물, 방뇨까지 해 추한 몰골로 변해갔다.

그러나 누구 하나 그들이 추하다 여기지 않았다.

하늘 끝까지 치솟은 머리를 휘날리며 악마의 얼굴을 한 마귀의 손에 잡힌 그들을 사람들은 동정이나 분노도 아닌 극도의 공포에 물든 얼굴로 바라보았다.

어느샌가 비명은 사라졌다.

그러나 뼈마디 뒤틀리는 소리와 두 사람이 꿈틀대며 내는 소리가 유일하게 정적을 깨뜨렸다.

"교… 교주님, 그만."

바닥에 쓰러져 있던 추일학이 힘겹게 고경천을 불렀다.

그제야 핏줄이 터져 붉게 물든 고경천의 시선이 추일학의 얼굴에 떨어졌다

"후후. 가관도 아니군요. 지금 교주님 몰골. 악마도 울고 가겠습니다."

"지금 이 순간에도 농담이 나오시오!"

"농담이 아니라 진실입니다. 그보다 교주님, 무사하시니 다행입니다. 윽."

"서생!"

고경천은 이미 고깃덩이로 변한 두 사람을 집어 던지고 얼른 추일학을 안아 일으켰다. 고경천은 재빨리 넘쳐서 터질 것 같은 진기를 추일학의 몸 안에 불어넣었다. 이 순간 그의 마음은 자기가 가진 진기 전부를 주고 싶었다.

"욱!"

너무 과도한 진기에 추일학이 피를 토했다.

"서… 서생."

고경천이 놀라 진기 불어넣던 것을 멈췄다.

"정말 그 막무가내 성격은 여전하군요. 그러나 저는 그 성격이 싫지 않았습니다."

"큭."

고경천은 어금니를 깨물었다. 차마 추일학 앞에서 눈물을 보이긴 싫어 혀를 그 사이에 넣기까지 했다.

지금 추일학의 눈동자는 조금씩 빛이 꺼져 가고 있었다. 늘 혜지와 여유로 반짝거리던 눈이 탁하게 변해 아무런 광채도 내지 않았다.

"교주님, 정말 즐거워어……."

추일학은 더 이상 말을 하지 않았다. 늘 고경천을 향해 사기를 쳐 골려먹은 그가 그를 앞에 두고도 한마디의 사기도 치지 않았다.

결국 고경천의 눈과 입에서 피가 흘렀다. 눈은 몸이 흘리는 눈물이고, 입은 마음이 흘리는 눈물이었다.

"굴지서! 진가도!"

얼이 빠진 두 사람은 아직 대답을 하지 못했다.

"굴지서! 진가도!"

고경천의 음성이 듣는 자의 내부를 흔들 정도로 터졌다.

그제야 굴지서와 진가도가 멍한 눈으로 고경천을 바라보

았다.

"내게 있어 무엇보다 소중한 자들의 시신이오. 잘 부탁하오."

고경천의 명이 아니더라도 사형제인 그들에게 추일학과 홍해구의 시신은 무엇보다 중요했다.

고경천은 그들이 비통함에 아무 말도 하지 못하고, 눈물을 흘리며 시체를 수습하는 것을 뒤로하며 앞으로 나섰다. 그의 시선은 자신만 바라보는 자들을 좌악 훑어보았다.

그리고 모든 이들이 과연 고경천의 입에서 무슨 말이 떨어질까 궁금해할 때 한마디가 흘러나왔다.

"서생, 그 먼 저승길 절대 당신 혼자 보내지 않을 것이오."

고경천의 흑발이 하늘로 치솟자,

"아미타불!"

허공이 제일 먼저 고경천을 막으려 달려들었다.

"막아!"

"악마를 막아라!"

청룡칠수의 살아남은 자들이 본능적으로 고경천을 막아섰고, 각파의 장문인들은 나머지 제자들에게 소리쳤다.

"육파일방의 제자들은 지금 즉시 청성산을 벗어나라!"

"퇴각하라!"

그들은 모두 이구동성이 되어 태허가 남긴 마지막 유언을 목이 터져라 부르짖었다.

第四章

강자들의 선택

충격. 아니, 충격이란 말로도 부족한 일이 벌어졌다.

세인들의 관심을 끌었던 청성산의 대혈전. 그 결과는 모든 이들의 예상을 뒤엎었다. 대부분 이번 대결의 승률을 육파일방에 두었다. 그만큼 수적인 열세는 함부로 뒤집을 수 없는 게 사실이고, 육파일방의 질이 북신마교보다 떨어지는 것도 아니기 때문이었다. 오히려 질과 수 모든 면에서 육파일방은 북신마교를 앞섰다. 거기나 공동연합이란 변수도 있었고.

하지만 결과는 북신마교의 승리였다.

육파일방, 공동연합 모두 많은 수의 사상자만 남기고 청성산에서 도망쳤다. 그 와중에 청룡칠수 모두 운명을 달리했고, 육파일방의 장문인들도 마찬가지였다. 그 속에 중원오주의 이

인이나 섞였다는 사실은 더 놀랄 일이었다. 그리고 삼양궁의 뇌양신경과 맞먹는다는 뇌공을 가진 공동파의 뇌풍자도 목숨을 잃었다. 그가 죽음으로써 연합은 일시에 와해되고 나머지 자들은 도망쳤다.

그래서 공동연합은 육파일방에 비해 인명 손실이 적었다. 육파일방과 달리 그들은 절박했던 것이 아니라 모종의 협약에 움직인 결과였다.

그와 달리 육파일방은 거의 참혹할 만한 결과를 맞이했다. 장문인들의 죽음뿐 아니라 차세대를 이끌 일대제자들도 많은 수가 목숨을 잃었다.

결국 육파일방은 이십 년 전의 사건보다 더한 결과를 맞이했다. 오히려 힘을 모아 끝장내려 한 그들의 최선의 수가 최악의 수가 되어버렸다.

그리고 북신마교도 많은 자들이 목숨을 잃었다.

일반 제자들은 물론, 새롭게 부대주니, 당주니, 전주를 맡은 사람들이 죽었다. 그중에서도 제일 큰 충격은 현무칠수 중 추일학과 홍해구의 죽음. 그런데 추일학의 죽음은 시사하는 바가 컸다. 그야말로 실질적인 북신마교를 이끄는 자라 할 정도로 그의 존재감이 컸는데, 그의 죽음으로 북신마교는 커다란 타격을 입었다.

그렇다 해도 육파일방과 공동연합에 비하면 미비하다 할 수 있다.

그래서 사람들은 북신마교란 네 자 앞에 절대란 두 자를 붙

여 기억하게 되었다. 또한 이 모든 것을 만들어낸 북신마교 교
주 고경천이란 이름 앞에는 공포와 무적이란 말도 붙였다. 이
로써 그의 존재는 천중삼원과 동급, 아니, 그 이상을 위협하는
이름이 되었다.

통나무를 쌓아 올린 하나의 제단.
그 위에 수의를 깨끗하게 차려입은 두 구의 시선이 누워 있
었다.
추일학과 홍해구.
그들은 이승과의 마지막 이별을 기다리고 있었다.
"으흑! 큰 오라버니! 다섯째 오라버니!"
여인의 애처로운 곡성이 장례식장을 더욱 숙연하게 만들었
다. 다른 자들은 그녀처럼 대성통곡을 하지 않지만, 이미 사나
이의 뜨거운 눈물을 얼굴에 그리는 자들이 많았다.
특히 한 사형제인 현무칠수의 슬픔은 그 무엇보다 컸다.
"큰 오라버니! 다섯째 오라버니! 안 돼! 안 돼에에에! 아악!"
비통함을 견디지 못한 홍아연이 끝내 눈물을 흘리다 혼절하
고 말았다.
최염은 달려들려는 그녀를 꽉 잡고 있다 힘을 풀어 안아주
었다.
"대형! 이럴 순 없소! 이럴 순 없는 것이오! 못난 이놈보다
앞으로 할 일이 더 많은 대형이 먼저 가면 어떡하오! 그리고 이
망할 놈아! 니가 이 형보다 흙 냄새 먼저 맡으면 어떡하냐? 너

위로도 셋이나 있는데 이 빌어먹을 놈아!"

눈물 흘리는 오염달의 한탄이 하늘 높이 퍼졌다.

허표나 진가도는 그나마 연장자다운 모습을 보였다. 숙연한 표정에 무언가 애절한 눈빛만 장작더미를 향해 던졌다.

허표가 눈을 감고 서 있는 고경천을 향해 입을 열었다.

"교주님, 시작하십시오. 이제 두 사람을 보내줄 때입니다."

그 말에도 고경천은 대답도 하지 않고 감은 눈도 뜨지 않았다.

지금 그의 뇌리 속에는 추일학과 보낸 지난날이 주마등처럼 스쳐 가고 있었다.

선하령의 첫 만남부터 죽음을 지켜본 청성산의 일까지. 그 안에서 그들은 남들 평생 겪을 것들을 짧은 시간 안에 다 함께 겪었다. 거기다 추일학은 그에게 있어 때론 형이며 아버지며 사부와 같은 존재였다. 엉망이었던 인생에 방향을 제시해 주고, 그전엔 금제를 풀 수 있는 흡정마공까지 전해준 사람이다.

'다 내 탓이오. 다 내 탓… 내가 고집만 부리지 않았으면 이리되지 않았을 것을. 내가 곁에 있었으면 절대 서생이…….'

고경천은 아랫입술을 강하게 깨물었다. 그러자 곧 입술이 터져 한줄기 피가 입가로 흘러내렸다.

그러나 고경천은 피를 닦을 생각도 하지 않고 천천히 장작더미를 향해 다가갔다.

"잘 가란 말은 하지 않겠소. 그저 지금이라도 못난 놈을 만나 고생하다 편히 쉴 수 있게 되어 기쁘다 생각하시오."

그 말 때문인지 눈을 감고 있는 추일학의 표정은 편해 보였다. 그러나 그 미소는 고경천의 모습을 본 순간 지어진 것으로 지금까지 유지되고 있는 것이다.

고경천은 한 손을 들어 천천히 기운을 끌어올렸다.

그의 의지를 따라 천년화리의 기운이 꿈틀대며 뜨거운 열기가 고경천의 손에서 뿜어졌다.

슈아아악.

열화장이 장작더미를 덮쳤다.

화르르륵.

잘 말린 나무를 고르고, 그걸 기름에 담가놓기까지 해 순식간에 장작더미는 불길에 타올랐다.

불은 금세 추일학과 홍해구의 시신을 휘감아 하늘 높이까지 솟구쳤다.

"영원히 잊지 않을 것이오."

고경천은 한마디를 남기고 신형을 돌렸다.

"대허어어어엉!"

오염달의 외침이 하늘로 솟구치고, 북신마교도들이 하나둘 불길 앞에 무릎을 꿇고 애도하는 심정으로 고개를 숙였다.

백호질수들은 밀어지는 고경천이 등을 걱정스레 바라보았다. 유일하게 그들은 이번 싸움으로 한 사람도 희생을 당하지 않았다. 당협기와 아불승 둘은 녹림에 가 있느라 그랬고, 갈음심은 본산에서 새롭게 약왕전을 맡은 양운천과 함께 희생자들을 치료하느라 싸움에 참가하지 않았다. 교홍홍은 비교적 고수가 적은 공동파를 상대하느라 멀쩡했다. 유일한 부상이라곤 뇌풍자를 막아선 우문태만이 중상을 당해 지금 침상에 누워 있었다.

"살아남은 자는 죽은 자를 위해 살 의무까지 있다. 우리는 먼저 간 문상의 뜻에 따라 교주를 잘 보필하면 된다."

혁진웅의 무뚝뚝한 음성이 백호칠수의 귀를 파고들었다.

패배를 통해 따르기로 했지만, 또 툭하면 티격태격하기 일쑤지만, 누가 뭐래도 현무칠수는 그들과 함께한 동지들이다. 그들이 자기들을 대신해 떠났다. 애초에 공동연합 쪽을 현무칠수가 맡았으면 결과는 반대가 되었을지도 모른다.

"대형 뒤를 부탁하겠습니다. 저는 교주님께 가봐야겠습니다."

혁진웅이 고개를 끄덕였다.

제갈효는 다른 자들을 남겨두고 고경천이 사라진 곳으로 걸음을 옮겼다.

고경천은 지금 살아생전 추일학이 사용했던 처소에 와 있었다. 평소 그의 업무가 얼마나 많은가를 증명해 주듯, 수많은 서류들이 그의 책상에 아직도 쌓여 있었다. 분명 이 서류는 고경천 자신이 처리해야 할 것인데, 그는 귀찮다는 이유로 다 추일학에게 떠넘겼던 것이다.

고경천은 추일학이 쓰던 물건 하나하나를 눈에 각인시켜 갔다.

정말 사람은 빈자리가 크다고, 그동안은 자신을 못 잡아먹어 안달인 사기꾼이라 욕했지만, 그가 없으니 그가 얼마나 중요한 자였는가를 여실히 느낄 수 있었다.

그러고 보면 그가 없자 당장 무엇부터 해야 될지 알 수가 없었다. 그래서 이렇게 처소를 찾았지만, 추일학은 아무 말도 해주지 않았다.

"교주님."

"……!"

고경천은 혹시나 하는 심정으로 뒤를 돌아봤지만, 그곳엔 제갈효가 서 있었다.

"무슨 일이시오? 아직 서생의 시신이 재가 되려면 멀었거늘."

"그의 육신은 재가 돼도 정신은 아직 재가 되지 않았습니다. 저는 그걸 알려주기 위해 왔습니다."

"……?"

"잠시만 기다리십시오."

고경천의 의문에 제갈효는 대답을 하지 않고, 익숙한 동작으로 처소에 있는 하나의 목함을 꺼냈다.

팍!

그가 일수를 내려치니 목함이 깨어졌다. 제갈효는 목함의 파편을 치우고 그 안에서 서찰 하나를 꺼냈다.

"만일 교주님이 돌아오고 그가 없게 된다면 전해달란 서찰입니다. 저는 이 일이 없었으면 했는데, 결국 사람의 일은 마음대로 되지 않는군요."

고경천은 내미는 서찰을 보며 눈을 심하게 떨었다. 교주친전(教主親傳)이란 너무도 익숙한 필체가 그의 내부를 흔들었다.

고경천은 손이 떨리지 않게 마음을 다잡으며 조심스레 서찰을 받았다. 그리고 혹여 서찰이 상할까 신경 써서 서찰을 폈다.

교주님께.

아무래도 이 사기꾼이 교주님보다 먼저 세상을 뜨게 되는군요. 그렇지 않으면 이 서찰은 영영 교주님에게 가지 않을 테니 말입니다.

주르륵.

혹여나 저를 위해 교주님이 한 방울의 눈물을 흘려준다면, 저의 잔소리도 그동안 불필요한 것은 아니라고 지하에서나마 위안을 삼을 수 있겠군요.

고경천의 두 눈에선 한 방울이 아니라 물이 되어 흘렀다. 아버지 죽음 후, 지금까지 한 번도 흘리지 않은 눈물이 처음으로 흘러내렸다.

아무래도 이 사기꾼의 능력은 무림제일현에 미치지 못하는 듯합니다. 그래서 쉽게 전황을 바꿀 수도 없고, 기껏해야 버티기가 전부인데 솔직히 그것도 자신없습니다. 애초에 수적이나 질적으로 무리인 걸 무림제일현에 능력까지 미치지 못하니 어찌 보면 당연한 결과라 봅니다. 그나마 이 서찰이 전해지면 그래도 본 교는 교주님 덕분에 무사할 거란 생각이 드니 다행입니다.

그리고 교주님, 혹여 저의 죽음에 너무 슬퍼하지 마십시오. 어차피 무인은 무림에 발을 담그는 순간, 죽음과 동떨어질 순 없고 실상 지금까지 저희가 걸어온 길은 언제 죽어도 하나 이상하지 않는 날의 연속이었습니다. 거기다 저는 지금까지 하나의 후회도 없습니다.

사부님의 유언대로 비록 삼음교는 아니나 북신마교란 단체를 세울 수 있고, 현음진결은 교주님을 통해 꽃을 피우지 않았습니까? 비록 흡정마공을 찾되 절대 익히지 말란 유언을 지키지 못했지만, 그 덕에 교가 풍성하게 되었으니 지하에 계신 사부님도 이해할 것입니다.

그래서 저는 지금까지의 삶에 조금도 후회가 없습니다. 오히려 지하에서나마 살았던 당시의 기억을 되새기며 지낼 수 있기에 오히려 행복합니다.

단지 끝까지 교주님을 보필하지 못해 그것이 못내 아쉬움으로 남습니다. 둘째는 몰라도 나머지 동생들이 과연 얼마나 교주님을 보필할지 걱정이 됩니다. 그러나 그들 모두 충의만은 이 사기꾼보다 높으니 분명 실망시키지 않을 것입니다.

그리고 백호칠수와의 관계가 시작이 이상했다지만, 그들은 누구보다 더 북신마교를 사랑하는 사람들입니다. 특히 제갈 형의 능력은 저 이상입니다. 그러니 앞으로 일을 함에 있어 그의 조언을 많이 따르십시오. 그라면 제가 없어도 북신마교를 훌륭하게 키워낼 수 있을 것입니다.

"바보 같은 사람."

어느샌가 곁에 와 서찰을 본 제갈효도 슬픔이 담긴 말로 한 마디를 했다.

마지막으로 이번 일로 분명 무림은 지금보다 더한 폭풍 속에 빠져들 것입니다. 본래 제가 원했던 것도 그런 부분이고, 청성산의 일 이후로 무림은 급속하게 혼란에 빠질 것입니다. 분명 육파일방의 커다란 타격은 그를 노린 맹수들의 움직임을 종용할 것입니다.

그러면 북이 움직이든 남이 움직이든 동이 움직이든 분명 움직임이 있을 것입니다. 하지만 저희들은 오히려 지금부터는 신중을 기할 필요가 있습니다. 백년대계를 위해서는 참을 줄도 알아야 하기 때문입니다.

그럼 차후의 일은 변화에 맞춰 제갈 형과 상의해 처신하십시오. 그럼 저는 지하에서나마 교주님이 말씀하셨던 '문파가 주가 아닌 무인이 주가 되는 세상'이 열리길 기원하겠습니다.

불충 수하 추일학 올림.

꾸욱.

고경천은 주먹을 꽉 쥐었다. 추일학은 언제나 자신보다 교, 그리고 교주인 자신을 먼저 생각했다. 그래서 고경천은 신형을 돌려 제갈효를 향해 고개를 숙였다.

"앞으로 많은 도움 바라겠소. 부디 더 이상 나의 친인들이 희생당하지 않게 많이 도와주시오."

제갈효는 고경천의 음성과 행동에서 많은 변화를 볼 수 있었다.

'추 형, 당신 말대로 교주님은 변하셨소. 진정한 주군으로서 우리 앞에 서 계시오.'

털썩.

제갈효는 무릎을 꿇고 힘이 담긴 음성으로 답했다.

"모자라지만, 문상의 뜻이 퇴색되지 않게 이 한 몸 바쳐 교주님을 보필하겠습니다."

"고맙소."

고경천은 시선을 천장으로 주었다.

두 사람은 뜨거운 눈물로 양 볼을 적셨다.

그렇게 잠시 두 사람은 마음속에 띠난 사람의 그림자를 잊지 않도록 영혼 깊은 곳까지 새겼다.

잠시 후, 제갈효는 눈물 젖은 얼굴을 들어 입을 열었다.

"교주님, 일단은 교의 정비가 먼저입니다. 난 사람들의 자리를 새로운 자리로 채우고, 앞으로의 길을 다시 다지는 것입니다.”

“알겠소. 그러나 제일 먼저 할 것이 있소. 난 이렇게 될 때까지 움직이지 않은 당가주에게 먼저 따져야 할 것이 있소.”

고경천의 전신에서 강한 살기가 뿜어졌다. 지금까지 사람들 앞에서 이렇듯 강한 살기를 보인 적이 없는 그가 이 순간은 제갈효마저 덜덜 떨릴 정도로 서늘한 살기를 보였다.

‘아무래도 피할 수 없을 듯하오. 서생은 당가는 신경 쓰지 말라 했지만, 교주님의 분노는 지금 상대가 필요하오. 그렇지 않으면 그 분노로 인해 북신마교는 또 한 번의 재앙을 맞을지 모르오.’

제갈효는 그 모습에 눈을 감았다.

*　　　*　　　*

북신마교의 이런 뜨거운 바람은 추일학의 예상대로 전 무림을 흔들었다.

특히 지금까지 침묵을 유지했던 녹림마저 움직이게 만들었다.

당협기와 아불승은 녹림총채주 범문동의 초대를 받아 그를 만나기 위해 대전으로 향하고 있었다.

그러나 그들의 표정은 좋지 않았다. 비록 눈물을 흘리지 않았지만, 소문을 통해 들려온 청성산의 일은 그들을 분노케 만들었다. 하지만 그들은 추일학이 내린 명이 있기에 억지로 그

답이 나올 때까지 기다린 것이다.

"실수하지 마라."

당협기는 아불승에게 이 말을 하면서 자신에게도 각인시켰다.

"알고 있소."

"이 일을 해내야 우리는 그나마 청성산의 혈전에 참가하지 못한 불의를 씻어낼 수 있다. 그렇지 않으면 청성산에 돌아가고 나서도 문상의 묘 앞에 향불 하나 올리지 못할 것이다."

"알고 있소. 그러니 그만 하시오."

평소라면 이 한마디에 당협기가 길길이 날뛰었겠지만, 오늘 그는 이 말을 끝으로 더 이상 입을 열지 않았다.

그들은 곧 얼마 전 와본 적이 있는 녹림대전에 도착했다.

대전은 특별히 장식물이나 이런 것은 없었다. 오직 사방이 무시무시한 병장기들과 그 앞에 서서 위세를 풍기는 무사들이 전부였다.

각자 의복 외에 정체 모를 짐승가죽 한 장씩을 걸친 자들이 딱딱한 얼굴로 대전의 상석에 이어지는 길을 따라 죽 늘어서 있었다.

"북신마교의 두 사자 분께시 오셨습니다!"

입구를 지키던 한 사람이 안에 들리게 소리쳤다.

아불승과 당협기는 그 음성을 뒤로하고 전방의 대사의를 향해 걸음을 옮겼다.

그들은 딱히 손님이기에 대례를 올리지 않았다. 간단한 인사로 모든 것을 대신했다.

"찾는다 해서 이렇게 왔소."

"그렇소. 내 그동안 삼양궁 일로 정신이 없어 답변하지 못한 일에 대해 이야기를 하고자 이렇게 두 분을 불렀소."

녹림총채주 범문동은 전혀 산적 같지 않은 외모였다. 아무리 봐도 흑도보다는 정파의 고상한 협사라 불려야 마땅했다. 멋들어진 콧수염에 깨끗한 이목구비, 주름 하나 없는 얼굴은 조금 새하얀 귀밑머리만 아니면 삼십대라 해도 믿을 정도였다.

그러나 이런 그가 가장 어린 나이로 한 축을 담당한 진정한 그의 모습이었다.

"생각보다 정신없는 것이 오래간 듯하오."

아불승이 불만처럼 한마디를 던졌다.

그러나 범문동은 특별히 뭐라 말을 하지 않고 미소만 짓다 다른 이야기를 꺼냈다.

"수석원로께서도 관심이 많은 듯하오. 직접 나를 찾아와 이야기를 한 것을 보면."

범문동의 눈은 웃고 있지만 당협기는 여기서부터 긴장했다. 이제부터가 진짜라 할 수 있다. 분명 호붕천과의 만남이 알려졌을 테고, 그의 진짜 신분에 대한 것이 드러나지 않은 이상 조심해야 했다. 그는 대답 없는 범문동을 위해 하오총문의 연락을 받고 무리해서 움직인 것이다.

"호 수석원로께서도 근자에 무림을 떠들썩하게 한 흡정마공에 대한 관심을 보인 것이오. 거기다 나날이 무림을 뒤흔드는 교주님의 위명에 관심도 보인 것이고, 또 삼양궁과 갈등이 있는 녹림에게 있어 한 방 제대로 먹인 우리에 대해서 관심이 생긴다고 했소."

"확실히 북신마교나 흡정마공을 익힌 귀교주의 능력은 대단하오. 그 짧은 사이에 내가 이십 년을 투자해 이룩한 일을 일 년도 되지 않아 이뤄냈으니 말이오."

"그건 모두 교주님과 문상의 덕이오."

"문상이라면?"

"대지서생 추일학!"

"호오!"

다 알려진 일에 범문동은 감탄을 드러냈다. 그리고 알겠다는 듯 고개까지 끄덕였다.

"확실히 그가 두뇌로 있다면 가능하리라 보오. 거기다 청룡칠수는 물론, 육파일방의 장문인들 모두를 죽음으로 몰고 간 귀교주의 능력이라면 확실히 북신마교의 신화는 허황된 이야기는 아니오. 하지만."

여기까지 말하던 범문동이 눈빛을 빛냈다.

당협기는 내심 긴장했나. 중인오주인 범문동은 다른 오주들과 비교해서 확실히 뛰어난 점을 가지고 있었다. 심계. 무공은 이미 육대절학의 하나로 녹의영련보를 올려놓은 것을 보면 말할 필요 없지만, 그의 진짜 무서움은 바로 이 심계였다.

"하지만 무엇이오?"

아불승이 기분 나쁘단 듯 입을 열었다.

"하지만 지금 북신마교는 만신창이가 되었소. 머리인 추일학은 죽고, 교의 제자들 절반 이상이 목숨을 잃었소. 거기다 공동파를 부추긴 마염성에게 패배를 주면서 그들은 마염성의 분노도 샀소. 그래서 말인데, 당신들은 아직 마염성과 삼양궁이란 또 다른 커다란 적을 갖고 있소. 얼마 전에 하오총문과 손을 잡았다 해도. 후후. 과연 천중삼원 중 한 사람이 있다 해도 정체도 확실치 않고 나머지들도 늘 지하에서나 꿈틀대는 그들이 무슨 도움이 되겠소? 결국 북신마교는 육파일방과 싸움을 하는 동안 우리에게 연수를 주장했을 때보다 더 형편없는 입장이 되었소. 아무리 흡정마공을 익힌 귀교주가 있다 해도 그건 번외 문제요."

"뭐라고?!"

아불승이 폭발했다. 지금까지 질질 시간 끈 것도 모자라 결국 싸움의 결론을 기다리다 이런 답을 준단 말인가? 그리고 그들을 무시하는 저 발언.

"그 말에 책임질 수 있소? 그렇게 본 교를 무시하는 발언이라면, 나는 절대 그렇지 않다는 걸 목숨을 걸고 보여주겠소."

당협기도 더 이상 인내심을 가질 수 없었다. 지금까지는 어떻게든 참으려 했지만 더 이상은 무리다. 그의 손은 어느새 품속으로 들어갔다. 그는 독의 달인이라 아무리 범문동이 중원오주의 하나라 해도 그가 손을 쓰기 전에 절독을 이 안에 가득 뿌려놓을 수 있었다.

범문동은 오히려 둘의 분노를 즐기기라도 하는지 진한 미소를 지었다.

"후후, 아직 이야기는 끝나지 않았소. 협상이 끝나지 않았는데 벌써부터 흥분하다니 두 사람은 협상자로는 최하라 생각드는구려."

"……."

둘은 말을 할 수 없었다. 확실히 이런 일은 그들 전문이 아니었다.

"걱정 마시오. 내가 당신 두 사람을 불렀을 때는 이미 그 일에 대해 좋은 쪽으로 결론을 낸 뒤니까. 비록 지금이야 처음처럼 귀 교에 큰 효과를 줄 수 있을지 모르겠지만, 연수에 대한 조건으로 중앙으로 진격해 달라는 부탁은 들어주겠소."

"믿어도 되는 것이오?"

"물론이오. 지금으로선 그걸로 귀 교가 재정비를 할 수 있는 시간을 벌어주는 것이 연수에 대한 보답이라 생각하오. 그 후, 이 일로 마염성이나 삼양궁과 갈등이 증폭될 시, 귀 교도 약속대로 우리를 도와줘야 하오."

"그건 걱정 마시오. 우리는 약속한 이상 지키오. 아니, 본 교주님은 스스로 하겠단 말은 무슨 일이 있이도 지키오."

"후후. 정말 대단하오. 어린 나이에 수하들에게 이 정도의 충성심을 이끌어낼 수 있다니… 그럼 우리의 이야기는 여기서 끝냅시다. 세세한 것은 수하를 시켜 귀 교에 전달해 주겠소."

"알겠소."

"수고하시오."

당협기와 아불승은 한시름 덜었다는 표정으로 서둘러 대전을 빠져나갔다.

범문동은 멀어지는 두 사람을 보며 웃음과 함께 한마디를 했다.

"이걸로 이십 년을 기다려 온 계획이 꽃을 피우는가? 후후후."

대전은 범문동의 나직한 웃음이 흘러 앞으로 벌어질 일과 반대되는 분위기를 만들어냈다.

녹림의 진격!

이는 본격적인 무림 혼란의 시작이라 할 수 있는 전주곡이었다.

*　　　*　　　*

당가의 정문은 상을 알리는 등이 매달려 있었다.

정문을 지키는 세가 무사들도 모두 상복을 걸치고 그들의 얼굴에 슬픔이 서렸다.

고경천은 그런 당가를 멀리 떨어진 곳에서 싸늘히 바라보았다.

"당가주 당신이 죽었다 해도 내 분노는 사라지지 않을 것이다."

고경천은 차가운 한마디와 함께 당당히 당가의 정문을 향해 다가갔다. 그러다 일수를 날려 현판이 걸린 당가의 정문을 후려쳤다.

펑!

콰르르릉!

"으헛!"

문을 지키던 무사들이 놀라 몸을 피했다. 그러다 곧 이 일을 벌인 고경천을 보고 눈에 불을 켜고 달려들었다.

"감히!"

"겁도 없이 까부는구나."

둘은 허리에 매단 흑편을 풀어 고경천을 해하려 몰려들었다.

"나의 분노가 끝나지 않는 순간, 당가 사람은 죽지도 살지도 못하게 될 것이다."

고경천이 양손을 들어 달려드는 두 무사를 향해 현음빙기를 움직여 빙무를 쏘아댔다.

슈아아아.

달려들던 무사는 곧 전신을 덮치는 차가운 빙한설풍에 놀라 눈을 크게 떴지만, 그게 그들의 마지막이다.

고경천의 현음진설은 이미 극성을 넘어선 상태였다. 그동안은 다양한 내공을 사용해 파괴력 위주의 공격을 펼쳤지만, 진정한 위력은 현음빙기를 사용한 이런 빙한공이었다. 그래서 과거엔 물의 도움을 받아 의복을 얼리는 정도였지만, 지금은 일수에 사람을 통째로 얼려 버렸다.

고경천은 두 개의 얼음동상을 만들어놓고 거침없이 무너진 정문을 지나 당가 내로 들어섰다.

이번 소란은 당가 내에도 알려져 당가의 무인들이 빠르게 정문을 향해 달려왔다. 대부분 상복을 걸친 자로 그들은 집안의 흉사가 있는 날에 침입자까지 찾아오자 더한 분노를 드러냈다.

"웬 놈이냐!"

그들은 즉시라도 나타난 자를 향해 암기를 뿌릴 기색이었지만, 나타난 자를 보고 모두 굳어졌다.

고경천의 얼굴엔 흡정마기가 검은 줄처럼 그려져 있었다. 예전에는 몰랐지만, 청성산의 사건으로 고경천의 그런 모습은 이미 무림에 소문난 상태였다.

그걸 알아본 자가 신음처럼 한마디를 했다.

"마교주 고경천."

"파천마제."

고경천에게 새롭게 붙은 별호가 파천마제다. 그의 능력은 이미 하늘마저 깨버릴 정도로 극에 달했다 했다. 그러니 청룡칠수는 물론, 육파일방의 장문인 모두를 죽일 수 있지 않겠는가?

매섭게 달려들던 기세와 달리 이미 전의를 상실한 당가 무인들은 쉽게 공격을 하지 못했다. 그들은 차마 도망치지 못할 형편이라 그렇지 마음은 이미 도망친 후였다.

본래 고경천과 당가의 관계는 당가 내에서도 아는 자들이 손에 꼽을 정도다. 그래서 누구 하나 나설 수 없었다. 아니, 나설 수 있다 해도 지금 고경천의 분위기론 쉽게 나설 성질도 아니다.

오직 한 사람만이 분노한 고경천을 만나 이야기를 들을 수 있었다.

"나는 네놈들의 가주를 만나러 왔다. 나서는 놈들은 정문 앞 놈들처럼 살아 동상이 되는 경험을 하게 해주마!"

당가 전체를 울리는 음성에 그들은 더욱더 나설 수 없었다.

고경천은 무인지경으로 그들을 지나쳐 당가주의 처소로 걸어가기 시작했다.

그러나 애써 처소를 찾지 않아도 당진용이 빈소가 차려진 대청에서 모습을 드러냈다. 그는 지금 상복을 입고 상주 역할을 하고 있었다. 그는 슬픔과 고뇌가 담긴 표정으로 고경천을 바라보다 입을 열었다.

"세가인들은 모두 물러나도록 해라. 절대 경거망동하지 말고 각자의 위치로 돌아가라."

그 후 고경천을 향해 입을 열었다.

"따라오게. 이야기는 그 후에 하세."

"아직도 자신이 나의 장인인 줄 아는가? 일문의 문주를 상대하는 어투가 건방지군."

그 말에 당진용은 곧 말을 바꾸었다.

"실수했소. 고 교주, 안으로 드시오."

당진용이 앞장서 대청의 빈소로 들어갔다.

고경천은 당장이라도 당가를 끝장내고 싶었지만, 잠시 봤던 당가주의 얼굴에 담긴 깊은 슬픔에 일단 빈소로 들어섰다.

이미 명을 받고 자리를 비운 뒤라, 빈소는 아무도 없이 진한 침향만 자욱이 깔려 있었다. 제단에는 한 사람의 위패가 외로이 놓여 있었다.

"고 교주, 일단 상중에 찾아왔으니 빈소에 예는 올려주지 않겠소?"

"당신이야말로 이번 싸움으로 죽은 자들에게 예를 올리지 않았는데, 내가 그럴 필요 있을까?"

"위패부터 보시오."

당진용의 음성에 절박함이 담겼다.

고경천은 상대의 건방진 태도에 눈꼬리를 치켜떴으나, 일단 그 일은 위패를 본 다음에 해도 돼 위패를 살폈다.

당씨아영지위(唐氏鵝瑛之位).

고경천은 혹시나 해서 그 이름을 다시 살폈다. 그러나 분명 그 이름은 그가 너무 잘 알고 있는 이름이다.

"죽었소. 청성산의 혈전이 있기 전날 밤, 침소에서 처참한 몰골로 죽어 있었소."

그 순간 고경천의 뇌리에 한 가지가 떠올랐다.

왕건묘에 갑작스레 나타났던 당아영, 후에 그가 손사향의 변한 모습이라고 알고 있어 죽였지만, 그 일로 인해 당아영이 죽었다고는 생각지 못했다.

"어떻게 된 것이오?"

사랑이라기보단 마음을 열 수 있는 상대로 여겼었다. 그래서 지금도 당가에 일침을 가하기 위해 온 것이고, 혹시 당아영을 만나도 자신의 분노를 막을 수 없다 생각했다.

그러나 현실은 그가 생각한 것과 너무나 달랐다.

"본가주가 보낸 서찰을 받았을 거라고 생각하오. 딸아이는 그 일로 나를 원망했소. 어찌 배신을 할 수 있나 아비인 나를 나무라기까지 했소. 그러나 청성산의 일전은 말 그대로 결과가 눈에 보이는 일. 가문을 이끄는 수장으로서 단지 의만 생각할 수 없는 입장이었소. 그래서 나는 일단 중립을 택했소. 그러나 딸아이는 중립도 아니 된다고 하다 끝내 처소로 돌아갔소. 그리고 난 영특한 아이니 하룻밤 지나면 생각을 바꿀 거라 믿었소. 그러나 그건 나의 바보 같은 생각이었소. 그날 밤, 딸아이는 단혼살막 살객의 방문을 받았소. 어떻게 그 아이를 이용할 생각을 했는지 알 수 없지만, 그는 내 딸아이로 변장하기 위해 그 아이에게 한 가지 사술을 펼쳤소."

"그럼 그날 나를 죽이려 한 손사향이 살수를 하기 위해 당소저에게 사술을 펼쳤단 말이오?"

"그런 일이 있었다면 맞을 것이오. 무림에 알려진 변용술로 대상자는 껍데기로 만들지만, 시술한 자는 대상자의 모든 것을 완벽히 재현할 수 있는 저주받은 술법."

"음……."

고경천의 주먹이 으스러져라 쥐어졌다. 단혼살막은 자신을 노린 것뿐만이 아닌, 주변 사람들에게까지 살수를 펼쳤다. 후에 확인한 일이지만, 추일학의 등에 검을 꽂은 자는 손옥상이었다. 그렇다면 단혼살막은 벌써 그와 가까운 사람 둘을 죽인 것이다.

고경천은 그 순간 미련없이 신형을 돌렸다. 당아영의 죽음. 따지고 보면 다 자신 때문이다. 손사향도 그걸 알고서 당아영을 이용한 것이 아니겠는가?

"가기 전에 나의 사과는 받으시오."

당진용이 말끝에 무릎을 꿇고 사죄를 올리려 했다.

그러나 고경천이 내뿜은 경기에 그의 몸은 구부러지지 않았다. 이미 당진용이 처음 만났을 때의 고경천은 한참 전에 과거가 되었다. 현재의 고경천은 천중삼원도 위협하는 명실상부한 무적의 상징이었다.

"당신의 용서 따위로 가라앉을 내 분노가 아니오. 내가 돌아가는 것은 끝까지 나에게 호의를 보인 당 소저에 대한 예의요."

차가운 일성과 함께 고경천은 빈소를 벗어나 그대로 허공으로 솟구쳤다. 그 후 몇 번 몸을 비틀어 당문에서 사라져 멀리 떠나갔다.

당진용은 고경천이 사라지자 엉거주춤한 자세에서 몸을 일으켰다 방향을 틀어 당아영을 향해 무릎을 꿇었다.

"너는 살아서도 아비에게 부끄러움을 주고, 죽어서도 부끄러움을 주는구나."

당진용은 고경천이 당가를 뇌둔 것이 당아영 때문임을 알고, 그제야 참았던 눈물을 딸의 영정에 뿌렸다.

＊　　　＊　　　＊

"이제 슬슬 움직일 때가 되었군요."

"정말인가?"

"예. 성주님의 소원대로 무대의 막을 올려야 할 때입니다."

사마교의 야릇한 한마디에 막청해가 폭염 같은 기세를 뿜어 댔다.

"드디어 때가 왔군."

"예. 이로써 저희도 마음 놓고 중앙으로 움직일 수 있습니다. 녹림이 본격적으로 육파일방에 대한 선전포고를 했고, 소철상의 첫 출전을 제외한 그다음부터 소극적인 싸움을 벌이던 삼양궁이 슬며시 몸을 뺐습니다."

"그럼 우리도 해야지. 마염성 산하 전 문파에 알리게. 이 시간부로 본 성은 이십 년 전의 치욕을 씻고자 남행을 거듭한다고."

"명을 받습니다."

사마교가 공손히 고개를 숙이고 대전에서 물러났다.

"성효명. 지금이야말로 누가 진정한 최강자인지 가릴 때가 되었다."

막청해의 두 눈에 뜨거운 투혼이 타올랐다.

*　　*　　*

"부궁주가 할 수 있는 선택은 두 가지입니다."

평상시처럼 곡장음은 소철상에게 선택지를 던졌다.

지금 그들은 녹림과의 충돌로 강서 북부, 안휘성과 맞닿은 한 산하문파에 와 있었다. 얼마 전, 녹림의 채주 중 셋을 숯으로 만드는 쾌거를 이룩한 후, 그 뒤는 곡장음의 조언에 따라 이렇게 지리한 국지전만 펼쳤다.

본래는 소철상이 녹림을 이대로 밀고 나가 범문동을 치려 했지만, 책사로 함께한 곡장음은 첫 출전의 승리 후 그를 움직이지 않게 했다. 여러모로 소철상의 신임을 받은 그의 말은 꽤나 큰 힘을 가졌다.

"두 가지라니 지금이야말로 앞으로 나갈 적시가 아니오?"

"그건 꼭 그렇지만도 않습니다. 우리가 나가는 데 있어서 두 가지 방향이 존재합니다. 첫째, 녹림이 중앙으로 진격했다 해도 총공세가 아닌 점진적인 공세입니다. 그러니 우리가 움직였을 시, 그들이 방향을 틀면 양쪽의 합공을 받을 수 있습니다. 둘째, 지금 중앙을 노리는 것은 녹림뿐만이 아닙니다. 마염성에서도 지금 빠른 속도로 남하를 진행 중이라고 하면, 자칫 중앙은 이 대 일이 될 수 있는 격전지가 될 수도 있습니다. 그러니 그보다 좋은 녹림과 마염성의 충돌이란 어부지리를 놓치게

됩니다.”

“그러나 첫째는 우리도 그들의 뒤를 또 칠 수 있으니 되었고, 두 번째는 어부지리를 노리다 한쪽의 득세를 수수방관하는 꼴이 될 수 있지 않소?”

“물론 부궁주님이 지적한 사항이 문제가 될 수 있지요. 하지만 때론 일보 후퇴가 이보 전진을 위한 커다란 도약이 된다고 하지 않습니까? 우리가 녹림을 치든 중앙을 노리든 결국 상처 하나 없는 멀쩡한 적을 상대하는 것입니다. 그렇다면 차라리 여기서 잠시 물러섰다 상처가 남은 적을 상대하는 것이 낫지 않습니까? 그 와중에 상처만 남은 사천을 수중에 넣으면…….”

곡장음은 말을 다 하지 않았지만 두 눈은 빛나고 있었다. 사천은 그의 본거지가 있던 곳이다. 특히 이번 혈전의 중심지인 청성산은 그에게 있어 고향이라 할 수 있었다.

“음…….”

소철상의 얼굴에 갈등이 서렸다.

곡장음은 그 표정을 보며 쐐기를 박는 한마디를 보탰다.

“일단 궁주는 북신마교를 제일주적이라 무림에 선포했습니다. 그건 이미 무림에 퍼져 모르는 이가 없을 것입니다. 더욱이 삼양궁엔 옥정곽의 손녀가 있지 않습니까? 그녀가 옥정곽을 통해서 제시한 모든 것들이 비록 지금은 옥정곽과 육파일방 장문인들의 죽음으로 유명무실화되었다 해도 아주 좋은 명분이지 않습니까? 육파일방의 복수를 외치며 사천을 수중에 넣으면 남과 서를 차지한 삼양궁은 중앙을 차지하며 지친 마염성과 녹림 둘 중 하나를 힘 안 들이고 손에 넣을 수 있습니다. 그렇게 해서 중앙을 잠식하면, 세 곳의 지지 기반을 갖고 있는 삼양궁이 북이나 동 어느 한곳을 치는 것은 쉬운 일 아니겠습니까?"

탁.

소철상은 무릎을 쳤다. 정말 들으면 들을수록 곡장음의 말은 하나도 이치에 어긋나지 않았다. 전날 그야말로 자기가 행한 선택 중 가장 제일이라 했지만, 실상 소철상의 마음에는 곡장음의 복수심이 문제가 되었다. 지금도 복수심에 연연해 일을 추진하나 했더니 그는 몇 수를 계산하고 있었다.

"하하. 과연 명안이오.'"

"과찬입니다. 일단 떠나기에 앞서 본 궁에 서신을 넣어놓도록 하지요. 돌아가면 바로 움직일 수 있게 하고, 혹시나 하는 방편으로 이곳을 지킬 유능한 사람도 미리 인선하고요."

"알겠소. 내 미리 궁에 알려놓아 사천 정벌을 행할 시 사해조수의 손녀도 함께 움직일 수 있게 해놓도록 하겠소."

"역시 부궁주님은 핵심을 볼 줄 아시는군요."

두 사람은 서로의 얼굴을 바라보며 미소를 지었다.

곡장음의 복수심이 이제야 끝을 보게 될 수 있는 것이고, 소철상은 드디어 원했던 천하일통을 꿈꿀 수 있게 되는 것이다.

그래서 소철상은 한 가지를 곡장음에게 제시했다.

"내 이번 일만 제대로 되면, 궁주님에게 직접 부탁해서라도 곡 선생의 독기를 몰아내게 도와주겠소. 아무리 놈의 수법이 독랄하다 해도 궁주님의 천양신공은 세상의 그 어떤 독도 태우지 못할 것이 없소."

"크게 신경 쓰지 마십시오. 이미 그 일은 마음에 두고 있지 않습니다."

"아니오. 만일 사천의 일이 마무리된다면, 사천은 곡 선생의 관리하에 들어갈 것이오. 본래 그렇게 되었어야 하는 것이 여기까지 온 것이니, 응당 그렇게 될 것이오."

이 말에는 곡장음도 흔들리지 않을 수 없었다. 지금이야 거의 잊었다 생각했던 사천일통. 본래 그것 때문에 모든 것을 잃고 이렇게 적에게 빌붙는 신세가 되었지만, 정녕 그렇게 되면…….

"그렇게 된다면, 내 죽는 날까지 부궁주의 은혜는 잊지 않을 것이오."

"하하하. 나야말로 그 말을 하고 싶소이다."

두 사람은 그렇게 웃음을 터뜨렸다. 그러나 그 와중에도 상대가 눈치 채지 못하게 의중을 살폈다.

소철상의 이 말은 일종의 미끼고, 곡장음은 그 미끼가 어떤 것인가 확인하고 있었다.

*　　　*　　　*

"영 매……."

성월여는 얼굴이 창백해진 채 침상에 누워 있는 옥감영을
조심스레 불렀다.

옥감영은 중병에라도 걸린 사람처럼 얼굴색이며, 두발, 피
부까지 푸석푸석해져 있었다. 소문에 듣게 된 사해조수의 죽
음. 또 육파일방의 패배. 아직 그 생존자들에 대한 소문이 확
실히 잡히지 않았다. 그래서 하나뿐인 친인인 오라버니 광한
에 대한 것도 알지 못했다. 졸지에 그녀는 세상 천지에 둘뿐인
가족을 잃어버린 것이다.

"그냥 두세요."

옥감영은 눈물을 흘리며 힘없는 음성만 내뱉었다. 그녀는
며칠째, 음식 한 수저 들지 않았다. 그저 이렇게 침상에 누워
눈물로 세월을 보냈다. 할아버지의 뒤를 이을 정도의 유능한
재녀라 해도 어디까지나 그녀는 아직 어린 여인이었다. 할아
버지가 있을 때는 몰랐지만, 그의 부재는 그녀를 본래의 모습
으로 돌려놓았다.

그 덕에 오히려 성월여가 정신을 차렸다. 이번 일로 그녀는
사부님을 잃었다. 그리고 사백이 되는 청룡칠수도 다 잃었다.
오히려 그로 인해 그녀는 혼란에서 벗어났다. 얼마 전까지는
한없이 벗어날 수 없는 갈등 속에 다른 것을 볼 수 없었지만,
이제는 아니다. 그는 더 이상 자신에게 혼란을 주는 존재가 아
니다. 처음부터 지금까지 오직 자신을 저주의 늪에 빠뜨린 악
마였다.

"먹어. 먹어야 복수를 하던가 하지. 그렇지 않으면 어떻게

복수를 한단 말이야? 그 망할 자식을 이대로 살아가게 할 거야?"

"언니……."

옥감영의 눈에 서서히 생기가 돌아왔다. 그건 끝내 점점 독기로 바뀌어갔다. 그러나 일순 그 눈동자가 흔들렸다.

"네가 무슨 생각하는 줄 알아. 하지만 그건 내가 잠시 감기에 걸려 헛것을 본 것과 같은 거야. 지독한 감기로 인해 고열에 시달려 환각과 환상을 내가 착각한 것일 뿐이야. 그놈은 애초부터 나쁜 놈이야. 처음에는 계집 같은 놈으로 나타나 나를 혼란에 빠뜨렸고, 두 번째는 되도 않는 협객으로 가장해 나를 놀렸어. 그 뒤는 세상의 그 어떤 악마보다 더한 마성으로 가문의 명예와 오라버니에 대한 자부심, 거기다 하나뿐인 사부님, 마지막으로 세상에서 제일 존경하는 할아버지의 명예마저 앗아갔어. 나도 더 이상은 참을 수 없어."

성월여의 두 눈에 과거 고경천을 제일 먼저 만났을 때 보여줬던 고집과 오만이 서려 있었다.

"그래요. 놈은 악마예요. 놈으로 인해 무림의 평화는 깨어졌고, 나의 가장 소중한 가족마저 앗아갔어요. 나는 그를 위해 일부러 이질까지 되어주었거늘."

옥감영의 두 눈에 표독스런 살기가 솟구쳤다.

두 여인은 그렇게 한 사람에 대한 살기를 솟구치며 조금씩 혼란에서 벗어나 한을 키워갔다.

그리고 얼마 후, 삼양궁에 소철상이 복귀했다. 그는 제일 먼저 성효명을 찾았다.

"이제야말로 끝을 낼 때가 되었습니다."

"자신있느냐? 놈은 이미 인간이 아니다."

성효명은 누구보다 흡정마공의 능력을 잘 알고 있었다. 그러나 말은 하지 않았다. 대신 두 눈에 그런 의미를 깊게 담았다. 이제 더 이상 그는 늙은 사자가 아니다. 다시 한 번 갈기를 세운 그는 노련한 패기를 드러냈다.

소철상은 그 모습에 무언가 감회를 받았다. 어찌 보면 그는 힘으로 그의 가문을 통합시킨 원수와도 같은 자이다. 그러나 그의 패기에 소철상은 감화되었다. 그래서 아버지가 한을 남기고 돌아갔음을 알면서도 현재 삼양궁을 위해 모든 것을 바쳐 왔다.

"궁주님이 저에게 기회를 주신다면, 저는 제 가진 능력 전부를 다해 놈을 끝장내겠습니다."

"소문을 들어 알겠지만, 놈은 이미 무림의 고수란 고수는 죄다 죽음으로 밀어 넣었다. 남은 것은 나를 포함한 천중삼원이라 불리는 자들. 그들만이 놈을 상대할 수 있을 것이다."

"아무리 그래도 놈은 궁주님이 상대할 정도는 아닙니다."

소철상에게 성효명은 믿음의 대상이다. 그런 그가 나선다는 것은 용납할 수 없었다.

성효명은 말없이 소철상의 두 눈을 바라보았다. 아들의 갑작스런 죽음으로 궁주의 자리가 공석이 되었지만, 그는 바로 손자에게 그 자리를 물려주지 않았다. 그것은 비록 부궁주지만 훌륭히 삼양궁을 이끌 수 있는 소철상이 있어서였다. 지금도 그 마음은 변하지 않았고, 아마 그가 살아 있는 한 소철상이 스스로 물러나려 하지 않으면 성철현을 궁주에 앉히지 않을 것이다.

"나에게 더 이상의 참을성은 없다. 그걸 알고 있느냐?"

"예."

"태양검대를 데려가라."

"궁주님, 그건 안 됩니다. 태양검대는 만에 하나를 대비해 궁을 지켜야 합니다."

"이미 삼양궁의 비밀 세력인 흑양전도 놈의 손에 끝장이 났다. 그리고 놈은 당당히 나를 자극하는 말도 했다. 놈은 언제나 혼자 모든 것을 처리한다 하더구나. 나도 아직 그 정도는 충분하다."

성효명의 전신에서 대전을 무너뜨릴 것 같은 강렬한 기세가 뿜어졌다.

사실 마염성이나 삼양궁 모두 가장 큰 힘은 바로 천중삼원의 존재였다. 그 둘이 있기에 그들은 남들에게 경외의 대상이 된 것이다. 그래서 육파일방과 녹림이 같은 패주로 있으면서도 늘 마염성과 삼양궁에 밀린 것이다. 그 반대로 하오좋분은 드러난 세력이 적어도 천시명왕이란 걸출한 존재가 있다 소문나 대우를 받은 것이고.

소철상은 얼굴에 미소를 지었다. 삼양궁의 본질은 바로 이런 것이다. 아무리 그가 노력한다 해도 어쩔 수 없는…….

"그럼 태양검대와 함께하겠습니다."

"그래. 대신 실패는 용서하지 않을 것이다."

"명을 받듭니다."

소철상이 깊이 고개를 숙인 후 대전에서 물러났다.

성효명은 태사의에 몸을 기대거나 눈을 감지 않았다. 무료한 표정도 짓지 않았다.

"총승령."

"부르셨습니까?"

어느 새 총승령이 성효명 앞에서 고개를 숙이고 있었다.

"너와 나의 사소한 실수로 모든 것이 이 지경까지 왔다."

부르르.

총승령은 몸을 떨었다. 실상 너와 나의 실수라고 했지만, 이 모든 것은 그의 작은 실수가 원인이나 마찬가지였다.

"그러나 이제 와서 누구의 잘잘못을 따지기엔 나의 분노가 하늘에 닿을 듯하다. 거기다 이 분노는 반드시 내 손으로 풀어야 한다. 그래야 삼양궁이란 이름에 맞지 않겠느냐?"

"예!"

쿵!

총승령이 그대로 바닥에 엎드려 머리를 땅에 찍었다.

"오늘부로 궁의 문을 활짝 열어놓거라. 입구에는 보초도 세우지 말고, 적이든 누구든 찾아오게 만들어라. 그럼 내 직접 삼양궁의 이름이 무엇인지 가르쳐 주마."

"존명!"

총승령은 목이 터져라 외쳤다.

삼양궁은 앞으로 모든 문을 열어놓고 적을 맞아들일 것이다. 그러나 누구 하나 살아서 문을 나서지 못할 것이다. 비록 사천 정벌로 인해 궁의 전력이 많이 비더라도 성효명 혼자서 모든 것을 막아낼 것이다.

第五章

미쳐 가는 무림

"죽고 싶어서 왔는가?"

고경천의 싸늘한 음성이 앞에 있는 청년에게 쏟아져 내렸다.

그러나 상대는 그 한마디에 아무 말도 못했다. 북두칠강의 일인으로 누구보다 뛰어난 머리를 가진 그라도 지금의 분위기에서 입이 열리지 않았다.

삼아남은 북신마교의 수뇌부들이 무거운 눈으로 바라보고 있고, 그들을 움직이는 고경천이 전에 만났을 때와는 다른 무겁고 날카로운 분위기를 보이고 있었다.

단우헌은 이 순간 제일 먼저 잘못 찾아왔다는 생각이 머리를 맴돌았다.

“군평!”

“예.”

호군평은 새롭게 개편된 조직으로 전에 허표가 있던 총순찰 자리에 앉았다. 허표가 정보전주로 가고, 제갈효가 현재 문상이 되었다.

그리고 좌우사자로 되어 있던 최염, 오염달, 당협기와 아불승이 좌우호법으로 빠지고, 홍해구가 목숨을 잃어 사자라는 직책이 사라지고, 내각주 진가도, 내부각주 갈음심, 외각주 우문태, 외부각주 홍아연으로 바뀌었다. 교홍홍은 집법전주로 옮겼다.

그 외 약전은 예전 화양의원의 광의로 있던 양문천이 고경천의 초빙으로 차지했다. 단주들은 여전히 본래 사람들로 양정은 한 팔을 잃고, 단극은 양정처럼 독안이 되었다.

나머지 당주들은 이번에 대폭 바뀌었다. 부당주, 혹은 그 밑에 부부당주로 있던 자들이 올라왔다.

결국 청성산 혈전의 커다란 피해가 이런 결과를 남긴 것이다.

일단 호군평은 대답을 했지만, 고경천의 너무나 차가운 얼굴에 무슨 말을 할까 조금 긴장했다. 과거와 달리 너무 차가워진 성격으로 인해 예전처럼 형님이라 부르지도 못하고 있었다.

“죽여라.”

“예. 에?”

호군평은 대답을 했다 다시 반문하고 말았다.

"눈앞에 있는 저자를 끌고 나가 죽여라. 왜 같은 북두칠강으로서 실력이 모자라나? 그러면 내가 하지."

고경천이 금방이라도 자리에서 일어나 단우헌에게 살수를 펼칠 듯했다.

"교주님, 잠깐. 수하는 그게 아니라……."

호군평은 뭐라 말을 하지 못하고 제갈효만 바라보았다.

제갈효는 속으로 한숨을 쉰 후 입을 열었다.

"교주님, 그건 너무한 명이 아닌가 합니다. 어디까지나 상대는 하오총문을 대표해 찾아온 조문객입니다. 그런데 그런 조문객을 죽이다니……."

"조문객? 난 분명 전에 그에게 경고한 적이 있소. 만일 내 친인 중 한 사람이라도 다치면 가만두지 않겠다고. 그러나 다친 것이 아니라 두 사람이 죽었소. 또, 교를 믿고 따라온 수많은 교도들이 목숨을 잃었고. 내가 조금만 빨리 왔어도 절대 이런 결과는 없었을 것이오."

고경천의 전신에서 매서운 살기가 솟구쳤다. 그 살기는 그대로 단우헌에게로 몰려들었다.

"윽!"

단우헌은 순식간에 얼굴색이 바뀌었다. 뭐라 입을 열어 설명할 수도 없는 압박감이다. 더욱이 무언가 고경천에게선 위험한 냄새가 났다. 맹수를 두려워하는 초식동물의 그것처럼 고경천의 흡정마공이 진화하며 자연스레 이런 기운을 풍기게 된 것이다.

"교주님, 그래도 조문객입니다. 그와 더불어 본 교와 연수를 하기로 한 유일한 곳입니다. 이렇게 찾아온 그를 죽인다는 것은 아마 추 전문상이 살아 있었으면 결단코 수긍하지 않았을 것입니다."

결국 제갈효는 최후의 수단을 끄집어냈다.

그 순간 살기가 거짓말처럼 사라졌다. 그러나 고경천의 음성은 더욱 차가워져 있었다.

"이미 재가 되어 편히 쉬는 자요. 그런 서생을 이런 인간을 살리기 위한 핑곗거리로 삼지 마시오."

"예."

제갈효는 일단 위험은 넘어가 다행이라 여겼다.

그러나 단우헌은 이런 일에 쉽게 기가 죽는 자가 아니었다.

"교주께서는 너무 성급한 것 아니시오? 분명 전에 형산에서 본 문의 총사를 뵈었을 때는 모든 것을 받아들이기로 하지 않았소. 그런데 이제 와서 이런 반응이라니……."

"나야말로 묻고 싶다. 도대체 신옹은 나에게 이것저것 많은 요구를 하면서 정작 나에게 준 것이 무엇이냐? 혹시 처음 만났을 때 주었던 알량한 점괘? 그걸론 어림도 없다."

"무슨 말이오? 분명 여러 가지 것들을 약속하지 않았소?"

"약속했지. 그러나 난 그 약속을 믿을 수 없다. 약속을 했지만, 무슨 힘이 되었는가? 난 수많은 가까운 자들을 잃게 되었다. 그 당시만 해도 내가 조금 일찍 청성산에 돌아왔으면 절대 이런 결과는 맞지 않았을 것이다!"

고경천의 높은 고성이 대전을 무너뜨릴 듯 뒤흔들었다. 아직 그에게 있어 추일학의 죽음은 쉽게 받아들일 수 있는 일이 아니었다. 다른 자는 몰라도 추일학은 그에게 있어 무림을 가르쳐 준 진정한 스승이었다.

단우헌은 고경천의 분노 속에 감춰진 슬픔, 그리고, 아쉬움 등등 수만 가지 감정이 흐르는 것을 보며 오히려 흥분을 잊을 수 있었다.

"교주께서 이런 말을 들어본 적이 있는지 모르겠소. 맹자(孟子)의 고자장구(告子章句)에 따르면 '하늘이 장차 그 사람에게 큰 사명을 주려 할 때는 반드시 먼저 그의 마음과 뜻을 흔들어 고통스럽게 하고, 그 힘줄과 뼈를 굶주리게 하여 궁핍하게 만들어 그가 하고자 하는 일을 흔들고 어지럽게 하나니, 그것은 타고난 작고 못난 성품을 인내로써 담금질을 하여 하늘의 사명을 능히 감당할 만하도록 그 기국과 역량을 키워주기 위함이다'. 이 말처럼 총사께선 당신에게 하늘이 내린 커다란 사명이 있다고 말하셨소."

"아……."

제갈휴는 말이 끝나기 무섭게 탄성을 흘렸다. 다른 자는 모르지만, 이 문구는 과거 추일학과 자신이 무심코 흘렸던 문구가 아니던가? 그걸 타인에게 듣고, 또한 하오총문의 총사란 사람은 그걸 확정하듯 말했다고 했다.

그러나 고경천은 그 말이 떨어지자마자 커다란 고성과 함께 그 자리에서 사라졌다.

"닥쳐!"

"컥!"

그 순간 단우헌의 비명이 터지며 그의 몸은 고경천의 팔에 잡혀 허공에 대롱대롱 매달려 있었다. 너무나 빠른 움직임이라 사라졌다 느낀 순간 그는 목을 잡힌 것이다.

고경천의 몸이 변화를 일으켰다. 깨끗했던 피부에 여러 줄기의 검은 선이 그려지기 시작하더니 고경천의 두 눈에서 감히 바라볼 수 없는 마기와 살기가 넘실거렸다.

"교주님 안 됩니다!"

"교주님!"

"참으십시오!"

고경천의 그런 변화를 알고 있는 자들 모두 소리쳤다. 너무나 다급히 소리친 음성이라 그들은 마치 서로 짜기라도 한 듯 동시에 외쳤다.

그래서인지 고경천의 변화는 거기서 그쳤다.

"경고하는데, 내 앞에서 하늘 타령하지 마라. 나는 이 순간도 나를 이런 저주받은 운명으로 밀어 넣은 하늘을 갈기갈기 찢어버리고 싶으니까."

"으으……."

단우헌은 기세에 질려 아무 말도 못했다. 그의 뇌리 속에 왜 근자에 고경천의 별호가 파천마제라고 불리게 되었는지 확실히 알 것 같았다. 지금 고경천의 두 눈을 보면 정말 하늘이라도 찢어버릴 것 같았다.

퍽!

"윽!"

고경천이 내던진 힘에 단우헌이 바닥에 엎어져 신음을 흘렸다. 그는 아직도 목에 가해진 고통으로 인해 제대로 숨을 쉴 수 없었다. 그러나 그는 지금 자신이 어떤 일을 당했는지 어렴풋이 알 수 있었다. 귀신같은 고경천의 몰골의 변화가 터짐과 동시에 주변에서 다급히 외쳐 댔던 그 목소리. 그들은 고경천이 흡정마공을 펼치는 걸 막은 것이다.

단우헌은 잠시지만 그를 막아선 자들에게 눈으로나마 고마움을 전달했다. 그리고 북두칠강이란 이름에 걸맞게 빨리 정신을 추슬렀다. 일단 알려야 할 게 있었다.

일차 북신마교의 위험은 막지 못했지만, 이차는 막아야 했다. 해서 지금 빠르게 하오총문에 속한 흑도문파들이 그것을 막고자 움직이고 있었다.

"일단 알려 드릴 게 있소."

"말하시오."

제갈효가 말을 받았다.

단우헌은 제갈효가 어느 정도 직책인지 안지라 편히 입을 열었다.

"지금 삼양궁의 본대가 사천으로 몰려오고 있소. 이번엔 귀교와 확실히 끝장을 보겠다는 듯, 궁을 수호할 최소한의 세력만 남기고 거의 다 끌고 오는 듯하오. 그들은 마염성과 녹림이 중앙을 노리는 틈을 타 이곳 사천으로 오고 있는 것이오."

"정말이오? 어찌 삼양궁이… 삼양궁에 그 정도로 뛰어난 모사가 있단 말인가?"

"있소. 아직 그 정체가 확실히 드러나지 않았지만, 얼마 전에 부궁주 소철상이 한 사람을 모사로 받아들였다 하오. 그는 소철상이 가는 곳마다 따라다니며 도움을 준다고 하오. 얼마 전 녹림의 세 명의 채주의 목숨을 뺏은 것도 다 그의 계책이 빚은 결과라 하오."

"음……."

삼양궁이 힘이 있어도 그나마 특별히 위험하게 생각하지 않은 이유가 바로 책략 부분이었다. 육파일방과 녹림, 마염성은 각각 옥정곽, 범문동, 사마교가 있었다. 그런데 삼양궁은 이런 면이 조금 떨어졌다. 성효명과 소철상의 심계가 떨어지는 것은 아니지만, 다른 삼 인보다는 떨어진다는 것이다.

그런데 지금 그 부분이 보충되었다는 것이다.

"일단 본 문이 장강수로맹을 움직여 최대한 장강을 막으려 하고 있소. 그렇게 되면 삼양궁도 쉽게 사천 땅에 발을 딛지 못할 것이오."

단우헌은 이 부분에서 조금 자신감을 드러냈다. 이번에 새롭게 하오총문의 직접 관리를 받는 장강수로맹은 다른 곳에선 몰라도 장강에서만큼은 삼양궁만큼의 위력을 발휘했다.

"그렇다면 본 교로선 감……."

"그전에!"

제갈효가 감사의 말을 전하려는 것을 고경천이 막았다. 그
는 다시 자리에 앉아 단우헌을 노려보았다.

"우리의 관계를 회복시키는 데 필요한 것은 그런 게 아니
다."

"……?"

"단혼살막의 위치를 알아내라. 하오총문의 능력이라면 충
분하리라고 본다."

"단혼살막이라면……."

"그래. 난 반드시 내 손으로 손불이의 목을 딸 것이다."

고경천의 눈에서 강한 살기가 흘러나왔다.

단혼살막은 추일학과 당아영의 목숨을 앗아갔다. 그렇다면
이젠 그 자신이 그놈의 목숨을 앗아갈 차례였다.

*　　　*　　　*

장강에 떠 있는 배의 돛 위에는 장강수로맹을 상징하는 교
룡기가 횃불 아래 그 모습을 드러내고 있었다.

각 갑판에는 무기를 들고 있는 덩치 좋은 자들이 눈에 불을
켜고 강 건너편을 바라보고 있었다.

"좋아. 이제 기다리기만 하면 된다."

석권철은 울퉁불퉁한 근육을 자랑하며 선수에서 팔짱을 끼
고 있었다. 그는 얼마 전 고경천의 흡정마기에 호되게 당했지
만, 본래 강골이고, 내공 위주가 아닌 외공을 익힌 자라 생각보

다 침상을 빨리 떨치고 일어났다. 그래도 아직 몸을 격렬히 움직이는 데는 지장이 있지만, 이렇듯 수하들을 지휘하는 데는 하등의 어려움도 없었다.

"맹주, 밤바람이 차갑습니다. 침상을 털고 일어난 지 얼마 되지 않았는데, 이렇게 밤바람을 오래 쐬면 좋지 않습니다."

수석호법 배수가 걱정이 되어 말했다.

"괜찮아. 흡정마공에 걸리고도 죽지 않은 것을 행운으로 알아야지. 더욱이 총문 애송이에게 약속한 것도 있으니, 흑도의 사나이로서 뒷짐만 지고 있을 수 없다."

"여하튼 아무리 그래도 이번 일은 기분이 좋지 않군요. 요청도 아니고 명이라니……."

수석장로 노해는 지난번 군산의 일로 아직 앙금이 사라지지 않았다.

그러나 정작 당사자인 석철권은 대소를 터뜨렸다.

"으하하하! 지난 일은 잊어라. 그래야 그게 사내지. 난 잊었다. 그러니 너희들도 잊어라. 우린 약속대로 이곳에서 삼양궁을 막는다."

"예."

"예."

장강수로맹의 두 기둥인 배수와 노해는 명을 내리고, 수하를 시켜 주변에 있는 각 배에 뿔피리로 신호를 보냈다.

경계를 게을리 하지 말고, 혹시라도 모를 적의 암습을 조심하라고.

뿌우우웅.

그런데 갑작스레 뿔피리 소리가 길게 울렸다. 이 소리는 수상한 존재가 나타났다고 알리는 소리였다.

"적이냐?"

"맹주님, 앞이 아니고 뒤입니다."

"뒤?"

"예. 장강 북쪽이라면, 삼양궁의 무리는 아닐 것입니다. 미리 건너가 대기해 있었다면 모를까, 아무래도 제삼의 존재 같습니다."

뿌우. 뿌우.

이번에 이어진 소리는 적이 아니란 소리였다.

"이상하군요. 적이 아니라면 우리 편일까요?"

"이쪽으로 보내라고 해라. 내 직접 보겠다."

석철권이 명을 내리자 다시 신호가 배들에게 전해지며, 한 척의 배에서 소선이 장강으로 내려져 그들에게 다가오는 배에 접근했다.

지금 유유히 다가오는 배는 작은 나룻배로 그 위에 항복을 뜻하는 하얀 기를 달고 있었다. 선두에는 강바람을 차분히 맞고 있는 한 중년인이 유유자적한 표정을 지었다.

"멈춰라!"

이미 본선에서 떨어진 소선들이 나룻배 앞에 진을 치고 있었다. 그중 한 척이 소리를 치며 조금 앞으로 나섰다.

"무슨 일로 이곳에 온 것이냐? 지금 장강수로맹의 용선들이 장강에 떠 있어 다른 배들은 함부로 이곳을 지나면 안 된다는 것을 잊었느냐?"

이건 일종의 묵계였다. 그건 장강의 배들이 운행할 때는 다른 배들은 그 근처에 오지 말아야 한다는 것이다. 아니면 사전에 연락을 취해야 한다. 이를 어기면 장강수로맹은 졸지에 수적으로 변해 그 대상을 공격해 왔다.

"나는 녹림에서 왔네."

"녹림?!"

소선에서 말을 받던 자가 놀라 소리쳤다.

"성함이 어떻게 되시오?"

일단 상대가 녹림에서 왔다니 말투를 바꾸었다.

"범문동."

"자⋯ 잠시만 기다리시오."

석 자면 충분했다. 말을 걸던 자보다 나이가 있는 목소리가 뒤의 소선에 튀어나왔다. 그리고 그가 뭐라 명을 내렸는지 빠르게 소선 한 척이 본단이 있는 배로 사라졌다.

그리고 그 배가 선두에 서며 나룻배에 다가갔다.

"정말 녹림 총채주 본인이시오?"

"맞네."

범문동은 부드러운 표정을 짓고 있었다.

"그런데 어찌 혼자시오? 다른 자들은 같이 오지 않았소?"

범문동은 녹림의 총채주였다. 그런 자가 혼자 왔다는 것이 왠지 의심을 불러일으켰다.

"하하. 아무리 녹림이 흑도와 교류를 끊고 지냈다 해도 엄연히 장강수로맹과 녹림 둘 다 같은 흑도 아닌가? 그러니 같은 흑도를 방문하는 데 요란을 떨 필요가 뭐가 있는가? 더욱이 귀맹주와 허심탄회한 대화를 하기 위해 일부러 수하를 대동하지 않았네."

소선을 이끄는 당주는 잠시 고민하다 결정을 내렸다. 이미 본단에는 소식을 알렸고, 보아하니 눈앞에 있는 자 말고는 다른 자가 없었다.

"안내하겠소. 길을 열어라."

당주의 명에 주위를 감싼 소선들이 길을 만들었다.

"가세."

범문동은 그가 타고 있는 배를 조종하는 사공에게 명했다.

나룻배는 다시 강심을 가로지르며 나아갔다.

장강수로맹의 삼 인은 난간에 서서 본선으로 다가오고 나룻배를 보았다.

지금 주변의 배들이 횃불을 환하게 밝히고 있어 다가오는 나룻배의 모습을 그들 셋은 똑똑히 볼 수 있었다.

퉁.

나룻배가 배의 현에 붙고 위에서 줄사다리가 내려왔다.

범문동은 줄사다리가 내려오자 한쪽 끝을 잡고, 현을 차고 허공으로 몸을 띄웠다. 그리고 공중에서 가볍게 몸을 틀어 바닥에 내려섰다.

"근 십 년 만에 만나는 것 같소."

녹림이 한창 기세를 떨치기 시작할 때, 석철권은 범문동을 만난 일이 있었다. 그러나 세를 완전 떨치고 나서는 전혀 왕래가 없었다.

"오랜만이오."

범문동은 비꼬는 석철권의 말에도 화를 내지 않고 웃음으로 받아들였다.

석철권은 미간을 모았다. 예전이나 지금이나 눈앞의 자는 별로 맘에 들지 않았다. 왠지 심계가 깊은 자들은 그로서 꺼려지기 마련이었다.

"그런데 무슨 일로 본 맹을 찾아온 것이오? 이미 왕래가 끊어진 지 십 년이나 흘렀는데."

"하하. 십 년이면 강산도 변한다 하지 않소? 그래서 나는 그 변화만큼 장강수로맹과 다시 관계를 가지려는 것이오."

범문동은 웃었다.

석철권을 비롯해 배수와 노해는 인상을 찌푸렸다. 도대체 무슨 꿍꿍이로 이렇게 갑자기 관계를 만든단 말인가?

그러나 석철권은 크게 고민하거나 하는 성격이 아니다. 이미 틀어진 상대와 다시 줄을 대고 싶지 않았다. 차라리 기회가 있을 때 죽여 버리는 게 낫지.

"언제까지 하오총문의 눈치를 볼 것이오?"

문득 범문동이 이렇게 입을 열었다.

그 한마디에 석철권은 살기가 풀어지는 걸 느꼈다.

"흥! 누가 눈치를 본단 말이오? 언제나 흑도는 하오총문을 웃어른으로 대할 뿐이오."

"그럼 왜 특별히 사이가 나쁘지도 않은 삼양궁을 막고자 장강을 봉쇄한 것이오? 다 하오총문이 시켜서 한 거 아니오? 맹주는 만일 삼양궁과 척을 지면 어떻게 될지 모른단 말이오? 현재 북신마교는 삼파의 표적이 되었소. 그런데 그런 위험한 곳과 손잡은 하오총문의 말을 들을 필요가 있소? 조만간 북신마교가 사라지면 삼파는 분명 그들과 손잡은 하오총문도 가만히 두지 않을 것이오. 맹주께서는 그때 하오총문과 운명을 같이할 생각이오?"

횃불을 받아 붉은 빛을 띠는 범문동의 눈이 석철권을 직시했다.

석철권은 그 눈빛을 한참 동안 바라보다 지금까지와 달리 고개를 크게 끄덕였다.

"흥미있는 이야기를 하는군. 그래서 어떡하자는 말이오?"

"맹주!"

배수가 놀라 석철권을 말리듯 소리쳤다.

"맹주, 이런 일은 쉽게 결정할 문제가 아닙니다."

노해도 이 순간은 배수처럼 걱정스레 한마디를 꺼냈다.

"내가 누구냐? 걱정 마라. 일단 이야기를 들어보는 것뿐이니. 자, 안으로 들어갑시다."

"고맙소."

석철권의 안내에 범문동이 그 뒤를 따랐다.

노해와 배수도 그 뒤를 따르려 움직이려는데,

"두 사람은 되었다. 이곳에 남아 적들의 동태나 살펴라. 나 혼자도 충분하다."

"맹주……."

무언가 평상시와 다른 석철권의 모습에 찜찜한 기분이 들었지만, 무엇이 이상한지 딱히 말을 할 수도 없었다.

"뭐가 어떻게 되는 거야!"

노해가 성질을 이기지 못하고 분노를 터뜨렸다.

그러나 떨어진 명이 있어 둘은 걱정만 할 뿐, 석철권이 사라진 선실 근처에는 가까이 가지 않았다. 누가 뭐래도 석철권의 성질이 어떤지 그 둘이 제일 잘 알고 있었다. 혹시나 분노를 샀다간 그게 더 문제였다.

두 사람이 각자가 느낀 찜찜함에 더러운 기분을 느낄 때, 그 둘이 사라지고 한 식경 정도 흘렀을까?

선실의 문이 열리고 석철권이 걸어나왔다.

그는 무언가 흡족한 표정을 짓고 있더니, 궁금해 말을 건네려는 두 사람을 제지하고 명을 내렸다.

"배를 움직여라. 지금 즉시 강 반대편으로 배를 몬다."

"예?"

노해와 배수가 동시에 놀라 눈을 동그랗게 떴다.

그들이 명을 받은 것은 삼양궁이 장강을 건너는 것을 막는 것이지, 직접 그들과 싸움을 하는 것이 아니다. 만일 싸움을 하더라도 그들은 강에서 싸워야지 땅으로 가면 너무나 불리했다.

그러나 이어지는 석철권의 말은 그들의 예상을 완전 뒤엎어
버렸다.

"우리는 삼양궁과 싸우려는 것이 아니다. 그들을 무사히 장
강 건너편으로 옮겨주는 것이다."

노해는 입이 벌어졌고 배수는 얼이 빠졌다.

도대체 이 무슨 자다가 마른하늘에 날벼락 떨어지는 말인
가? 어찌 순식간에 이렇게 모든 것이 바뀔 수 있단 말인가?

"흐흐흐. 이제 하오총문을 바라보고 살 필요가 없다. 우리
는 이 시간부로 녹림을 포함한 삼파와 손을 잡는다."

여기까지 말한 석철권은 두 사람을 바라보며 으르렁거리는
음성으로 입을 열었다.

"만일 내 뜻을 어긴다면, 너희 둘을 모두 장강의 물고기 밥
으로 던져 줄 것이다. 그러니 모두 내 뜻을 따라라. 이걸로 우
리는 저번 군산에서 받은 치욕을 씻고 흑도의 최고 문파가 되
는 것이다."

노해와 배수는 아무 말도 할 수 없었다. 무언가 아니란 생각
이 들었지만, 도대체 어떻게 해볼 수 없었다. 특히 석철권의 성
격을 잘 아는 그들로서는 이 순간 다른 생각을 할 수 없었다.

"여하튼, 수하들에게 명을 내려 오늘 녹림에서 사람이 찾아
온 것에 대해 입단속을 시켜라."

"예."

"자! 배를 몰아라!"

마지못해 대답하는 두 사람을 뒤로하고, 석철권은 수하들에게 크게 명을 내렸다.

"저기."

소선을 끌어 모으던 삼양궁 한 무사가 장강에 길게 늘어진 채 다가오는 불빛에 손가락을 들어 가리켰다.

그자의 말에 다른 자들도 그 모습을 보며 크게 소리쳤다.

"적이다!"

"장강수로맹이 쳐들어온다!"

금방 대기하던 삼양궁도 전체에게 퍼져 소철상도 그 소리를 들을 수 있었다.

"이게 무슨 일인가?"

그는 임시로 만든 천막에서 몸을 드러내 장강을 바라보았다.

"정말 알 수가 없군요."

곡장음도 지금만큼은 도저히 예측할 수 없었다.

"그들이 왜 이런 바보짓을 한다고 보오? 아무리 장강수로맹이 장강에서 무적이라 해도 육지에서는 그만큼 능력을 발휘할 수 없거늘."

"저도 지금만큼은 도저히 예측할 수가 없습니다. 설마 하오총문의 무슨 농간일까요?"

"그렇다면 우리의 후미도 노려야 되는 것 아니오? 다가오는 자들은 오직 장강 쪽뿐인데."

“음……..”

곡장음은 눈을 가늘게 뜨고 생각에 잠겼지만, 뾰족한 해답을 찾을 수 없었다. 지금까지는 그의 책략으로 몇 번 삼양궁에게 도움을 주었건만 이번만큼은 알 수 없었다.

“일단 가봐야겠소. 만일 놈들이 쳐들어오는 것이라면, 내 손으로 끝장을 내겠소.”

소철상이 긴 수염을 휘날리며 강변으로 다가갔다.

그 뒤를 곡장음이 따랐다.

소철상은 강변에 도착하자마자 제일 먼저 수하들에게 명을 내렸다.

“절대 먼저 경거망동하지 마라. 삼양궁의 무사들이 고작 장강수로맹을 두려워해 공격했다면, 우습기만 할 뿐이다. 그들이 무사히 땅에 내릴 때까지 절대 공격하지 마라.”

“존명!”

곳곳에서 소철상의 명에 대답하는 소리가 들렸다.

소철상은 천신처럼 당당히 선 채 점점 다가오는 장강수로맹의 선단을 바라보았다.

그런데 장강수로맹은 화살을 쏠 수 있는 거리까지 다가왔는데도 아무런 공격도 하지 않았다. 대신 한 척의 소선이 빠르게 앞으로 나오며 크게 소리쳤다.

“장강수로맹의 석철권이 삼양궁의 부궁주 소철상 대협을 뵙기를 청하오!”

석철권의 음성이 주변을 크게 울렸다.

소철상은 상대의 말에 잠시 미간을 찌푸렸다.

"일단 기다리지요. 먼저 나설 필요 없으니까요."

"아니오. 고작 장강수로맹주 따위가 두려워 몸을 숨긴다면, 내 이름이 울고 말 것이오."

소철상은 한 발 앞으로 내디디며 내공을 담아 석철권의 음성보다 더 크게 소리쳤다.

"소철상은 여기 있다! 무슨 일로 나를 찾느냐?"

"둘이서만 대화를 나누고 싶은데, 소선으로 올 용기가 있소?"

"물론."

소철상은 서둘러 몸을 날렸다.

"잠깐! 부궁주, 적의 간계일지도."

"걱정 마시오. 소선에 두 사람뿐이오. 천하에 날 어쩔 사람은 천중삼원을 제외하고는 없소."

"그래도… 혹시라도 북신마교의 교주인 파천마제가 있으면 어떡하려고 그러오?"

곡장음은 따라붙으며 말을 했지만,

"아무리 그가 나는 재주가 있다 해도 이 짧은 시간에 장강까지는 오지 못할 것이오. 왔다 하더라도 나는 청성산에서 목숨을 잃은 육파일방의 장문인들이나 청룡칠수와는 다르오."

넘칠 듯한 자부심이 소철상의 전신에 어렸다. 그가 직접적인 능력을 보이지 않은 것도 있고, 더욱이 성효명으로 인해 크게 나서지 않았다.

그러나 그의 능력은 삼양궁의 부궁주에 어울리고도 남았다.

곡장음이 말릴 사이도 없이 강변에 몸을 띄운 소철상이 허공을 날아 소선에 사뿐히 내려섰다.

소선에는 기골이 장대한 노인과 그에 비하면 왜소한 중년인 두 사람뿐이었다.

"누가 석 맹주요?"

"나요."

기골이 장대한 석철권이 대답했다.

"그럼 저 사람은?"

"하하. 오랜만이군. 이렇게 얼굴을 마주하는 것이 십 년이 넘었는가?"

중년인이 친근하게 소철상에게 말을 건넸다.

"누구?"

그러다 그의 눈이 크게 뜨여졌다. 얼마 전부터 삼양궁을 자극한 녹림의 수괴, 그가 웃으며 그를 바라보고 있었다.

"네놈이 어떻게……."

"하하. 반갑네."

범문동이 진정 반가운지 웃음을 흘렸다. 그러나 그와 반대로 어둠 속에서도 확연히 티가 날 정도로 두 눈은 붉게 달아올랐다.

*   *   *

무림이 미쳤다.

이 말밖에 나오지 않는 사건이 연일 터졌다.

중앙이 허술해져 기회만 노리던 맹수가 육파일방을 거의 멸문에 가까운 타격을 입히다 갑자기 진로를 틀었다.

연일 무당의 자소봉을 산적들의 거친 웃음소리와 살기 어린 기합성으로 물들였던 녹림이 갑자기 자소봉을 떠나 그대로 서쪽으로 이동했다.

또 마염성은 지금까지 한 번도 멸문의 치욕을 당한 적 없는 소림의 산문까지 박살 내놓고, 숭산 소실봉에서 빠르게 물러났다. 그리고 소림을 내버려 두고 그대로 도하에 남쪽으로 파죽지세로 밀고 들어갔다.

마치 처음부터 목적은 사천의 북신마교와 강서의 삼양궁이라는 것처럼 녹림과 마염성은 중앙에서 교차되면서도 충돌 한 번 일으키지 않았다.

결국 사람들은 무림이 미쳤다는 말밖에 하지 않았다. 그렇지 않았다면 이십 년 동안 으르렁대던 마염성과 녹림이 서로 손을 잡았다는 말을 어떻게 믿을 수 있단 말인가?

그리고 놀라운 일은 이것만이 아니었다.

하오총문과 북신마교가 분명 손을 잡았다 했는데, 어떻게 된 것이 흑도의 맹주 격인 하오총문을 무시하고 장강수로맹이 북신마교를 치려는 삼양궁을 돕는 일이 벌어졌다.

뒤늦게 이 사실을 알고 장강수로맹을 처벌하려고 움직인 하오총문은 장강에서 오히려 발길이 묶여야 했다.

더욱이 현재 북신마교로 진격하는 삼양궁을 이끄는 소철상은 본 궁이 마염성의 공격에 풍전등화의 위기에 빠졌는데도 회군을 하지 않았다.

이래저래 무림이 미쳤다고 하지 않고는 말할 수 없는 일투성이였다.

그리고 이런 분위기는 고스란히 북신마교의 회의장에 날아들었다.

"미안하오."

단우헌은 고개를 들지 못했다. 그렇게 큰소리를 쳤던 일이 오히려 북신마교를 위협하는 꼴이 되었다.

그러나 고경천은 조금도 표정 변화가 없었다. 애초부터 네 놈 따위의 말은 들을 필요도 없다는 무시 일변도였다.

"도대체 어떻게 된 일이오?"

제갈효가 질문을 던졌다.

"나도 모르겠소. 석철권이 배신을 하다니, 그는 일전에 귀 교주에게 호되게 당한 일도 있어 함부로 등을 돌리지 못할 거라 생각했소. 더욱이 그게 아니라도 흑도는 흑도가 아니고서는 절대 함부로 손을 잡지 않소. 그것이 지금까지 흑도를 무시한 정, 사 무리들에게 복수하는 것이라 생각해 멀리해 왔소. 정말 소문대로 석철권이 미치지 않고선 이런 결과는 나도 믿기 힘드오."

"음……."

제갈효는 신음을 흘렸다. 정말 이런 경우에는 어떻게 해야 하는가? 추일학이면 혹시 확실한 답을 내려줄 것인가? 너무나 예상과 반대로 행해지는 일에 또, 자신들과 연수하기로 한 녹림이 왜 자신을 공격하는 일에 아무 생각도 나지 않았다.

"고민할 필요 없소."

고경천이 입을 열었다.

모든 이들의 시선이 고경천에게 모였다.

"어차피 난 하오총문 따위 애초부터 믿지도 않았소. 나에게 되도 않은 점괘를 준 점쟁이 노인이 무슨 능력이 있겠소?"

"고 교주!"

단우헌이 발끈했다.

고경천은 그런 단우헌을 싸늘히 노려보았다.

"난 분명 너한테 단혼살막주의 거처나 찾으라 했다. 다른 것은 필요없으니, 그 잘난 점쟁이 노인의 점괘를 사용해서라도 찾아내. 그것만이 하오총문이 내 분노를 피할 유일한 탈출구다."

"……."

단우헌의 입이 조개처럼 꼭 닫혔다.

"제갈 문상, 애초에 우리는 처음부터 우리뿐이었소. 우리가 언제부터 다른 문파의 손을 빌렸소? 아마 서생이 살아 있었다면, 우리의 능력으로 모든 것을 해결할 방법을 어떻게 해서라도 찾아냈을 것이오."

고경천의 한마디가 사람들의 귀를 강하게 울렸다.

"맞소."

“애초에 범문동, 그놈 낯짝이 맘에 안 들더니 내 이렇게 될 줄 알았다.”

“언제는 꼭 참고 꼭 성사해야 한다고 하더니.”

당협기의 투덜거림에 아불승이 걸고 넘어졌다.

“조용히 해, 이놈아. 내 그때 얼마나 참았는지 울화병이 다 들었다. 그놈 빈정거릴 때 면상에다 독이라도 한 사발 뿌려주고 싶었는데, 추 문상의…….”

당협기는 잠시 말을 멈추었다. 평소처럼 문상이라 불렀다. 지금은 전문상이라 불러야 했는데, 왠지 다시 바꿔 말하려니 그것도 이상했다.

“우리는 늘 수에 있어 남들보다 떨어졌소. 내세울 것은 오직 새 무림을 열겠다는 의지 하나. 앞으로도 우리는 이것으로 모든 역경을 헤쳐 나가야 하오.”

고경천의 한마디가 모든 이들의 망설임을 날려 버렸다.

“죄송합니다. 제가 생각이 짧았군요.”

제갈효가 잘못을 인정했다.

“맡겨주십시오.”

“문제없습니다.”

회의장에 모여 있는 자들이 갑자기 자신들의 가슴을 탕탕 치며 크게 소리쳤다. 그들에겐 얼마 전 전멸에 가까운 싸움을 겪은 자들의 두려움은 없었다. 한 사람만 남는다 해도 끝까지 싸우겠다는 의지만 있었다.

“난 청성산을 지키는 데만 연연하지 않을 것이오. 당당하게 적을 나서서 맞이할 것이오. 결전지는 청성산 북동부에 있는 민강과 타강이 갈라지는 도강대평원(都江大平原). 그곳에서 적을 물리칠 난 앞장서서 싸울 것이오.”

“와와아아! 교주님 만세!”

“북신마교 만세!”

자리한 자들 모두 힘차게 소리쳤다.

단우헌은 그들을 보며 무언가 묘한 기분을 느꼈다. 수적 열세가 뻔히 보이는 마당에서도 오히려 전의를 불태우는 그들을 보니 왜 사천이 상무지방인지 확실히 알 수 있었다.

그런데 이 와중에 자기들끼리 전음을 나누는 자들이 있었다.

당협기는 아불승에게 시선을 고정한 채 입을 열었다.

[막내야, 그런데 왜 저놈은 그 이야기를 하지 않을까?]

[무얼 말이오?]

[녹림에 있는 주작칠수의 한 사람. 호붕천.]

[음… 그리고 보면 그렇소. 분명 그는 하오총문에 속해 있다 하지 않았소? 설마 저놈 가짜 아니오?]

[이놈아, 가짜였으면 교주님이 모르겠냐? 그보다 혹시 호붕천 그자가 가짜 아닐까? 우리는 말만 들었지 확인해 볼 수 없지 않았느냐?]

[그건 그렇소만… 교주님에게 물어볼까요? 얼마 전에 하오총문을 방문했다고 했으니, 거기서 이야기를 듣지 않았겠소?]

[그건 별로 좋은 생각은 아니야. 하오총문 이야기만 나오면

화를 내는 교주님을 보고도 모르겠냐?]

"아니, 그러면 어떻게 하잔 말이오!"

아불승이 답답해 전음이 아닌 육성으로 소리치고 말았다.

그 순간 모든 이들의 시선이 둘에게 모였다.

"하하하. 이놈이 가을인데도 더위를 먹었나?!"

당협기가 손을 아래로 내려 아불승의 허벅지를 잡았다. 그리고 그가 비명을 지르지 못하게 전음을 보냈다.

[찍소리를 하는 순간, 네 입에 내가 자랑하는 극독 여덟 가지를 처넣어주마.]

아불승은 말은 하지 못하고 눈가를 파르르 떨었다.

[일단은 우리가 주시하도록 하자. 너는 싸움이 벌어지는 동안 호붕천을 잘 살펴라. 난 저 어린 놈을 살필 테니…….]

끄덕끄덕.

아불승이 고개를 끄덕였다.

그리고 둘은 언제 그랬냐는 듯 내색을 하지 않았다. 본래대로라면 늘 문제는 오염달과 최염이었는데, 근자에는 그 둘만큼 이 둘도 골칫거리였다.

제갈효는 그런 둘에게 안 좋은 눈빛을 보내고 고경천을 향해 말했다

"교주님, 명을……."

"교주님, 명을……."

모든 이들이 제갈효를 따라 복명복창으로 입을 열었다.

"새로운 무림을 위해!"

"새로운 무림을 위해!"

"먼저 간 이들의 복수를 위해!"

"복수를 위해!"

북신마교의 전의가 고경천으로 인해 새롭게 타올랐다.

*　　　*　　　*

…(상략)…….

드디어 기회가 왔습니다. 이십 년 동안 숨죽여 기다렸던 바로 그 기회 말입니다. 정말 놈들의 용의주도함은 치를 떨게 합니다. 우리 모두 주범이 녹림이라고만 믿고 있었는데, 놀랍게도 마염성 과도 연관이 되어 있을 줄은… 이제야 그걸 알아내다니 제가 참 으로 한심하다는 생각이 듭니다.

그러나 이번에 마염성과 녹림이 중앙에서 서로 충돌하지 않고 그대로 진격을 하게 된 것은 분명 그 둘을 움직이는 존재가 둘 중 한곳에 있기 때문일 것입니다.

상식적으로는 자미마염 막청해가 제일 의심이 가나, 그는 그보 다 더 오랜 시간을 일인자로 존재해 온 사람입니다.

그렇다면 막청해를 움직일 정도의 자가 녹림의 법문동까지 같 이 움직이나? 아니면 법문동이 막청해를 움직일 정도의 능력을 갖고 있느냐인데, 아무래도 저는 전자에 의심이 가는군요.

그렇기에 이번 마염성의 진격을 누군가가 나서 확인해 볼 필요 가 있습니다.

배후에서 이 모든 걸 조종한 자가 있다면, 그가 움직일 수 있게 마염성에 커다란 타격을 주어야 할 필요가 있습니다. 그걸 위해 총사께서…(하략)…….

주작칠수 호붕천 올림.

부들거리며 서찰을 잡은 주름진 손이 떨렸다.

손괴량은 놀라운 서찰의 내용에 과연 지난 세월을 무엇을 위해 살았나 하는 허망함까지 느꼈다.

"백천 사제 대단하구나. 천통문의 제자답게 천기 속에서도 몸을 숨기고, 끝내 나까지 이런 혼돈 속에 직접 몸을 담게 만들다니."

손괴량은 이 순간 하오총문의 힘을 총동원해 삼양궁을 도와 마염성을 칠 결정을 내렸다.

第六章

꼭두각시 인형

도강대평원.

민강과 타강이 갈라지는 곳에 만들어진 넓은 평원으로 사천에서도 서쪽 고원과 동쪽 분지의 중간에 자리 잡은 곳이다.

본래 이곳은 사천에서도 기름진 곳이라 대경작을 하기 좋음에도 불구하고, 우기가 심한 사천의 특성상 둘이 동시에 범람하는 일이 찾아 지금은 그저 넓은 초지로 버려졌다. 그래서 평산시에 이곳은 말을 키우는 마장으로 이용되기도 하는데, 오늘은 말은 없고 사람만 넘쳐 났다.

그것도 병장기를 들고 흉흉한 살기를 내뿜는 무인들이 너른 평원을 차지했다.

고경천은 탁 트인 곳에 나오니 오히려 마음이 차분히 가라 앉았다. 이곳에서 또 얼마나 많은 피를 흘려야 될지는 마음속에 없었다. 그저 자신을 건드린 자들에게 단죄의 철퇴를 내리겠다는 뜨거운 투지만 타올랐다.

단우헌도 북신마교 측에 섰는데, 그는 얼마 전 문도를 통해받은 내용에 대해 일절 언급하지 않았다. 저번 장강수로맹 일도 오해투성인데, 갑자기 하오총문이 삼양궁을 돕는다 하면…….

그나마 좋은 소식은 녹림에 잠입해 있는 주작칠수가 안에서 도와줄 것이란 내용이었다. 하지만 그 사실도 말하지 않았다. 괜히 싸움에 집중하지 못할 우려가 있어서였다.

"나타났습니다."

제갈효의 말에 고경천을 위시한 모든 이들의 시선이 평원 동편을 향했다.

평원 전체를 뒤덮을 것 같은 그들의 숫자는 북신마교에 비하면 대여섯 배에서 많게는 열 배 가까이 되어 보였다.

갑자기 중앙이 갈라지며 사 인이 드는 교자가 나타났다. 그곳에는 범문동이 여유로운 얼굴로 앉아 있었다.

"고경천! 자결하면 수하들의 목숨도 살려주고 아무 일도 없었다는 듯 철수하겠다. 아무리 흡정마공을 익혔다 해도 이 많은 숫자와 싸우게 되면 수하들이 어떻게 되는지는 말하지 않아도 잘 알겠지?"

"닥쳐! 이 기생오라비 같은 놈아! 그때 경고했지! 본 교나 교주에 대해 불경하면 가만두지 않겠다고!"

그동안 참아왔던 것이 억울한지 당협기가 목이 터져라 소리쳤다.

고경천은 당협기를 제지시켰다.

"나야말로 제안을 하지. 지금까지 녹림은 본 교와 크게 문제가 있던 적도 없고, 근자에는 연수까지 하려던 사이였으니 무릎 꿇고 무례에 대해 용서를 빌면 무사히 돌려보내 주마. 하지만 끝까지 나를 자극한다면, 살아서 사천 땅을 벗어나는 놈들은 없다고 생각해라."

"하하. 권주는 마다하고 벌주를 마시겠다? 그 말 한마디로 수하들의 목숨은 없다. 대신 싸움을 시작하기 전에 잠깐 여흥을 돋아주지. 끌고 와라."

범문동의 명이 떨어지자 십자로 교차시킨 나무에 사지가 고정된 범상치 않은 노인이 끌려왔다. 그는 산발에 의복도 찢어지고, 이곳저곳 피딱지가 들러붙어 보기 흉한 몰골을 하고 있었다.

그런데 고경천은 처음 보는 사람이었다.

하지만 그의 모습을 알아보는 두 사람이 있었다.

"호 선배!"

"호 수석원로!"

당협기와 아불승이 놀라 소리쳤다.

"호… 혹시?"

단우헌은 느껴지는 예감에 놀라 눈을 크게 떴다.

"이십 년 전만 해도 녹림 최고 사내라 불렸던 호붕천이란 자지. 그런데 지금은 실망스럽게도 녹림의 정보나 빼돌리는 배덕자로 전락했지."

범문동의 목소리가 평원을 울렸다.

"네놈이 바로 허무의 주인이구나!"

"호!"

범문동이 소리친 사람을 바라보았다.

"자넨 누군가?"

"단우헌이다."

"호오. 북두칠강 중 천둔공자라 불리는 단우헌이었군. 그렇다면, 호붕천이 날 감시하며 얻어낸 정보를 자네한테 보냈다는 말인데. 그보다 젊은 사람이 대단해. 아직 한 번도 알려지지 않은 허무의 저주도 알고 있고."

범문동은 인정하는 듯 안 하는 듯한 묘한 말을 꺼냈다.

그 순간 고경천의 눈이 빛났다. 모든 걸 다 떠나서 허무의 저주를 아는 자는 그에게 있어 두 가지 부류밖에 없었다.

적 아니면 아.

그러나 지금 상황으론 분명 범문동은 아군이 아니었다.

"이렇게 되면 용서고 뭐고 다 필요없군. 점쟁이 노인 말대로 하는 것 같아 내키지 않지만, 흡정마공을 익힐 때부터 허무란 말이 상당히 거슬렸거든."

"이제 보니 네놈도 알고 있구나. 이거 생각보다 더 이상 비밀이 아닌 거 같은데."

"닥쳐라. 이젠 비밀이고 뭐고 없을 테니. 이 시간 이후로 그 이름은 세상에서 사라진다."

고경천의 얼굴에 검은 선들이 문신처럼 그려져 나가기 시작했다.

"후후. 그건 두고 봐야 알지. 그보다… 그게 흡정마공인가? 생각보다 별로 보기 좋은 모습은 아니군."

말을 하던 범문동이 갑자기 손을 들어 올렸다.

그러자 교자를 메고 있던 사 인이 다시 녹림도 뒤쪽으로 교자를 뺐다.

"모두 다 죽여 버려!"

"쳐라!"

"죽여라!"

평원을 뒤덮을 듯이 수많은 녹림 무리들이 북신마교도를 향해 달려들었다.

"네놈! 도망칠 수 있을 거라 생각했더냐!"

고경천이 비겁하게 몸을 빼는 범문동을 쫓아 빠르게 앞으로 몸을 날렸다. 그리고 그 순간 그의 몸에서 사방으로 거미줄이 솟구치며 평원에 처절한 비명을 불러왔다.

"모두 공격해라!"

잠시 듣도 보도 못한 이야기에 얼이 빠졌던 제갈효도 북신마교도에게 명을 내렸다.

그 순간 북신마교도들도 달려들었다. 그러나 그들은 사전에 약속한 듯 고경천과는 멀찍이 떨어져 공격했다. 마치 날개처럼 중앙은 고경천에게 맡기고 좌익과 우익이 되어 녹림을 상대했다.

갑자기 녹림 쪽에서 한 사람이 단우헌을 지목해 불렀다.

"단우헌은 나서라! 오늘 이 자리에서 누가 북두칠강 중 최고인지 가르자!"

범산호의 목소리가 평원을 울렸다.

그러나 대답은 단우헌이 아닌 다른 사람이 했다.

"괜히 순하게 생긴 사람 건들지 말고, 나랑 한번 붙어보자."

대답도 기다리지 않고 호군평이 먼저 범산호를 향해 내달렸다.

"저놈… 저놈도 완전히 교주님 다 되었어."

제갈효가 고개를 흔들다 멍하니 있는 단우헌을 바라보았다. 그는 애초에 싸울 의지가 없는 듯, 범문동과의 묘한 대화 후 지금까지 교자가 사라진 그곳만 노려보고 있었다.

"무슨 일인지 모르겠지만……."

이렇게 서두를 연 제갈효가 단우헌이 자기를 바라보자 미소와 함께 말을 꺼냈다.

"공자가 이미 말했다시피, 교주님은 큰일을 하기 위해서 내정된 사람 아니오? 그러니 지금은 일단 싸움에 집중합시다. 어차피 눈앞에 있는 자들은 둘 중 하나만 남아야 하는 적 아니오?"

끄덕끄덕.

단우헌은 고개를 끄덕였다. 그리고 그도 지금까지 누구의

그늘에 가려 미처 펼치지 못한 북두칠강에 걸맞는 무학을 쏟
아내기 시작했다.

＊　　　＊　　　＊

파죽지세.

이십 년의 침묵을 깬 마염성의 기세는 삼양궁도 막을 수 없
었다. 이미 육파일방을 멸문까지 몰아넣는 싸움을 치르고도
어디에 그런 저력이 있는지, 삼양궁 산하 문파들을 하나하나
무릎 꿇리며 금방 남창 동쪽, 포양호 남쪽에 자리한 삼양궁이
보이는 곳까지 다가왔다.

막청해는 마염성만큼의 넓이를 자랑하는 삼양궁의 높은 성
벽을 바라보며 말 위에서 흡족한 미소를 지었다.

"이제 코앞이다."

오랜 시간을 참아왔다. 같이 천중삼원이라 불리면서도 그들
은 만날 기회가 없었다. 만나면 누구 하나 끝장을 내야 하는
운명이기에 지금까지 차일피일 미뤄져 왔다.

그런데 오늘 그 일에 종지부를 찍을 수 있게 되었다. 저 성
벽 너머에 태미천산이라 불리는 성효명이 있었다.

"성주님, 아이처럼 들떠 보이는군요."

"이십 년이네. 군사 말을 듣고 참아왔지만, 나는 언제나 이
날을 꿈꿨네. 나에게 천하패권보다는 호적수를 만나 신명나게
싸워보는 것이 제일 꿈이었어."

"허허허. 그래도 돌격대장처럼 먼저 나서면 안 됩니다. 명색이 위치가 있으신데 그럴 수야 없지 않습니까? 때론 수하들을 위해 공을 참아야 할 필요도 있습니다."

"자신할 수 없네. 내 뜨겁게 타오르는 무인의 피는 당장 발산되지 않으면 나 자신을 태울지도 모르니까. 자! 그럼 먼저 가네."

"성주님!"

사마교의 음성을 뒤로하고, 막청해는 애마인 흑풍을 몰아 제일 먼저 삼양궁의 성문을 향해 달렸다.

"성주님을 보호해라!"

"서둘러라!"

마염성의 수하들이 놀라 소리쳤지만, 결국 그들은 돌격하는 막청해의 뒤를 따르는 것밖에 할 수 없었다.

"타올라라. 마염아!"

막청해가 애도 마염(魔炎)을 높이 들었다. 검붉은 도신에 붉은 화염 무늬를 갖고 있는 도 위로 화르륵하며 불길이 치솟았다. 붉은 빛이 아닌 검은 불길은 성화처럼 높은 곳까지 뻗었다.

"와아아아아!"

마염성의 수하들이 사기가 올라 크게 소리쳤다. 대신 성벽 위에 있는 삼양궁의 무사들은 기가 질려 버렸다.

그 순간, 화강이라 불려야 할 불길이 그대로 성문을 향해 떨어져 내렸다.

콰가가강!

일도에 성문과 그 주위 담벼락이 산산조각나 무너져 내렸
다. 그리고 여파로 문을 지키려던 삼양궁의 무사들도 순식간
에 재가 되어 사라졌다.

막청해는 그 사이를 말을 몰아 질풍처럼 내달렸다.

히이이잉.

흑풍이 긴 울음소리를 내며 무너진 돌조각 위를 날았다. 그
순간 막청해의 무지막지한 내공이 담긴 일성이 삼양궁을 울렸
다.

"성효명 나서라! 막청해가 너를 만나기 위해 천 리가 멀다
하고 왔다!"

"으아아악!"

막청해를 막아서려던 삼양궁의 무사들이 피를 쏟으며 쓰러
졌다.

잠시 후,

쾅!

태양전의 천장을 뚫고, 백영이 허공으로 솟구쳤다. 그다음
백영은 하나의 백색 선이 되어 그대로 남으로 쏘아져 갔다.

콰가강!

그 뒤를 전각이 완전 무너져 내리는 소리와 함께 막청해가
솟구쳤다. 그리고 막청해도 멀어지는 백영을 쫓아 순식간에
사라졌다.

“물러나라!”

“궁을 포기한다!”

“크아악!”

“죽여라!”

삼양궁도의 외침과 마염성도의 외침. 그 속에 적아를 구분할 수 없는 비명이 뒤섞였다.

“느… 늦은 것인가?”

멀리서 화광에 싸이는 삼양궁을 보며 손괴량의 두 눈이 거세게 흔들렸다.

“총사, 아직은 아닙니다. 아직 비명과 병장기 부딪치는 소리가 거세니 그렇게 오래되지 않았을 것입니다.”

말하는 궁천의 뒤로 하오총문이 이끌고 온 수많은 고수들의 모습이 보였다. 이들은 각기 다른 복장에 이끄는 자들도 달랐다. 하오총문 본래 소속자들과 흑도사패 중 장강수로맹을 제외한 삼패들의 정예였다.

“시작하게. 무슨 일이 있어도 막청해를 찾아야 하네. 그래서 그자가 진정한 허무의 저주인지 확인해야 하네.”

“예.”

궁천은 크게 대답하고, 대기하고 있던 하오총문의 무사들에게 소리쳤다.

“다시 한 번 말하지만, 우리의 상대는 마염성이다! 삼양궁이 아니니 잊지 말고, 모두 진격해라!”

“와아아아!”

"강남에 겁도 없이 쳐들어온 마염성 놈들에게 강남무림인
들의 뜨거운 맛을 보여줘라!"

"이놈들아, 이번에 훔칠 것은 돈이 아니라 상대의 목숨이란
걸 명심해라!"

"저놈들에겐 저승 갈 노자도 아깝다. 그러니 확실히 긁어내
라!"

"왜 여인의 한이 무서운지 제대로 보여줘!"

각각 자기가 끌고 온 수하들을 이끌며 예전 흑도육웅이라
불렸던 호붕천을 제외한 주작칠수의 오 인이 매서운 기세로
삼양궁을 향해 쏟아져 갔다.

스스로 무력이 떨어지는 손괴량은 이 순간 참여할 수 없어
그저 하늘만 바라보았다. 그에게 언제나 중요한 것은 천기였
다.

"이럴 수가……."

그러나 천기는 붉은빛만 비출 뿐, 그에게 어떤 해답도 내려
주지 않았다.

*　　　*　　　*

성효명과 막청해는 거의 나는 듯한 빠르기로 옥화산을 타고
올랐다. 그중에서도 가장 높은 봉우리로 평소 사람이 찾지 않
는 만장봉으로 향했다. 이 봉은 삼면은 경사로 이뤄졌지만, 한
면만은 도끼로 찍어놓은 듯 매끈한 경사를 이루었다. 거기가

바로 만장애라 이름 붙은 곳으로 그 아래는 옥화산을 끼고 도는 폭류협의 거센 물결이 흐르고 있었다.

"운치를 아는군."

막청해는 주변의 경관을 둘러보며 한마디를 꺼냈다.

성효명도 감회가 서린 얼굴로 입을 열었다.

"이곳은 나에게 여러 가지로 의미가 있소. 육십 년 전에는 이곳에서 삼음교주를 물리쳐 강남일통을 이뤄냈고, 지금은……."

"하하하. 나를 물리쳐 천하를 얻겠다 이 말인가? 육파일방은 끝났고, 녹림은 소문의 북신마교란 곳을 치고 있으니 나만 물리치면 그렇게 될 수도 있겠지. 하나……."

막청해의 전신에 하늘도 놀라 숨죽일 기세가 뿜어져 나왔다.

성효명은 그런 기세에도 눈썹 하나 찌푸리지 않고, 하나의 질문을 던졌다.

"녹림과의 연수는 언제부터 이뤄진 것이오? 천하인들의 눈까지 속이고."

"하하하. 연수라… 그 정도로 눈을 속였다 할 수 없지."

"……!"

성효명의 노안이 크게 뜨였다.

"자네는 내 곁에 누가 있는지 잊었는가?"

"쌍뇌수사……."

신음하듯 성효명이 한 사람의 이름을 내뱉었다.

“후후. 자네가 육십 년 전 강남의 패권을 얻어냈을 때, 난 천하를 얻을 수 있는 보물을 얻었지. 본래 천하에 욕심은 없지만, 사내로 태어나 천하제일인이 되는 것은 당연한 목표 아닌가? 그 끝이 쓸쓸한 고독자의 길이라도 지금은 어느 때보다 뜨겁게 타오르네.”

“허허. 이 성효명이 몇십 년 칩거했다고 아주 쉬운 듯 말하는구려. 막 성주, 잊지 마시오. 자만은 금물이오.”

“자만이 아니고 자신감이지. 누가 뭐래도 난 천중삼원의 일인자거든.”

“오늘 이후로 그 사실은 바뀔 것이오.”

성효명이 애검 진홍(眞紅)을 뽑아 중단세를 취했다.

이미 마염을 들고 있는 막청해는 머리 위로 도를 끌어 올려 도봉이 하늘을 향하게 했다.

“차앗!”

누가 먼저랄 것도 없이 노성을 터뜨린 두 인영이 빠르게 상대를 향해 쇄도해 갔다.

그러다 먼저 막청해가 신형을 위로 뽑아 올렸다.

“겁화멸세(劫火滅世)!”

“천앙광마(天陽光幕)!”

검은 불길이 회오리치며 땅으로 떨어졌다. 그것에 맞서서 주황색 빛의 무리가 반원을 그려갔다.

콰가가강!

불길과 빛이 닿자 세상의 종말이라도 온 듯한 폭발이 일었다.

그러나 둘은 그런 충돌에도 아무 일도 없다는 듯 기의 여파를 뚫고 허공에서 격렬히 부딪쳤다.

카강! 카가강!

다른 자들이라면 한 번의 충돌로 땅으로 떨어졌을 테지만, 둘은 날개라도 달린 사람처럼 허공에서 몸을 뜬 채 노도같이 신공절학을 쏟아냈다.

그러나 그들의 싸움은 하루가 가고 다시 해가 뜰 때까지 끝나지 않았다. 말 그대로 백중지세. 무림인들이 막청해가 성효명보다 낫다는 말을 무색하게 만들었다.

"으하하하!"

한창 싸우던 막청해가 커다란 대소를 터뜨렸다. 그는 전신이 뜨거운 열기에 그을려 수염이니 의복이 형편이 없었어도 얼굴에 기쁨이 넘쳤다.

성효명은 그가 웃자 검을 거두고 물러났다. 그의 상태는 막청해보다 더 나빴다. 같은 양의무학이라 해도 마염성의 무학은 극화에 속해 그의 몸이 더 검게 탔다.

둘은 같은 종류의 무학이라 위험도도 컸지만, 그로 인해 다른 성질의 무학을 상대하는 것보다 더 결과를 보기 어려웠다.

"왜 웃는 것이오?"

"하하. 이 얼마나 즐거운가? 이렇게 미칠 듯이 상대와 싸울 수 있다니, 이보다 더 즐거울 수 있단 말인가? 그동안은 너무 무료했네. 내 천하를 통일하기 위해서라 했지만, 실상 이미 그런 것에 대한 미련은 예전에 버렸네. 남은 것이라곤 무료함과 고독함. 자네는 그런 걸 느끼지 못했는가?”

성효명은 그 말에 피식하고 웃고 말았다. 그도 흡정비도를 푸는 것 외에는 모든 것에 무료함을 느끼지 않았던가? 그래서 늘 졸린 듯한 표정을 짓고, 비도를 풀고 나서는 완전 그 느낌에 빠져들었었다. 거기다 이렇게 한바탕 신명나게 싸우고 났더니, 얼마 전까지 그를 괴롭히던 모든 일들도 한순간에 날아가 버린 듯했다.

“막 형은 그걸 풀기 위해 이십 년 전에도 그렇게 본 궁을 공격한 것이오?”

“그렇네. 하나 자네는 무엇 때문인지 꼼짝도 하지 않고, 결국 자네 아들까지 죽게 만들어 버렸군.”

“그 일이라면 잊었소. 어차피 무인이야 칼바람 앞에 무기력한 존재. 힘이 없으면 죽기 마련이오. 그보다 이제 와서 물어보는데, 이십 년 전의 그 일 막 형이 벌인 일이오?”

“흡정마공 사건 말인가? 허허. 자네나 나나 그런 것에 의지할 경지는 예전에 넘어선 거 같은데. 단지 육십 년 전부터 전설처럼 내려오는 일, 불만 붙이면 확실히 할 수 있다 그러더군.”

“누가 말이오?”

“사마 군사.”

“그렇다면 녹림도?”

“녹림이야 위장책이지. 우리가 한 일이라 들통나면 여러모로 골이 아파지니, 만약을 대비해 새로운 존재를 만들자는 말을 하더군. 그에 따른 확실한 계책이 바로 녹림을 키우는 것이고."

"정말 무서운 두뇌요. 그동안 무림제일현이 최고라 하더니, 이제 보니 쌍뇌수사의 두뇌엔 아예 미치지도 못했소."

"나도 그건 인정하네. 육십 년 전 삼양궁과 삼음교의 싸움 결과가 어떻게 되었다 강서까지 들어오지 않았다면, 어찌 내 그를 만날 수 있었겠는가? 난 우연히 포양호에서 가슴에 일격을 맞고 물에 불어 거의 다 죽은 시체를 하나 건지게 되었는데……."

"잠깐! 다시 한 번 그 말을 해보시오?"

성효명이 엄청난 소리라도 들은 듯 얼굴 표정이 무척 상기되어 있었다.

"무슨 말? 포양호에서……."

짝짝짝.

막청해가 다시 입을 열려고 하자 박수 소리가 그들이 있는 곳을 향해 다가오고 있었다.

그런데 그 소리가 참 묘했다. 멀리 떨어져 있는 것 같기도 하고, 가까이 있는 것 같기도 했다. 그리고 얼마 안 있다 그 소리의 임자가 모습을 드러냈다.

두 사람은 어떤 건방진 인간이 나타나나 하다 막청해가 등장한 자를 보고 얼굴에 반가움을 드러냈다.

"군사!"

"성주님, 무척 즐거워 보이십니다."

"하하하. 육십 년 묵은 체증이 다 내려갔네. 하루 밤낮을 실컷 싸우고 났더니, 당장이라도 쓰러질 것 같지만 마음만은 홀가분하이. 특히 성 궁주가 나와 백중지세란 사실이 무척 즐거웠네. 혹시 내가 이기기라도 했다면 난 오히려 그다음에 밀려올 고독감에 미쳐 버렸을지도 몰라. 그보다 사마 군사는 성 궁주가 처음이지?"

사마교는 그 말에 미소를 지으며 학우선을 흔들며 성효명을 바라보았다.

그런데 성효명은 그를 보고 노안을 찌푸렸다. 저리 유현하고 깨끗한 얼굴을 가진 사람은 처음이다. 보기에는 점잖고 학식있는 노인 같지만, 저자가 이십 년 전의 혈겁과 이번의 혈겁을 만든 자라니…….

"또 보는군요."

"……!"

사마교의 인사말에 성효명의 눈이 커졌다.

지금 그의 앞에서 놀라운 일이 벌어지고 있었다. 그에게 부드러운 웃음을 짓고 있던 사마교의 얼굴이 변하기 시작했다. 하나둘, 눈, 코, 입 오관이 변하는 모습은 그에게 하나의 사실을 전해주고 있었다.

"구… 군사."

막청해도 놀라고 말았다. 그는 이날까지 사마교가 역용술을 쓰고 있다는 생각을 하지 못했다. 그만큼 그의 역용술은 놀라운 일이었다.

그러나 성효명은 역용술에 놀라지 않았다. 그라면 충분히 저런 능력을 보일 수 있었다. 역용술의 최고는 누가 뭐래도 한 곳이 최고 아니었던가?

"너… 너는……."

*   *   *

무림에 한 주먹이 여러 주먹을 이길 수 없다는 말이 있다. 아무리 뛰어난 고수도 결국 숫자 앞에서는 어쩔 수 없다는 말 인데, 그 말이 도강대평원에서 새롭게 쓰이고 있었다.

고경천은 거의 무인지경의 능력을 보였다.

다가온 자들은 몸을 감싼 흡정마공의 재물이 되고, 거기서 얻은 내공을 바탕으로 고경천은 강기 다발을 사방으로 뿌렸다. 마치 땅에서 영양분을 빨아들이는 식물처럼 고경천은 주변에 널린 녹림도들에게 내공을 흡수해 그걸 그대로 녹림도들에게 뿌렸다.

쾅!

"크악!"

"으악!"

중앙을 맡은 고경천의 신위는 이미 일당백이 아닌 일당천, 일당만이나 다름없었다.

그 덕에 좌우를 맡은 북신마교의 고수들은 수적 불리함에도 조금도 열세를 느끼지 못했다.

“말도 안 돼.”

어느새 단우헌은 싸움을 멈추고, 고경천의 신위만 넋을 잃고 바라보았다. 그는 청성산의 싸움을 보지 못했기 때문에 어떻게 고경천이 육파일방에 전멸이란 패배를 안겨줬는지 알 수 없었다.

그러나 이제는 너무나 잘 알게 되었다. 아니, 뼛속에 각인되어 절대 잊지 못할 것이다. 이건 싸움이 아니라 일방적인 도살이다. 거기다 무림인을 지탱하는 무공이란 상식마저 깨뜨렸다.

“싸움터에서 넋을 잃다니, 단 공자는 목숨이 여러 개요?”

그가 걱정된 제갈효가 곁에 다가섰다.

단우헌은 제갈효의 말을 들었지만 뭐라 입을 열지 못했다. 그의 눈은 고경천에게서 떨어질 줄 몰랐다.

“단 공자가 언급한 고자장구의 문구대로라면 교주는 하늘이 내려준 자일 거요. 아니, 하늘이 내려준 자가 아니고서는 저런 능력은 용납될 수 없소. 분명 어떤 시련이라도 교주를 막지 못할 것이오.”

“이해하오. 왜 총사께서 그를 중시하고, 왜 그에게 모든 걸 맡기려 했는지 지금은 너무나 잘 알게 되었소. 그런데 난 과거에 그를 시험할 생각이나 하고, 그를 기만해 아끼는 수하를 죽게 만들고.”

“그건 어쩔 수 없는 일이오. 인명은 재천이라. 그건 누구의 탓도 아니오. 더욱이 그런 시련을 겪지 않았으면 교주의 능력도 저렇게까지 상승하진 않았을 것이오."

싸움은 종국을 향해 치달리고 있었다. 본시 병아리 떼와 호랑이의 싸움은 싸움이라 부를 수도 없었다. 이건 늑대와 양 떼의 싸움보다 더한 장난이었다.

"후후, 과연."

범문동은 수하들이 계속해서 죽어 넘어가도 슬퍼하는 기색이 없었다.

"이십 년이면… 후회가 남지 않겠군."

혼잣말을 하던 범문동이 교자를 받치는 자들에게 명했다.

"내려라."

범문동은 교자가 바닥에 닿자 몸을 일으키며 품에서 검은색 수갑(手鉀)을 꺼내 손에 착용했다. 그리고 가볍게 몸을 풀더니, 그대로 하나의 바람이 되어 고경천에게 달려들었다.

"한번 신나게 놀아보자!"

"드디어 나오는군."

고경천은 범문동의 호통에 학살하던 것을 멈추었다.

그러자 살았다는 듯 주변에 있던 녹림도들이 빠르게 고경천에게서 멀어져 갔다. 그래서 순식간에 고경천의 주위는 아무도 없고 오직 그 하나만 남게 되었다.

범문동의 움직임은 하나의 바람이었다. 그것도 자유로운 바람. 그는 특별히 어떤 동작을 취하지 않고, 아무렇게 취한 동작만으로 녹색 강기를 고경천을 향해 쏟아냈다. 그게 느닷없이 취해진 동작이라 고경천도 조금 흠칫했다.

쾅!

고경천이 있던 자리에 커다란 구멍이 뚫리며 잠시 두 사람은 거리를 두고 대치했다.

"이제야 죽을 결심이 들었구나? 이십 년간 동의 패자로 군림한 사람치고 치사하군."

"치사? 본시 호랑이는 사냥을 하기 전, 먹잇감의 주변을 맴돌며 그 상태를 관찰한다. 나야 무성한 소문만 들었지, 흡정마공이 어떤 것인지 볼 기회가 없었거든. 그런데 정말 이건 말이 안 되는군. 무림육대절학하면 그래도 최상승무공으로 적이 없다 알려졌는데, 흡정마공에 비하면 아예 어린애 수준이야."

"어차피 네놈도 흡혈마공이란 것을 익히지 않았느냐? 듣기로 흡혈마공과 흡정마공은 거의 동등한 위력을 갖고 있다고 하던데, 무슨 헛소리냐?"

"그렇지. 흡혈마공도 흡정마공만큼 놀라운 능력을 갖고 있지. 특히 상대를 꼭두각시로 만드는 능력 앞에선 육대절학도 무용지물이 되고 말지."

"그럼 어디 나도 꼭두각시로 만들어보거라."

고경천은 해보라는 듯 공격도 하지 않고 가만히 범문동을 바라보고 있었다.

하지만 범문동은 그저 어깨를 한번 으쓱거릴 뿐이었다.

"못해. 나야 흡혈마공을 듣기만 했을 뿐 익히진 않았으니까."

"뭐?!"

고경천은 의외의 대답에 놀랐다.

"놀랄 필요 없다. 어차피 나도 꼭두각시니. 단지 다른 자들과 다른 것은 흡혈마공에 당하지 않았단 정도."

말과 동시에 범문동이 불시의 기습을 펼쳤다. 너무나 자연스런 대화 속이고, 도무지 사전 동작이나 호흡의 흐트러짐 없이 취해지는 공격이라 고경천은 미처 피하지 못했다.

펑!

고경천이 충격에 뒤로 날아갔다.

그리고 그보다 빠르게 범문동이 고경천을 따라잡으며, 권각이 보이지 않게 두드려 대기 시작했다. 당하는 자가 정신을 차리지 못하게 그의 움직임은 눈에 보이지 않을 정도였다.

녹의영련보상의 절학들은 육대절학 중 가장 자유로움이 도드라진 무학이라 했다. 산 사나이들이 어떤 틀에 박히기 싫어하는 것처럼 산의 푸르름이 끊어지지 않는 것처럼, 공격이 시작되면 상대는 시전자가 멈추지 않으면 어떻게 당하는지도 모르게 그대로 숨이 끊어진다.

파바박!

퍽퍽!

고경천의 몸이 공처럼 발길질과 주먹질에 이리저리 날아다녔다.

갑작스런 둘의 대결에 싸우던 자들은 싸움을 멈추고 말았다.

이제 무적을 넘어 신화가 된 고경천이 범문동의 손에 말 그대로 비 오는 날 먼지 나듯이 얻어터지자 그런 놀라움은 더 컸다.

특히 녹림도들은 총채주가 무공을 펼치면 상대가 어떻게 되는지 잘 알아왔기에 조금씩 두 눈에 희망을 가졌다.

그러나 북신마교도들은 조금도 표정이 변하지 않았다.

단우헌만 조금 황당하다는 듯 바라봤지만.

"호랑이도 때로 지루함에 당하고 싶을 때도 있소."

제갈효의 말이 떨어지기 무섭게,

"웃!"

범문동이 놀라 몸을 뺐다.

추리리릭.

고경천의 전신에서 대붕이 날개를 펼치듯 검은 선들이 사방으로 펼쳐졌다.

"우웃!"

범문동이 놀란 신음성과 함께 재빨리 물러났다.

"이제 끝내지. 네놈이 진짜 흡혈마공의 주인이 아니라면!"

"내 말하지 않았느냐? 난 그저 꼭두… 컥!"

범문동은 고경천이 움직임을 보지 못했다. 그 결과 고경천의 손에 목을 잡힌 채 허공에 매달렸다.

"무슨 수작이냐? 흡혈마공에 당하지 않았다면서 왜 스스로 꼭두각시가 된 것이냐?"

그런데 범문동은 오늘 마지막을 예감한 듯 놀랄 만한 말을 아무렇지 않게 쏟아냈다.

"삼십 년 전… 과거에 떨어져 귀향하던 선비가 산적들에게 죽기 직전 구함을 받아 증오하던 산적들의 두목이 되어 씨를 마르게 하고 있으니 그거면 충분하지 않느냐?"

범문동이 말끝에 싸늘한 미소를 지었다.

"겨우 그 정도로? 그 정도로 저주받은 무공을 익힌 그의 꼭두각시가 되었단 말이냐?"

"후후후. 뭘 모르는군. 그분이 그 무공을 얻은 것은 네놈처럼 얼마 되지 않았어. 아니, 네놈이 그걸 얻었기에 하늘이 그분에게 그 무공을 전해준 것일지도 모르지."

"그분이 누구냐? 그것만 말하면 고통스러운 죽음이 아니라 깨끗한 죽음을 내려주마."

고경천의 얼굴에 검은 선들이 그려졌다.

"내 몸에 흡정마공을 사용해도 소용없다. 완전한 꼭두각시가 되지 않았지만, 대신 그 부분에 대해선 그분이 흡혈마공으로 금제를 해놨지. 아마 내가 말하는 순간 그대로 숨이 끊어질 것이다."

"그럴까?"

고경천이 말이 끝나기 무섭게 성난 흡정마기를 범문동의 몸 속으로 밀어 넣었다.

우둑. 으드득.

"으아아악!"

"자, 말해보시지. 그분이 누구지?"

"으아아악. 그… 그분… 그… 사… 아니, 강… 으아아아악! 컥!"

범문동의 칠공에서 선혈이 터져 나왔다.

'사? 강?'

고경천은 고개를 갸웃했지만, 끊어지듯 튀어나온 한 자로는 너무나 부족했다. 그게 별호인지, 이름인지는 한 자씩으론 유추조차 불가능했다.

우두둑.

"한 자라도 말해줬으니, 약속대로 깨끗이 죽여주마."

고경천이 범문동의 목을 부러뜨려 숨을 끊어버렸다.

그 후 범문동이 사라진 녹림과 북신마교의 싸움은 북신마교의 일방적인 도살이었다.

"크아아악!"

마지막으로 호군평의 검에 범산호가 숨을 거두며 도강대평원의 싸움은 끝이 났다.

"헉헉! 고놈 독하네."

호군평은 생각보다 고전을 해 숨을 몰아쉬었다.

"그동안 하나도 늘지 않았어. 오히려 무공이 퇴보한 거 같은데, 교에 돌아가는 대로 오랜만에 형님과 대련 좀 하자."

"예."

승리의 기쁨도 맛볼 사이 없이 호군평은 고경천의 말에 절망 어린 얼굴로 땅바닥만 바라보았다.

"고 교주… 님."

고경천이 뒤돌아보니, 단우헌이 의복 이곳저곳에 피를 묻힌 모습으로 달려왔다.

그런데 그의 말투가 달라 있었다.

"무슨 일이지?"

"범문동, 그자가 바로 주범입니까?"

"그렇게 쉽게 끝날 것 같으면 점쟁이 노인이 육십 년 동안 고생해 가면서도 못 찾았겠느냐? 더욱이 흡혈마공의 위력이 이 정도면 오히려 무상보다도 떨어지는 실력이다."

"그럼 무슨 이야기를……."

"꼭두각시."

"예?"

"그보다 범문동만 한 사람이 그분이라 부르며 사와 강이 들어가는 사람 중에 떠오르는 사람이 있는가?"

"사? 강?"

단우헌은 느닷없는 한마디였지만, 고민에 고민을 했다. 하오총문은 정보력에 있어서는 개방보다 더하면 더했지 떨어지는 곳이 아니다.

그러나 단우헌은 곧 고개를 내저었다.

"사가 별호의 한 자고, 강이 성씨라 해도 무림인 중에 그런 사람만 해도 수백 명이 될 것입니다. 거기다 혹시 속이기에 거짓을 보탰다면 그 숫자도……."

"필사적인 가운데 말을 할 수 있는 것은 거짓 따위가 아니

다. 못 믿겠으면, 흡정마공에 당하고 거짓을 말할 수 있나 시험
해 봐라."

"……."

단우헌은 흠칫하는 표정으로 한 발 물러났다.

"다른 방법을 쓰지요."

두 사람의 시선이 제갈효에게 다가갔다.

"적도 가짜를 썼으니, 이쪽도 가짜를 쓰면 되지 않겠습니
까?"

"가짜라니……."

"허 전주의 특기가 무엇입니까? 그리고 분명 교주님이 찾고
자 하는 자가 범문동과 연관이 있으면, 이번 싸움에 대해 궁금
증을 갖고 있을 것입니다. 그러면 어떻게든 접근을 해오겠지
요. 그때……."

고경천의 눈이 빛났다.

"왜 서생이 제갈 문상에게 뒤를 위임했는지 알겠소."

"아닙니다. 추 형 같았으면, 여기에 더 확실한 계책을 추가
했을 것입니다. 그러나 저는 이 정도가 한계군요."

"그 정도도 난 생각을 못했을 것이오."

단우헌은 두 사람이 무슨 말을 하나 하다 그들이 한창 장내
를 정리하는 허표를 부르자 그제야 의미를 알 수 있었다.

북신마교도들은 빠르게 장내를 정리해 나갔다.

이번 싸움은 오히려 육파일방 때보다 쉬웠다. 처음부터 고
경천이 있었고, 녹림은 숫자만 많을 뿐이지 고수가 많지 않았

다는 것이다. 여기엔 혁진웅도 있고, 살아남은 현무칠수와 백호칠수도 있었다.

그래도 어쩔 수 없는 희생은 있었다.

가뜩이나 얼마 남지 않은 교도는 또 줄어들었다. 이제는 껍데기만 남았다 할 정도로 너무나 초라한 모습이다.

그래도 그들의 눈은 한 치도 꺾이지 않았다. 그들에게 있어 북신마교는 마지막 보루며, 유일하게 꿈꿀 수 있는 희망이다. 더욱이 그들에겐 무적이란 이름의 고경천이 있는 한 그들의 빛은 절대 꺼지지 않을 것이다.

그들은 장내를 정리하고, 범문동을 이용할 계책을 논의하러 서둘러 본산으로 돌아갔다.

본산에 도착하니, 그들은 의외의 손님을 맞이해야 했다. 아직 상중을 나타내는 표식을 몸에 단 중년인이 접객청에서 그들이 오기를 기다렸다.

제갈효는 조금 의외란 반응을 보였으나, 고경천은 그 사람을 보면서 얼굴을 차갑게 굳혔다.

"도대체 누가 이 사람을 교 내로 들이라 명을 내린 것이지? 그러다 내가 없는 본산에 무슨 일이라도 생기면 어떡하려고 그러오?"

"……."

아무도 그 말에 입을 열지 않았다.

"제갈 문상, 당장 저 사람을 밖으로 보내시오. 저자로 인해

교 내의 누가 다치기라도 하면, 이번에야말로 당가를 개, 닭 한
마리도 살지 못하는 흉가로 만들 것이오.”

고경천의 말에 당진용의 눈꼬리가 파르르 떨렸다. 그러나
그는 그래도 아무 말도 하지 않았다.

“교주님, 일단 교 내로 찾아온 손님이니, 거기다 그는 얼마
전까지 우리와 연수를 하기로 한 곳 아닙니까? 비록 그가 우리
를 돕지 않았다 해도, 전에 추 문상은 그가 움직이지 않는 것
자체도 우리를 생각하기 때문이라고 했습니다. 그러니 이만
용서하시지요. 이번 일로 당가주의 따님도 희생되었다 하지
않습니까?”

제갈효는 저번에 고경천이 해결해야 할 일이 당가라는 것을
알고 있었다. 그리고 고경천이 그 일로 큰일을 저지를까 몰래
사람을 보냈는데, 다행히 고경천은 크게 일을 벌이지 않았다.
당아영의 죽음은 그 와중에 알게 된 것이다.

“추 서생은 면죄부가 아니오. 제갈 문상께서 자주 그를 앞세
워 나를 막으려 하는데, 내가 분노를 터뜨리지 않은 자체가 예
의임은 왜 모르시오?”

“죄송합니다. 하지만 현재 적은 여럿이고, 아는 하나입니
다. 될 수 있으면, 적을 늘리지 않는 것이 본 교를 위해서 이득
이라 생각되어서 드린 말입니다.”

고경천도 이쯤에서 더 이상 분노를 드러내지 않았다.

“흥!”

차가운 코웃음을 끝으로 그는 상석에 앉아 눈을 감아버렸다.

제갈효는 고경천을 보고 씁쓸한 미소를 지었다. 고경천은 마치 고삐 풀린 망아지 같았다. 그동안 추일학이 있어 그나마 날뛰지 않았는데, 그의 죽음 이후로 고경천은 언제 터질지 모르는 화탄 같은 존재가 되어버렸다.

점점 추일학의 부재가 제갈효에게 얼마나 큰지 실감하고 있었다.

그러나 일단은 이야기를 듣는 것이 순서라 당가주를 향해 입을 열었다.

"이야기를 해보시지요. 왜 갑자기 본 교를 찾아왔습니까?"

당진용은 그제야 눈을 뜨고 잠시 고경천을 바라보다 말했다.

"세가를 위해서요."

"세가를 위해서라니? 당가는 특별히 위험에 놓인 것이 아니지 않소?"

"이미 귀 교와 우리의 일은 세상이 다 아는 것이나 마찬가지요. 처음에는 육파일방과 함께하는 옥정곽이 우리를 옴짝달싹 못하게 하더니, 그다음에는 단혼살막이 내 딸아이를 이용하기 위해 그 아이의 목숨을 앗아갔소. 제갈 문상도 알다시피, 단혼살막의 변용술은 상대의 모든 것을 앗아가지 않소?"

"흐음."

그제야 제갈효는 당아영의 죽음의 확실한 이유를 알았다. 그녀는 고경천을 암습할 수단으로 단혼살막에 이용된 것이다.

"이렇게 된 마당에 귀 교와 본 가의 사이가 없다고는 할 수 없소. 그래서 난 세가를 위해 고민했소. 앞으로 행보를 어떻게 가져가야 하나. 그러나 고민은 불필요한 말이오. 딸아이가 죽기 전에 한 말이 아직도 잊혀지지 않소. 무인의 자부심도 없냐는 그 말, 또 후회할 거라는 그 말. 정말 난 그 아이의 말처럼 자부심도 잃었고, 후회까지 하게 되었소. 그래서 난 마지막 남은 가문의 율법만큼은 지켜야겠소. 세가인의 피 한 방울은 한 양동이로 받아낸다는 그 말, 그 말은 꼭 지켜야겠소!"

당진용의 전신에서 싸늘한 기세가 뿜어졌다.

"그 말은 당가주께서 본 교와 다시 연수를 하고 싶다는 말이오?"

"아니, 향후 본 가의 운명을 귀 교에 맡기겠소. 지금까지 사천무림인의 자부심을 지켜준 귀 교의 명을 따르겠소. 이는 본 가의 모든 무인들이 합의한 것이오. 저번에 귀교주가 보여준 능력에 모두들 진심으로 탄복했소."

고경천이 쳐들어와 보여준 인간 같지 않은 능력. 무인들에게 있어 강함이란 일종의 신앙과도 같았다. 특히 지금까지 남, 북, 동에는 걸출한 인물이 있었으나, 비교적 서는 그런 자들이 없어 무시받아 온 경우도 있었다. 특히 백호칠수가 서사천에 자리 잡으며 그런 현상은 더욱 두드러졌었다

그래서 중간에 곡장음 같은 자가 나와 사천을 하나로 묶으려 시도했던 것이다. 물론, 남을 등에 업고 하려던 그 일은 실패로 끝났지만 말이다.

제갈효는 고경천 쪽을 바라보았다. 이 일은 어느 누구도 할

수 없는 고경천만이 허락할 문제였다.

고경천도 그걸 아는지 눈을 뜨고 당진용을 뚫어져라 바라보고 있었다.

당진용은 그런 고경천의 뜨거운 두 눈을 피하지 않았다.

"나에게 두 번이란 없다. 그리고 한 번 실망한 자에겐 더 이상 예의도 없다. 당신은 앞으로 연수가 아닌 본 교의 산하에 들어오는 것일 뿐, 그래도 하겠는가?"

지금까지 한 번도 꺾인 적이 없는 당가의 역사를 무시하는 말이었다.

당가주는 괴로운지 눈이 미비하게 흔들렸다. 그러나 그는 이미 죽은 딸에게 육파일방의 일이 끝나면 무릎 꿇고 사죄한다는 말을 스스로에게 한 적이 있었다.

"그게 혈족의 혈세를 받아낼 수 있는 일이라면……."

"물론 네가 북신마교에 충성을 맹세하든 하지 않든 난 손불이의 목을 칠 것이다."

"교주를 따르겠소."

쿵!

당진용은 그대로 무릎을 꿇었다.

그런데 당협기는 별 표정이 좋지 않았다.

"당 호법은 당가주가 이곳에 있는 것이 맘에 들지 않소?"

"아닙니다."

"신경 쓸 거 없소. 그는 어디까지나 본 교 산하문파의 가주. 본 교에 중요한 존재인 당 호법보다 직책이 낮소. 그러니 향후에 그를 대함에 있어 윗사람으로 행동하시오. 당가주는 알아들었소?"

"명심하겠습니다."

그는 당협기와 달리 별다른 거부 반응을 보이지 않았다. 그가 이곳을 찾아온 순간, 그는 모든 것을 다 잊었다.

그러나 당협기는 특별히 좋아하지 않았다.

"저는 그 일을 신경 쓰는 것이 아닙니다."

"그럼?"

"당가의 독과 암기가 갈리지 않았다면 이렇게 되지 않았을 거란 생각을 하고 있었습니다. 저는 그동안 북신마교의 한 사람이 되면서 많은 것을 느꼈습니다. 조직과 사람. 특히 조직에 속한 자가 어떤 결정을 내릴 때는 의지와 상관없다는 것을 녹림의 일로 단단히 느꼈습니다. 그래서 교주님께서 같은 항렬인 그를 저와 동등하게 해주셨으면 하고 부탁드리고 싶습니다. 누가 뭐래도 사천에서 당가는 하나의 중요한 역사의 흐름입니다."

당진용은 그 말에 더욱 고개를 숙였다.

'이걸로 모든 앙금을 떨칠 수 있겠구나.'

고경천은 무엇보다 당진용보다 당협기가 우선이었다. 그가 거부의 뜻을 펼친 것은 본래부터 그로 인해서였다.

"당가주는 일어나 자리로 가시오."

고경천은 말투를 바꾸는 것으로 자신의 뜻을 비추었다.

당협기는 고경천의 허락에 얼굴을 폈다. 그리고 자리로 돌아가는 당진용을 향해 한마디를 던졌다.

"아직도 독이 암기보다 떨어진다 생각하시오? 그래서 버려야 하는 잘못된 유물이라고 믿소?"

"아니… 난 결국 독과 암기 둘 다 당가란 것을 확실히 알 수 있겠구나."

이십 년이란 시간을 두고 멀어졌던 갈등이 결국은 당가란 이름 아래 다시 합쳐졌다.

백호칠수의 다른 자들은 그동안 당협기와 함께해 왔기에 다들 얼굴에 미소를 지었다.

고경천은 당진용을 보며 풀었던 인상을 단우헌을 바라볼 때는 다시 싸늘히 굳혔다.

"언제까지 가능하지?"

"예?"

"단혼살막의 위치."

"그건……."

단우헌은 뭐라 말을 할 수 없었다. 현재 하오총문은 장강수로맹 일도 있고, 무림 자체가 지금 정신없이 돌아가 여력이 많지 않았다. 그래서 연락은 했지만, 아직은 확신할 수 없었다. 거기다 그는 지금 하오총문이 삼양궁으로 향한 것도 모르고 있었다.

"두 번 말하게 하지 마라. 일주일 안으로 해결하지 못하면, 내 직접 총문으로 가 점쟁이 노인의 멱살이라도 잡고 알아낼 테니."

"……."

말뿐이 아니란 걸 너무나 잘 알고 있었다.

고경천은 그 정도면 되었다 여겼던지 제갈효에게 시선을 주었다.

"제갈 문상, 도강대평원에서 말한 그 일에 대해 자세히 이야기해 보시오. 허 전주를 어떻게 잠입시키겠다는 말이오?"

제갈효는 고경천과 잠시 나눴던 말을 떠올리며 그 당시 자신이 생각했던 이야기를 이어나갔다.

"허 전주의 역용술은 무림제일이라 정평이 나 있습니다. 듣자 하니 예전에 삼양궁에 잠입하고도 무사한 것을 보면, 허 전주의 능력에 의심은 필요없습니다. 거기다 도강대평원에서 범문동의 죽음을 알릴 자들은 없고, 더욱이 교로 귀환하며 그의 시신을 가지고 왔으니 그 일은 아는 자가 없을 것입니다. 그러니 일단 녹림 총단이 있는 곳까지 가는 것은 문제가 되지 않을 것입니다. 그리고 그 길은 일전에 녹림에 사자로 다녀온 다섯째와 막내가 잘 알고 있을 것입니다."

"그 길이라면, 머릿속에 단단히 각인시켰습니다."

아불승이 나서서 대답했다.

"허 전주, 할 수 있겠소?"

고경천이 허표에게 물었다.

허표는 본래 존재감이 없었다. 그러나 고경천이 부르자 허표의 존재감이 생겼다.

"명을 받습니다."

"나는 허 전주가 원치 않으면 다른 방법을 찾을 것이오. 아니, 내 직접 녹림 총단에서 그가 나타나길 기다릴 수도 있소."

"대형이 교주님을 저희 형제에게 소개시켜 준 그날, 이미 저의 몸과 마음은 교주님의 것입니다. 그러니 명령만 내리시면 됩니다."

"좋소. 그럼 녹림에 잠입해 전주에게 접근해 오는 자를 알아내시오."

"알겠습니다."

그렇게 상황이 정리되어 갈 때, 하나의 비둘기가 회의청 창가에 내려앉았다. 그런데 무슨 일인지 그 비둘기는 검은빛을 띠었다.

"구구구. 구국."

단우헌이 그걸 보고 소리를 내자 비둘기는 대청을 날아 단우헌에게 날아들었다.

그는 재빨리 비둘기에서 서신을 꺼내 읽었다. 혹시나 단혼살막의 위치에 대해 연락이 온 것인가 했으나 원하는 내용은 없고 원치 않는 내용만 적혀 있었다.

"도대체 어찌 이런 일이……."

"봐도 되겠소?"

제갈효는 단우헌 곁에 다가가 물었다.

단우헌은 멍한 표정을 짓다 얼이 나간 듯 고개를 끄덕였다.

제갈효는 빠르게 서신의 내용을 읽다 그마저 얼이 나가 버렸다.

삼양궁을 도우려 움직인 본 문의 주력과 삼양궁의 잔여 세력,
마염성의 주 세력이 성효명과 막청해의 손에 의해 전멸. 그 후,
막청해와 성효명의 흔적은 사라짐.

第七章
진짜 적

단우헌을 향해 전해진 서찰의 내용. 도무지 뭐라 말을 할 수가 없었다.

막청해와 성효명이 누구인가? 한 사람은 마염성의 성주고, 한 사람은 삼양궁의 궁주다. 그런데 그들이 각각 상대 문파를 공격한 것이 아니라 제 손으로 자기 문파를 멸망시켰다.

이 말이 무엇을 뜻하는가? 얼마 전의 무림이 미쳤다는 말보다 이건 더한 말이 아닌가? 다른 자도 아닌 최고수라 알려진 천중삼원의 이 인이 그렇다니…….

"드디어 우려하던 일이 벌어진 것입니다."

단우헌이 무거운 공기를 날리려 입을 열었다. 그의 눈은 고경천에게 향해 있었다.

"음……."

고경천도 무거운 한숨을 쉬었다. 그는 녹림 총채주 범문동에게 이야기를 들었으면서도 아직 반신반의하고 있었다. 애초에 흡정마공도 자신이 익히지 않았으면 믿지 않았을 것이다.

그러나 다른 사람들은 둘의 이런 반응을 조금도 이해할 수 없었다.

"단 공자, 설명이 필요할 것 같소."

제갈효의 말에 단우헌은 잠시 갈등하는 표정을 지었으나 이미 벌어진 일, 지금은 한 사람이라도 더 진실을 알고 대처하는 게 순리란 생각이 들었다.

"알겠습니다. 말씀드리지요. 지금까지 숨겨져 온 진짜 저주. 그 일로 하오총문이 무슨 일을 해왔고, 주작칠수의 일인인 천기신옹께서 무엇을 해왔는지 다 말씀드리지요."

손괴량이 주작칠수의 일인이란 놀라운 사실로 시작한 이야기는 계속될수록 사람들의 입을 벌어지게 만들었다. 그들은 간간이 믿어지지 않는단 탄성을 터뜨렸고, '말도 안 돼'를 연발하는 사람도 있었다.

그러나 정작 무림의 진짜 저주에 듣게 돼서는 얼이 나가 아무런 말도 하지 못했다.

"여러분이 무림의 저주라 알고 있는 흡정마공은 마공이 아닌 신공입니다. 대신 흡혈마공이란 저주받은 무공이 진짜 저주입니다. 그런데 지금껏 몸을 드러내지 않던 그것이 모습을 드러냈습니다. 그것도 성효명과 막청해를 꼭두각시로 만든 것은 아닌가 하는 의구심을 남기며 말입니다.”

“좋소. 그건 그렇다 치고 그 놀라운 걸 누가 얻었다는 말이오?”

제갈효가 또다시 질문을 던졌다.

“그건 모릅니다. 그저 귀교주님께서 범문동을 통해 가능성에 대해 들었다는 것뿐. 그러나 그것도 ‘사’와 ‘강’ 이란 떨어진 글자라 알 수가 없습니다.”

“음…….”

결국 경각심만 높이고, 어떻게 대처를 해야 할 방향은 찾지 못했다.

‘사… 강… 사… 강이라… 사… 강…….’

고경천은 열심히 그것에 대해 생각해 보았다.

그런데 그때 대전으로 한 존재가 모습을 드러냈다.

갸르릉.

창가에 모습을 드러낸 존재는 본래 하얀 몸을 붉게 물들이고 있었다.

사람들은 자기도 모르게 그쪽으로 시선을 보냈다.

고경천도 그쪽을 보다 두 눈이 휘둥그레졌다.

“상백…….”

고경천이 자리를 박차며 그런 설묘에 몸을 날리려 할 때였다. 평소처럼 그 이름을 부르는데, 지금까지 강이라는 글자에 매달려 있어 자신도 모르게 섞어 부르게 되었다.

그 순간 고경천의 뇌리에 전류가 흘렀다.

"삼음교 강백천!"

그의 입을 통해 한 사람의 이름이 터져 나왔다. 사와 강을 조합하니 그런 글자가 나왔다.

갸르릉.

"백아야!"

그러나 힘을 잃고 떨어지는 설묘를 보며 고경천은 더 이상 생각 않고 몸부터 날렸다.

백아의 몸이 온통 피투성이였다. 특히 앞발은 거의 반이나 잘려 언제 떨어져도 이상하지 않았다.

"양 전주! 괴의!"

"예."

"예."

의약전주 양운천과 독수괴의 갈음심이 고경천의 말이 떨어지자마자 백아에게 달려들었다.

그걸 바라보는 고경천의 몸에서 견디기 어려운 기세가 뿜어졌다.

설묘는 혹시라도 모를 일을 대비해 성도지부에 보내놓은 상태였다. 이미 단혼살막에 친인들이 이용당하는 것을 알고, 설묘를 보내놓고 교에서 몇 명 능력이 좋은 자들을 은신시켜 두어 고문량 부부와 고소혜를 지키게 했다.

그런데 설묘가 저렇게 되었다는 것은?

휘잇.

고경천이 설묘가 들어온 창문으로 몸을 날렸다.

"교주님!"

다른 자들이 놀라 소리쳤지만 고경천의 그림자는 순식간에 사라졌다.

제갈효는 설묘의 모습을 보다 명을 내렸다.

"아 호법과 최 호법이 교주님의 뒤를 따르시오."

"예!"

아불승이 움직이고, 그 뒤를 최염이 대답도 없이 그대로 몸을 날렸다.

"제갈 문상, 나는……."

"왜 나는 빼놓소?"

오염달과 당협기가 반발하듯 소리쳤지만 제갈효는 묵살시켰다.

"두 사람은 남아서 앞으로 일에 대해 이야기를 합시다. 특히 교주님이 말한 강백천, 그 사람에 대한 이야기를 말이오."

"음……."

오염달이 입을 다물었다.

고경천은 한줄기 바람이 되었다.

그는 청성산 자락을 거의 평지를 달리듯 따라 달렸다.

그 덕에 뒤를 따르는 아불승과 최염만 죽을 맛이었다. 그들은 자신이 가지고 있는 최상의 경신술을 펼쳤지만, 백호칠수와 현무칠수란 말이 무색하게 조금도 거리를 좁히지 못했다.

오히려 시간이 흐를수록 거리가 더 멀어졌다.

“염병타불. 이러다 놓치겠소.”

아불승이 안타까움에 한소리를 내뱉었다.

“어디를 가는지 알 것 같소.”

“그게 어디요?”

되묻는 아불승의 말에 최염은 아무런 대답도 하지 않았다. 그저 묵묵히 달리는 두 발에 최선을 다했다.

순식간에 뒤를 따르는 둘을 떨쳐 버린 고경천은 전 내공을 두 다리에 쏟아 부었다. 몸이 지면에서 붕 뜨며 전설상의 경공인 육지비행이 펼쳐졌다.

“감히 의부 내외를 건들다니… 내 지옥 끝까지 쫓아가서라도 영혼마저 갈기갈기 찢어버리겠다.”

고경천의 급한 마음 때문인지, 마차로도 두 시진이 걸릴 거리를 한 시진도 안 걸려 도착했다.

그는 성문이 보이자 길게 늘어선 사람들을 피할 수 없어 그대로 그들의 어깨를 밟고 몸을 날렸다.

“어?”

사람들은 무언가 닿는 느낌에 시선을 들었지만, 검은 선이 되어버린 고경천은 검문하는 수문위사마저 그림자를 볼 수 없었다.

“자네, 보았나?”

“무얼?”

“지금 뭐가 지나가지 않았나?”

“나도 잘……”

두 사람이 어벙벙한 소리를 할 때 고경천은 이미 지붕과 지붕을 넘어 성도지부에 다다르고 있었다.

그리고 그대로 담을 넘어 지부로 들어섰다.

"누구냐!"

순찰을 도는 호위들이 그걸 알아채고 소리쳤으나, 고경천은 무시하고 고문량의 거처로 향했다.

"적이다! 쫓아라!"

휘이이익!

다급한 음성과 호각 소리가 성도지부를 울렸다.

그러나 일일이 상황 설명할 수 없는 고경천은 허공으로 솟구쳐 지붕 위를 달렸다.

어느새 달려온 호위들이 그런 고경천을 향해 활을 쏘았다.

"쏴라!"

팅!

휙휙.

그러나 화살은 고경천이 남긴 잔상만 꿰뚫었다.

어느덧 고경천은 고문량이 늘 책을 읽는 서재가 보이는 지붕에 내려섰다.

그는 거기서 땅으로 봄을 닐러 고문량 네외아 고소혜가 머무는 내실로 들어섰다.

이 시간이면 고문량은 상청에 나가 집무를 보느라 내실에는 의모와 고소혜 둘만이 있었다. 거기다 평소 조용한 것을 좋아하는 의모 덕택에 시비도 많지 않고 사람도 잘 들지 않았다.

그런데 그나마 있던 시비들의 모습도 보이지 않았다.

"소혜야! 의모님!"

고경천은 걱정이 되어 크게 소리쳤지만, 여전히 아무도 모습을 드러내지 않았다.

그는 다급한 마음에 소혜가 머무는 방문을 열었다.

그러나 소혜의 모습은 보이지 않고, 그 안에서 싸움이라도 있었던지 엉망이 된 흔적들만 그를 반겼다.

고경천은 재빨리 그곳을 벗어나 의모가 머무는 곳으로 향했다.

그리고 닫혀 있는 문을 거칠게 열었다.

쾅!

"……"

그곳에 동상들이 서 있었다.

따뜻한 피가 흐르고, 슬픈 눈물을 흘리는 인간들이 동상이 되어 굳어 있었다.

"의모!"

고경천이 놀라 얼른 상태를 살펴보니, 그저 마혈이 제압된 상태였다.

파박.

재빨리 마혈을 풀고 아혈도 풀어주었다.

"소혜야!"

의모의 입을 통해서 갑작스레 한마디가 터져 나왔다.

그 순간 고경천은 두려운 사실을 깨닫고 굳어야 했다. 그에

게 있어 즐거움을 주었던 유일한 존재. 비록 피가 섞이지 않았
지만, 누구보다 자신을 따랐던 귀여운 여자 아이.

"오빠, 소혜는 오빠가 세상에서 제일 좋아!"

"소혜야……."
소혜가 없어졌단 생각이 들자 그의 몸이 뻣뻣하게 굳었다.
"모두들 적도를 살리지 마라!"
호위장의 외침 소리가 밖에 크게 울렸다.
그리고 호위들의 다급한 발소리가 고경천과 고 부인이 있는
거처로 이어졌다.
"놈이다! 잡아라!"
관군들이 멍하니 얼이 빠진 고경천에게 창대를 겨누고 달려
들었다.
그러나 그 순간 고 부인의 외침이 터졌다.
"잠깐!"
"왜 그러십니까, 마님?"
"방 호위장, 아니… 음."
결국 계속되는 충격에 고 부인이 정신을 잃었다.
"아니라니… 도대체……."
그러나 그대로 둘 수는 없어 호위장은 명을 내렸다.
"일단 쳐들어온 놈이니 묶어라. 그 후 지부대인이 보는 앞에
서 참수할 것이다."

호위들이 달려들어 멍하니 있는 고경천의 몸을 묶기 시작했다.

고경천은 조금의 반항도 하지 않고 그대로 호위들의 오랏줄을 받았다.

"무슨 일이냐?"

그제야 뒤늦게 명을 받고 온 고문량이 실내에 들어섰다.

"지부대인, 지부에 쳐들어온 침입자입니다. 그래서 지금……."

"풀어라."

"예?"

"어서 풀란 말 못 들었느냐?"

고문량과 고경천의 사이를 아는 사람은 내실에 있는 시비 정도. 늘 몰래 들어왔다 나간 터라 그를 아는 자들은 없었다. 특히 방 호위장은 전에 당가에 그를 호위했으면서, 망사로 얼굴을 가렸던지라 알아보지 못했다.

"예……."

방 호위장은 일단 명이기에 수하들에게 눈짓을 보냈다.

"물러가라."

고문량은 고경천의 몸에 줄이 풀어지자 모두 물러갈 것을 명했다.

그리고 그제야 고경천의 시선이 고문량의 얼굴에 떨어졌다. 고경천은 눈물이 맺힌 눈으로 고문량을 멍하니 바라보다 그대로 무릎을 꿇었다.

"소자의 불찰입니다. 큭!"

고경천의 눈에서 눈물이 흘러내렸다. 그는 고문량 앞에서 머리를 조아리고 분노의 눈물만 흘렸다.

"음……."

고문량은 기절한 부인과 눈물을 흘리는 고경천, 또 뻣뻣이 굳어 있는 시비들을 보며 무슨 일인지 짐작할 수 있었다. 그리고 지금 이곳으로 급히 오느라 딸아이의 방을 들르지 않았지만, 대충 상황을 이해할 수 있었다.

"이놈들을… 으드득."

고문량의 어금니가 거세게 맞물렸다.

그동안 우려하고 우려했던 일이 현실이 되었다. 무림인들의 방약무인한 행동이 결국 이렇게 일을 터뜨렸다.

고문량은 성도를 호위하는 참군과 사천 내를 담당하는 지방군을 총동원해서라도 이 일과 연관된 무림인들 모두를 참할 생각이었다.

"교주님."

그 순간 창을 통해 두 사람이 연기처럼 스며들었다.

아불승이 실내로 들어서며 일단 고문량에게 간단한 인사를 했다. 그들은 고경천의 뒤를 쫓아오고 니서 일단 다급하게 움직이는 지부 분위기를 보고, 최염은 오히려 고경천을 쫓는 것보다 주변을 살피는 것을 택했다.

최염은 누군가가 일을 벌였으면 주변에 흔적을 남겼을 거란 생각에 주변을 확인, 그 흔적을 쫓고 아불승만 모습을 드러낸 것이다.

고문량은 그를 보며 두 눈에 화광을 일으켰다. 지금 마음 같아서는 전 무림인들을 보이는 대로 다 죽이고 싶었다.

그러나 일단 고경천에게 공손해하는 것 같아 참았다.

"교주님."

"……."

고경천은 아불승의 부름에도 아무런 대답도 하지 않았다. 그러나 아불승의 다음 말이 이어졌을 때는 두 눈에서 한기가 솟구쳤다.

"흔적을 잡았습니다."

"어디로 갔소?"

"지금 최 호법이 쫓고 있는 중입니다. 가면서 흔적을 남긴다 했으니 지금 즉시 따르면 될 것입니다."

그제야 고경천이 꿇었던 무릎을 폈다. 그리고 한자한자 짜내듯이 토해냈다.

"소혜를 찾아오겠습니다! 만일 찾지 못한다면, 제 손으로 제 목을 잘라 그동안 저에게 대해준 은혜의 백분의 일이라도 갚겠습니다! 그러니 아버님, 이번 일은 소자에게 맡겨주십시오!"

"음……."

고문량은 억눌린 신음을 내뱉었다. 하지만 그는 고경천의 두 눈을 보고 일단 참았다. 그의 눈 속에 담긴 의지는 무엇으로도 꺾을 수 없어 보였다.

"네가 만일 실패한다면, 나는 그 즉시 사천에 주둔한 관군을

움직여 사천에 있는 모든 무림인들을 없앨 것이다. 그다음 주
상께 무림인들을 멸하란 상소를 올려 무림인들에게 관을 우습
게 여긴 것에 대해 일벌백계를 내릴 것이다.”

고경천은 그 말이 단순한 허언이 아님을 알고 있었다. 지부
는 품계상으로는 그리 높지 않지만, 지역의 성도를 맡아 다스
리는 만큼 그 영향력이 컸다. 더욱이 고문량은 청렴결백한 관
리로 이미 자자한 명성을 갖고 있었다.

“아버님이 하지 않으셔도 제 손으로 전 무림을 말살시킬지
도 모릅니다. 감히 무인으로서 힘없는 어린아이까지 이용한
처사, 누가 되었던 살아 생지옥을 경험하게 될 것입니다.”

꿀꺽.

아불승은 자신도 모르게 침을 삼켰다.

지금 두 사람이 내뱉는 말이나 분위기는 무림밥을 오래 먹
은 그의 간담마저 서늘하게 만들었다. 그들은 충분히 그런 힘
이 있기에 그런 마음은 더 들었다.

“가겠습니다. 갑시다.”

인사를 마치고 고경천이 창밖으로 몸을 날렸다.

아불승은 간단한 인사를 끝으로 고경천의 뒤를 따랐다. 그
리고 그들은 건물의 지붕과 지붕을 통해 빠르게 사라졌다.

“적이 도망친다!”

그걸 보고 호위들이 소리쳤으나, 그들이 따라잡기에 둘의
신형은 너무나 빨랐다.

“부인……”

고문량은 안쓰러운 눈으로 부인을 안고 자신의 거처로 걸음을 옮겼다.

흔적을 쫓는 것은 어렵지 않았다.

몇 개의 흔적이 계속해서 성도의 동문으로 연결되어 둘은 빠르게 동문을 지나 밖으로 나갔다. 그리고 그 뒤는 최염이 남겨놓은 표식들을 하나하나 살피며 쫓자 얼마 안 가 최염을 만날 수 있었다.

최염은 처음과 달리 흔적을 쫓으며 고심하는 모습이었다. 그는 바닥과 주변 나무와 돌에 남은 흔적을 세심히 살폈다.

"흔적을 놓쳤소?"

"아닙니다. 처음과 달리 끊어질 만하면 남기는 것이 아무래도 유인하는 듯합니다."

"유인 따위는 신경 쓰지 않소. 놈이 어떤 함정을 파놓아도 내 손으로 다 부숴뜨릴 테니까."

최염은 고경천의 얼굴을 보더니, 곧 별말없이 흔적을 찾았다. 그리고 흔적을 찾자 그대로 몸을 날렸다.

그 뒤를 고경천과 아불승이 말없이 따랐다.

그들은 그런 식으로 간간이 이어진 흔적을 쫓아 며칠을 달렸다.

그리고 어느 해 질 무렵. 그들은 한 무리가 천막을 치고 노숙하는 모습을 볼 수 있게 되었다. 사천의 관문이라 할 수 있는 무산삼협(巫山三峽)에 일련의 무리들이 모여 있는 것이다.

고경천과 최염, 아불승은 구릉진 언덕에서 그 아래를 내려다보았다.

모두 절정에 달한 자들이라 꽤 거리가 떨어져 있음에도 불구하고 가까이에서 보는 것처럼 똑똑히 볼 수 있었다.

중앙의 가장 큰 막사를 주변의 작은 막사들이 보호하는 형국이다. 그리고 막사 위로 너무나 익숙한 기가 바람에 날렸다.

"삼양궁이었단 말인가? 소혜를 납치한 곳이!"

고경천의 전신에서 숨도 쉬지 못하게 하는 살기가 뿜어졌다.

최염과 아불승은 그 기세에 질려 고경천 곁에서 한발 물러섰다. 호랑이 옆에 있는 늑대의 심정처럼 둘은 찬바람을 삼켰다.

고경천은 곧 쳐들어갈 것처럼 눈을 빛냈다.

"자… 잠깐만, 교주님."

"말하시오."

"그게… 쩝. 최 호법이 말씀하시오."

아불승은 갑작스레 최염이 옆구리를 찌르자 입을 열었지만, 그로서는 할 말이 없었다.

그래서 최염이 대신 답했다.

"이상합니다."

"무엇이 말이오?"

"마치 우리와 삼양궁을 충돌하게 만들려는 것 같지 않습니까? 만일 정말 의동생 분을 납치해 협박의 미끼로 썼을 것 같

으면, 성도에서 이렇게 멀리 떨어진 곳까지 납치해 올 필요가
없지 않습니까?"

"그 말은?"

"애초에 남긴 흔적도 그렇고, 지금 상황도 그렇고 일단 상황
파악을 해보는 것이 좋을 것 같습니다."

"어차피 삼양궁도 본 교와 사이가 좋지 않은 곳이오. 거기다
저들이 향하는 방향도 본 교. 미리 손을 쓰는 것이 좋다고 생
각되오만."

"하지만⋯ 일단 상황 파악을 하는 것이 좋을 것 같습니다."

최염은 무언가 이야기를 하려고 했다가 입을 다물었다.

고경천은 잠시 최염의 두 눈을 바라보았다. 평소 말수가 적
은 편인 그가 이렇게 신중을 기하는 것은 무언가 있다는 말과
도 같았다. 더욱이 제갈효는 살아생전 추일학이 최염이 의외
로 이런 면에 능력이 있다는 말도 해주었다.

"좋소. 하나 내 눈으로 확인하고, 내 손으로 끝장내겠소. 그
러니 여러분은 여기서 기다리시오."

"예?"

"예."

아불승은 곧 놀라 반문했지만, 최염은 의외로 쉽게 대답했
다. 더 이상 자극했다간 안 된다는 걸 본능적으로 느낀 결과
다.

＊　　　＊　　　＊

삼양궁의 커다란 깃발이 높게 걸려 있는 중앙의 천막.

그 안에서 지금 상석에 앉은 한 사람으로 인해 무거운 침묵에 빠졌다.

"부궁주님, 현재 저희들의 행보는 무모하기 짝이 없습니다. 그러니 당장 회궁하는 것이 최선입니다."

"맞습니다. 곡 선생의 말처럼 지금은 물러날 때입니다."

곡장음과 옥감영은 소철상이 마음을 바꾸길 원했다.

함께한 삼양궁의 수뇌들은 명이 떨어지면 그대로 행할 뿐, 소철상을 믿어왔기에 흔들림이 없었다.

하지만 이 둘은 삼양궁도가 아니었으나, 지금은 삼양궁을 위해 회군을 주장하고 있었다.

그래도 소철상은 여전히 침묵이다.

장강 이후로 사람이 완전 변해, 외부의 모든 상황에 대해 귀를 닫고, 오직 맨 처음 목적만 고수하고 있었다.

옥감영은 오늘 이 자리에 억지로 끌고 온 성월여를 바라보았다.

그녀는 그렇게 믿었던 할아버지가 자신의 손으로 육십 년 넘게 키워온 삼양궁을 무너뜨렸다는 소식을 듣고 혼이 나간 사람처럼 변해 버렸다.

그러나 그녀는 돌아가지 않았다. 계속해서 절망에 빠져들수록 그녀는 고경천에 대한 복수심만 키웠다. 모든 것이 다 그 때문이라고 스스로에 최면을 걸었다.

옥감영은 어쩔 수 없기에 곡장음을 바라보았다.

그사이 곡장음은 소철상을 설득했으나, 그는 귀가 막힌 사람처럼 아무 말도 하지 않고 듣지도 않았다.

"음……."

곡장음의 얼굴이 분노에 일그러졌다.

"난 돌아갈 것이오."

결국 참지 못하고 곡장음이 막사 밖으로 나섰다.

옥감영은 잠시 어떻게 할까 고민하다가 그녀도 곡장음을 따라 밖으로 나섰다.

밖은 이미 해가 떨어져 어둠에 휩싸여 있었다. 이 시간이 낮과 밤이 교차되는 시간이라 하루 중 가장 어두운 시간이라 할 수 있었다. 그래선지 한밤중이 아니래도 둘의 마음은 더 어두컴컴하기만 했다.

"하하. 복수에 목말라 하던 자는 오히려 복수를 말리고, 단지 세태에 움직인 자는 오히려 복수를 주장하니… 이 무슨 모순이란 말인가?"

곡장음의 탄식이 어둠 사이로 퍼져 나갔다.

"그래서 똑똑하단 것이 슬픈 일이지요. 차라리 무식했으면, 저도 지금 부궁주처럼 막무가내로 북신마교 정벌을 주장했을 거예요. 그러나 제 이성이 그것을 먼저 말리는군요."

어느새 옥감영이 곡장음 곁에 섰다.

"나도 본래 복수뿐이었소. 그러나 지금은 복수를 왜 해야 되는지 잊었소. 지금은 그보다 더한 무언가가 무림을 광기 속으

로 몰아넣고 있으니… 어쩌다 일이 이렇게 되었는지……. 육
파일방은 껍데기만 남고, 삼양궁주와 마염성주는 미쳐 날뛰
고, 마지막 남은 삼양궁의 본대는 사지가 뻔한 곳으로 발을 들
이밀고 있으니, 하늘은 무림의 종말을 바라는 것이 아닌가 하
는 생각이 드오."

"지금쯤 거대한 세력에 억눌러 있던 중소문파들이 하나둘,
세력을 펼칠 것이에요. 강남 지역만 해도 벌써부터 삼양궁의
세력이 약해지자 자기들이 주인이 되려는 움직임이 있다고 하
지 않아요?"

"그렇소. 그런데도 소 부궁주는 움직일 생각도 하지 않으니,
그렇게 자식을 아끼던 자가 본 궁의 변괴에도 어찌 북신마교
의 정벌만 주장하니……."

"정말 이대로 있다간 무림은 종말의 길을 걸을지도 몰라요.
아무것도 남지 않은 무림(無林)으로……."

여기까지 말한 두 사람 사이에 잠시 침묵이 흘렀다.

곡장음은 잠시 옥감영의 수심에 잠긴 얼굴을 바라보다 미소
를 지었다.

"아쉽소. 내가 이십 년만 젊었어도 옥 소저에게 연정을 품었
을 텐데."

"곡 선생도 농담을 다 하시는군요. 저도 확실히 곡 선생의
다른 면을 보았어요. 소문에는 음흉과 교활함의 대명사라 하
더니……."

"하하하. 맞소. 아마 나도 이렇게까지 밑바닥을 보지 않았

으면, 지금쯤 그 음흉함과 교활함으로 무림을 차지하려고 혈안이 되었을 것이오. 하나… 왠지 독보적인 존재라 여겼던 삼양궁이 이렇게 되는 것을 보니… 모든 것이 다 부질없단 생각이 드오. 아무래도 도가 출신이라 그런지, 이제야 그 모든 것이 눈에 들어오는가 보오."

"그래서 도가는 아니지만, 불가에선 고개를 돌리면 피안이라고 했잖아요. 지금이라도 이렇게 정의를 생각하니 그걸로 족한 것 아니겠어요?"

"아니오."

즐겁게 대화를 이끌던 곡장음의 얼굴빛이 변했다.

옥감영은 미간을 모았다. 조금씩 상대에 대한 인상이 바뀌어가는 중인데, 결국 본성은 버리지 못하는 것인가라는 생각이 들었다.

하지만 곡장음은 곧 말을 이어 옥감영의 생각을 또 한 번 바꾸어 버렸다.

"무림은 절대 정의로만 유지되지 않소. 그런 곳은 무림이 될 수 없소. 무림은 어느 정도 교활하고 음흉하지 않으면 살아가기 힘든 법. 나는 그래서 그걸 버리기 싫소. 하지만 멸망으로 치닫는 삼양궁의 모습은 결코 보고 싶지 않소."

"무슨 말인가요? 무슨 방법이 있단 말인가요?"

"있소. 북신마교주 고경천의 숨통을 쥘 유일한 약점. 그는 성도지부의……."

[다음 말을 해라. 그 순간 네 몸을 흡정마공으로 걸레를 만

들어줄 테니…….]

"……!"

곡장음의 몸이 얼음처럼 굳어졌다. 그의 귀를 울리는 차가운 전음성. 그가 한시도 잊어본 적이 없는 한 사람의 음성이었다.

[후후. 곡장음, 그동안 죽었나 했더니 삼양궁에 몸을 숨기고 있었군. 내 그렇게 평범하게 살라고 했더니, 결국 삼양궁의 앞잡이가 되어 내게 칼을 들이대겠단 말이냐?]

곡장음은 놀란 눈으로 주변을 훑어보았다.

"왜 그러세요?"

옥감영은 무언가 이상함 낌새를 느꼈지만, 그녀로서는 그 이유를 알 수 없었다.

[곡장음, 밖으로 나와라. 그러면 네 몸에 걸린 금제를 풀 수 있는 길이 있을지 모르나 아니면 더한 고통 속에 죽게 만들어 주지. 그것도 내가 보호막으로 생각하는 삼양궁도의 피바다 속에서 말이야.]

"큭!"

곡장음은 작은 신음과 함께 아랫입술을 깨물었다. 그리고 곁에 있는 옥감영에게 입을 열었다.

"잠시 바람 좀 쐬고 오겠소."

"네."

옥감영은 일단 대답은 했지만 의심의 눈빛은 지우지 않았다.

곡장음은 그 모습에 못을 박았다.

"옥 소저의 재기가 뛰어남은 아오. 그러나 때론 그 재기를 숨길 필요가 있소. 괜히 섣부른 행동으로 내 뒤를 쫓지 마시오. 그것만이 최악을 만들지 않을 유일한 방법이니 말이오."

"알겠어요."

옥감영은 곡장음이 내심을 알아채자 어쩔 수 없다는 듯 고개를 끄덕였다.

"그럼."

곡장음은 이 말을 끝으로 막사 밖으로 사라졌다.

호위를 서던 자들은 그가 밖으로 나가는데도 특별히 신경을 쓰지 않았다. 그는 부궁주의 중요한 손님이지만, 그들의 윗사람은 아니었다.

옥감영은 점점 멀어지는 그를 보며 대답과 달리 그녀도 조심히 움직이려 했다.

[계집, 똑똑하니 잘 알아들을 것이다. 네가 움직이는 순간, 여기 있는 삼양궁도 전부를 죽이겠다. 아니, 전에 살려 보낸 육파일방에 찾아가 그 씨까지 말려주지.]

"흑!"

너무 갑작스런 전음이라 옥감영은 헛바람을 토해냈다. 그러나 곧 그 전음이 누구인지 알고 놀라 눈을 크게 부릅떴다.

"고경천……."

억지로 짜내는 그녀의 음성만이 그 뒤에 여운처럼 남았다.

곡장음은 계속해서 들려오는 전음 소리에 맞춰 움직였다. 그렇게 한참 가다 보니 막사 백 장 밖에 그가 서 있는 것을 볼 수 있었다. 상대를 확인하자 곡장음은 천천히 걸음을 멈추었다.

아직 달과 별도 뜨기 전이라 상대의 모습은 잘 볼 수 없지만, 그는 상대가 누군지 잘 알고 있었다.

그가 노렸던 사천의 패업을 엉망으로 만들고, 청성파를 멸문시킨 것은 물론, 자신의 몸에 저주 같은 금제를 남긴 장본인.

바로 북신마교주 파천마제 고경천이었다.

"후후. 여전히 상황 판단이 빠르군. 그때는 자신의 애검을 부러뜨려 살길을 만들더니."

고경천은 그가 있는 곳으로 다가오는 곡장음을 보며 차가운 일성을 터뜨렸다. 그는 조사하던 중에 그 둘의 대화를 듣고 이렇게 밖으로 유인해 내었다.

"닥쳐라! 네놈은 모를 것이다! 살아가는 게 더 고통스럽다는 걸!"

"알지, 너무나 잘 알지. 그래서 난 누구보다 치열하게 살고 있는 것이다. 죽는 순간 한 줌의 후회도 남지 않게. 그게 먼저 간 사람들에게 할 수 있는 유일한 보답이니……"

예상외의 대답에 곡장음의 눈빛이 흔들렸다. 그래서인지 이어진 음성이 처음처럼 날카롭지 않았다.

"그 모습을 보니, 네놈도 그동안 좌절이란 것을 맛본 모양이군. 아! 소문에 현무칠수의 둘이 죽었다지? 특히 지금까지 네놈의 뒤를 봐준 대지서생 추……."

파앗.

그 순간 고경천의 신형이 사라졌다.

그리고 그 뒤 그의 신형은 곡장음의 바로 앞에 나타났다. 그것도 곡장음의 목덜미를 단단한 손으로 쥐고 말이다.

"컥!"

곡장음은 고통 속에 가변해 가는 고경천의 얼굴을 똑똑히 보았다. 그리고 그 순간 잊고 있던 악몽이 슬며시 고개를 쳐들었다.

저 얼굴이 되자 허무하게 사라진 청성파의 제자들과 믿었던 마염성의 지옥도객들. 아마 고경천의 손에 죽은 자들 모두 저 얼굴을 본 뒤에 숨을 거뒀을 것이다.

"아까 들어보니, 웃긴 이야기가 있더군. 천하의 곡장음이 젊은 여인을 향해 그런 농담을 하고. 그새 영계 취향이라도 생겼나? 그래서 망할 옥정곽 그놈의 손녀에게 꼬리를 쳤느냐?"

"컥. 무슨… 망발……."

"망발? 그렇다면 일단 그 계집의 숨통부터 끊어주지. 난 그 계집의 할애비 덕분에 살아생전 두 번째 피눈물을 흘렸다. 그러니 그 계집도 그걸 경험할 필요가 있지. 안 그래?"

고경천의 시선이 저쪽에서 서서히 모습을 드러내는 옥감영의 얼굴에 싸늘히 꽂혔다.

곡장음은 억지로 고개를 돌려 뒤를 바라보다 놀라 눈이 커졌다.

그곳에서 옥감영이 천천히 모습을 드러냈다.

지금 그녀의 두 눈에는 원독의 불길이 활활 타오르고 있었다. 그래서 어둠 속에서 별빛 같은 광채를 뿌렸다.

"이거 곡장음이 아니라 저 계집이 꼬리를 쳤나 보군. 분명 죽을 거라 말을 해놓았는데 예까지 찾아온 것을 보니."

"난 당신이 두렵지 않아요. 오히려 이 순간도 원수를 갚고 싶어 참을 수 없으니까요."

"닥쳐! 내가 할 소리를 네가 하지 마라. 그놈들이 내가 있는 곳을 쳐들어온 거지, 내가 쳐들어간 것이 아니다. 그리고 내가 아닌 나의 친인을 노려? 그러고도 원수라 하느냐?"

"하지만 당신은 정파를 완전 바보로 만들었어요. 그러니 우리는… 악!"

어느새 그녀의 목도 고경천의 나머지 한 손에 들려 있었다.

고경천은 한 사람을 들고 몸을 날리고도, 옥감영이 조금도 반응을 보일 수 없는 빠르기를 보여주었다.

"이렇게 놓고 보니 볼만하군. 한 놈은 자기 욕심에 사천인이면서 사천을 팔아버리고, 한 년은 되도 않는 자존심으로 두 번이나 정파를 말아먹은 인간의 손녀고."

"큭!"

"악!"

곡장음과 옥감영은 비명을 지를 수밖에 없었다. 무언가 이야기할 수도 없게 고경천이 둘의 목을 더욱 세게 쥐었다.

그러나 무슨 일인지 고경천은 그들의 목을 쥐고 있던 손을 조금 풀었다.

"헉헉."

"으흑."

두 사람은 막혔던 숨통이 터지자 그제야 참았던 숨을 토해 냈다.

고경천은 그 상태로 두 사람을 쳐든 채 입을 열었다.

"대답 여하에 따라 한 사람을 살릴 수 있는 권한을 주겠다. 자, 말해라. 소혜는 어딨지?"

"소혜가 누구……."

옥감영이 막 입을 열려 하자, 그 순간 곡장음의 눈에 교활함이 스쳤다.

"흐흐. 죽여라. 차라리 그게 나에게 있어 처절한 복수가 될 테니. 네가 그렇게 예뻐하던 어린 여동생이 처참하게 죽으면 네놈도 자신의 삶이 얼마나 잘못되었……. 으아아악!"

곡장음의 비명이 숲을 울렸다.

그의 몸을 파고든 흡정마기들이 거침없이 전신을 누비고 다녔다. 그러자 곡장음의 근육과 뼈들이 미친 듯 비명을 지르며 곡장음은 고통에 목이 터져라 비명을 질렀다.

옥감영은 곁에서 벌어지는 지옥에 몸을 부들부들 떨었다. 그녀는 말만 들었지 흡정마공의 위력을 처음 보았다.

갑자기 곡장음의 비명이 끊어졌다. 고경천이 흡정마기를 거둔 것이다.

고경천이 이번에는 옥감영을 향해서 말했다.

"다음은 계집 네 차례다. 소혜는 어디 있지?"

부르르.

두 사람을 잡은 목덜미에서 똑같이 몸 떨림이 전해졌다.

그러나 고경천은 그 모습에 조금도 흔들림없이 두 사람의 말을 기다렸다.

"모… 모른다."

"차라리 죽여라!"

곡장음은 처음과 달리 모른다 했다. 그는 고경천을 그 일로 협박을 하려다 포기했다.

그러나 옥감영은 오히려 살기를 끌어올리며 고경천에게 악을 썼다.

"좋다. 그렇게 나오면 이번엔 계집 차례지."

고경천의 손을 떠난 흡정마기들이 곡장음 때와 달리 서서히 옥감영의 몸을 파고들었다.

"흐으으윽!"

옥감영은 이상한 느낌에 바람 빠지는 비명을 질렀다. 그리고 목을 기점으로 조금씩 힘이 빠져나가자 몸을 꿈틀대기 시작했다.

"잠깐! 정말 모른다. 난 그럴 마음이 있었으나, 아직 행하지 못했다. 네놈도 눈치 챘는지 모르지만, 지금 소 부궁주는 이상하다. 갑자기 사람이 바뀌어 삼양궁의 변괴에도 돌아갈 생각을 하지 않는다. 그런데 내 어찌 사람을 보내 네 의동생을 납치할 수 있단 말이냐?"

"그럼 아까는 왜 그런 말을 했지?"

"난 네놈과 한 가지 거래를 하기 위해서다."

"흐으윽!"

옥감영의 비명은 이 순간 점점 고조되었다.

그리고 그에 따라 곡장음의 목소리가 빨라져 갔다.

"지금 삼양부궁주는 이상하다. 그래서 네가 수하들과 잠시 청성산을 벗어났으면 해서다. 분명 네가 이기겠지만, 지금 삼양궁의 전력은 암중에 흐르는 정체불명의 세력을 막을 수 있는 유일한 힘이기도 하다. 그래서 그런 것이다."

"역시 교활한 만큼 눈치는 빠르군. 그런 걸 눈치 채고 있으니."

고경천은 그 순간 두 사람의 목을 놓았다.

털썩. 털썩.

"큭!"

"윽!"

곡장음과 옥감영은 비명을 토해냈다.

두 사람 다 죽지는 않았지만 내력의 대부분을 빼앗겨 잠시 동안 몸을 움직일 수 없었다.

"독은 해독되었다. 그리고 계집도 내공을 전폐시키는 것으로 할아버지가 저지른 일에 대한 처벌을 끝내주마. 그러나 네놈의 말은 들어주지 못하겠다."

"정말 삼양궁까지 멸망시키겠단 말이냐?"

"그놈들이 지금처럼 계속해서 내게 이빨을 들이밀면."

"그러면 암중에서 이런 일을 조종하는 존재에게 이득을 주
는 것 아니냐?"

"이득? 있지. 삼양궁이 사라지면 남은 것은 하나… 그럼 이
런 일을 벌인 범인이 누군지 확실해지겠지."

"그 말은… 지금의 주범이 천시명왕 공야현이 아니라 막청
해란 소리냐?"

"공야현?"

고경천은 곡장음의 그 말에 차가운 미소를 지었다.

"절대 공야현은 그런 일을 저지를 수 없다. 거기다 막청해도
그럴 수 없지. 다른 자라면 몰라도."

"네놈이 그걸 어떻게 아느냐?"

"굳이 내가 그걸 말해줄 필요가 있을까? 너는 이대로 은거
해 다시는 무림에 나오지 않으면 된다. 그것만이 유일한 살길
이니까. 또 선물로 젊은 계집도 줄 테니 꺼져라."

"……."

곡장음은 황당함에 잠시 말을 잊었다.

"싫지는 않은 거 같군."

고경천은 더 이상 말이 필요없다는 듯 신형을 돌리고 어둠
속으로 걸음을 옮겼다.

그 순간 기절한 줄 알았던 옥감영이 정신을 차렸다. 그녀는
고경천이 떠나려 하자 갑자기 소리쳤다.

"월여 언니도 죽일 셈이냐?"

고경천의 걸음이 멈춰졌다.

"남 생각할 시간에 네 걱정이나 해라. 그나마 남은 여생 한 남자의 품에서 살아가려면 말이다."

"닥쳐라! 난 물건이 아니다! 그리고 내 반려자는 내가 선택한다!"

그제야 곡장음이 황당함에서 벗어날 수 있었다.

"그렇다. 난 옥 소저를 딸처럼 생각했을 뿐, 죽이지 않으려면 그녀의 명예를 더럽히지 마라."

"더럽혀질 명예가 있나? 그렇게 믿던 할아버지가 육파일방을 순식간에 말아먹은 자인데."

옥감영이 몸을 부르르 떨었다. 그러나 이 순간이 아니면 아니 되기에 그녀는 고경천을 끝까지 물고 늘어졌다.

"대답해라! 월여 언니를 정말 죽일 셈이냐?"

고경천의 신형이 천천히 두 사람에게 돌려졌다.

옥감영은 무언가 기대하는 눈으로 고경천을 바라보고 있었다.

고경천은 그런 두 사람을 향해 싸늘한 미소를 보여줬다.

"그녀는 나를 처음 만난 순간부터 죽이려 했었다. 그렇다면 나의 선택은 한 가지뿐이다!"

고경천은 이 말을 끝으로 어둠 속으로 완전 사라졌다.

그리고 그가 사라지자 또 다른 사람이 이곳에 모습을 드러냈다.

보검을 든 채로 천천히 숨어 있던 나무에서 모습을 드러내는 한 여인. 그녀는 고경천이 사라진 어둠을 노려보며 이를 부드득 갈았다.

"고경천. 내 그날 너를 못 죽인 것이 유일하게 남은 한이다. 그랬으면, 지금의 이런 결과가 되지 않았을 테니 말이다."

"월여 언니……."

옥감영이 놀라 성월여를 바라보았다.

지금 성월여의 두 눈에선 온 어둠을 밀어내려 원한의 불길이 활활 타오르고 있었다.

[이 일의 모든 원흉은 멸망한 삼음교 교주 강백천이다. 그리고 공야현은 나의 또 다른 신분이니, 머리 좋은 네놈이라면 원흉이 어느 곳에 있을지 잘 알 것이다.]

곡장음은 갑작스레 들린 고경천의 전음에 눈이 휘둥그레졌다. 그리고 그의 머리는 빠르게 상황을 정리하기 시작했다. 얼마 후, 그는 한곳을 떠올릴 수 있게 되었다.

바로 마염성.

곡장음이 내린 결론이었다. 그리고 이 순간 그의 머릿속에는 마염성보다 한 사람이 떠올랐다. 왠지 그 이유는 알 수 없지만, 그가 과거 마염성에게 손을 뻗었을 때 그를 찾아왔던 마염성 사자의 모습. 왠지 모든 면에서 너무나 침착했었다. 마치 최익의 경우를 염두에 두고, 상대를 확인하려고 온 것처럼 마지막에도 치를 떠는 막교립의 팔을 끌고 떠나가지 않았던가?

'알려지기로 삼음교의 삼음비전 중 한 가지 풍환여의결의 비학이 바로 공공무진환인데, 공공무진환은 바로…….'

그러나 곡장음은 내심 떠오르는 생각을 지워 버렸다. 너무 비약적이라 대신 앞으로의 일에 대해 생각을 했다. 중독은 풀렸지만, 내공은 사라졌다. 이제 남은 길은 무엇인가?

第八章
불타는 북신마교—!

고경천은 밤바람을 맞으며 어두운 관도를 달렸다.

이제 어엿한 가을이라 제법 정신을 맑게 해주는 기운이 담겼다. 그래서 고경천은 얼마 전 그들로 인해 달아오른 피를 식힐 수 있었다.

'계집, 그렇게 경고해 놓았으니 이제 정신 좀 차렸겠지.'

그러나 고경천은 여인의 한이 얼마나 깊고 오래가는지 알지 못했다

'소혜는 도대체 어디로 사라진 거지? 분명 곡장음이나 옥감영 모두 모르는 일인 듯했는데……'

고경천의 미간이 심하게 찌푸려졌다. 지금으로선 아무런 방도가 보이지 않았다. 천하는 혼란의 극을 달리고, 그와 적이 된

자는 너무나 많았다. 만일 성도지부가 무림문파였다면 모르겠지만, 관부의 호위 정도로는 절정 이상의 고수는 얼마든지 들락날락할 수 있었다.

'그렇다고 천하를 미친 듯 뒤질 수도 없고.'

문득 최염의 말이 고경천의 뇌리에 떠돌았다.

"현재로서는 유인책일지도 모릅니다. 그렇지 않고서는 혼적 끝에 삼양궁이 기다리고 있다는 것이 너무나 공교롭습니다. 그들이 본 교를 노리고 움직이는 것은 맞지만, 삼양궁 본 궁이 불탄 가운데에도 강경책을 유지하는 것은 너무 상황에 맞지 않습니다. 아무래도 누가 일부러 교주님을 유인해 삼양궁과 맞닥뜨리려고 하는 수 같습니다."

그래서 둘을 먼저 떠나보냈다.

그리고 그가 직접 조사를 해보니 삼양궁을 이끄는 소철상이 어딘가 너무 이상했다.

"흡혈마공은 상대의 능력을 뺏는 것은 물론, 그 사람의 인생까지 빼앗아 버리는 결과를 낳게 되네. 생각해 보게. 꼭두각시로 태어난 자가 마인이라면 상관없지만, 협사라면 어떻게 되겠는가? 하루아침에 협사에서 마인이 된 그를 보며 사람들이 그의 과거를 기억하겠는가? 아닐세. 그는 육신은 물론 정신까지 유린되어 결국 남는 것은 허무밖에 없네. 그래서 이 마공이 허무마공이라 불리는 것일세."

어쩌면 소철상은 흡혈마공의 저주에 걸렸는지 모른다. 그게
언제인지 알 수 없지만, 장강수로맹 석철권도 그렇게 되었을
것이다.
그리고 천중삼원이란 막청해와 성효명도…….
'정말 흡혈마공도 흡정마공처럼 그 어떤 무학으로도 상대
할 수 없단 말인가?
그렇지 않고서야 막청해와 성효명이 그런 미친 짓을 하지는
않았을 것이다. 만일 강백천이란 존재를 알지 못했다면 고경
천은 다름 아닌 막청해를 의심했을 것이다.
하지만 지금은 막청해도 꼭두각시가 되었다는 생각뿐이다.
그것도 거부할 수 없는 흡혈마공의 마력에 말이다.
'그럼 나는 어떻게 되는 것인가? 혹시 흡정마공도 흡혈마공
을 당할 수 없단 말인가?
고경천은 이런 생각이 드는 것을 막을 수 없었다. 아무리 모
든 무학의 상극이라 했어도 손괴량은 흡혈마공에 이길 수 있
단 말은 하지 않았다. 그리고 불사의 존재로 만들어준다는 흡
혈마공. 과연 그 의미는 무엇이란 말인가?
고경천은 이런 수많은 의문을 차갑게 식어가는 육체와 머리
로 풀어나가려 했다.
그러나 단서가 너무 적었다. 거기다 결정적인 단서를 아직
까지 잡지 못했다. 혹시라도 성효명과 막청해의 손에 멸망하

는 자리에 나타났다는 손괴량이 나타나면 모를까? 지금으로서
는 모든 것이 멀리서 보면 잡을 수 있을 듯하지만, 막상 가까이
가면 잡을 수 없는 안개와 같았다.

'일단 열쇠는 사라진 자들에게 있다. 성효명과 막청해가 그
렇고, 그 망할 점쟁이 노인 손괴량도 그중 하나다.'

이럴 때 추일학이 있었으면 하는 바람이 들었다. 그러면 조
각조각난 모든 것들을 하나로 맞출 수 있을 텐데.

그렇게 고경천이 밤새도록 달리는 사이 처음 출발할 때는
며칠이 소모되었던 거리를 하룻밤 사이에 성도에 다다를 수
있었다.

고경천은 아직 열리지 않은 성문을 보며 잠시 지부를 들를
것인가 고민했다.

그러나 아직 고소혜에 대한 단서를 찾지 못했다. 차라리 놓
쳤다는 것보다는 찾고 있다 믿고 있는 것이 더 나을 것이다.
그리고 예감상 왠지 고소혜를 납치한 자는 당장 죽일 생각은
없는 듯했다. 만일 그럴 생각이었으면, 이미 무언가 접촉을 해
왔을 것이다. 그렇지 않고 그저 그를 유인해 삼양궁과 싸움을
붙이려는 것은 어부지리를 노리거나 또 다른 수가 있다는 생
각도 들었다.

그리고 어쩌면 지금도 그의 주변을 맴돌면서 또 다른 수를
내고 있을지도 몰랐다.

'그래. 일단 교로 돌아가자.'

고경천은 성도를 지나쳐 청성산으로 바로 방향을 잡았다.

그리고 그렇게 얼마나 달렸을까?

청성산 동부 산자락에 붉은 그림자가 넘실거렸다.

"……!"

고경천은 그 순간 달리던 자세 그대로 제자리에 굳었다. 저곳은 분명 옛 청성파 현 북신마교가 있는 자리였다.

"안 된다! 안 돼! 안 돼에에에!"

그 순간 고경천의 신형이 빛의 화살이 되었다.

북신마교의 전각이 불타고 있었다.

육파일방과 공동연합의 총공세에도 적에게 한 발자국도 내주지 않은 본 산이 단 두 명의 손에 의해 철저히 파괴되고 있었다. 과거 고경천 혼자 청룡칠수와 육파일방의 장문인들을 죽였을 때처럼 두 사람은 무인지경으로 북신마교를 휩쓸었다.

"막아라!"

북신마교도가 피를 토하며 소리쳤지만, 이건 늑대와 양 떼의 싸움이 아니었다. 늑대와 토끼, 아니, 늑대와 눈도 뜨지 못한 강아지들의 싸움이었다.

콰아앙!

콰지지직!

"으아아악!"

검의 화염에 전각은 물론 사람까지 불에 타 재가 되었다.

퍼어엉!

주황빛 검기에 닿는 족족 반으로 갈라져 허공에 피를 뿌려

댔다.

"거… 거짓말이야. 어찌 이리도……."

제갈효는 벌어지는 참상에 정신을 차릴 수 없었다. 도무지 어떻게 해볼 수 있는 것이 아니었다.

천중삼원이란 이름이 왜 천중삼원인지 그 위력을 여실히 보여주고 있었다. 비록 북신마교가 그동안의 싸움으로 교도들이 얼마 남지 않았다지만, 반대로 생각하면 그들의 능력은 그 누구보다 높다는 것이다.

그러나 그들도 일초지적이 되지 못했다. 아니, 반초지적도 안 되어 허무하게 재가 되거나 갈라져 마지막을 장식했다.

"우우우우!"

북신마교 후원에서 성난 사자후가 터졌다. 요 며칠간 후원에서 호군평에게 자신의 모든 절학을 물려주던 혁진웅이 궁의 위험에 나선 것이다.

제일 먼저 백발을 허공에 날리며 거대한 대검을 들고 전각의 지붕과 지붕을 날아오는 모습이 보였다. 그는 그대로 허공으로 높이 솟구쳐 검은 화염으로 모든 것을 재로 만들던 막청해에게 쏟아져 갔다.

"만매폭우!"

혁진웅의 매화삼마검 중 검은 매화강기를 폭우처럼 쏟아져 내리는 절초가 펼쳐졌다.

막청해는 그 자리에 서서 자신에게 떨어지는 검은 매화들을 무표정한 얼굴로 바라보았다. 다른 때 같았으면, 신나 싸움을 벌일 그가 아무런 동요 없이 그대로 마염을 들어 상단세를 취했다.

"하앗!"

혁진웅이 터뜨렸던 사자후보다 더 큰 포효가 터지며 마염에게서 검은 불길이 확 일어났다. 막청해는 그 불길을 하늘 끝까지 닿을 듯 쏟아내다 떨어지는 매화를 향해 그대로 내리그었다.

그러자 불길이 넓게 퍼지며 하나의 파도가 되어 떨어지는 검은 매화를 막아갔다.

츠츠측.

검은 매화가 순식간에 검은 불길에 타 재가 되며 혁진웅은 검은 불길의 파도를 맨몸으로 받았다.

화르르륵.

"컥!"

충격에 그대로 비명을 토해낸 혁진웅이 불길에 휩싸인 채 한 채의 전각에 유성처럼 떨어졌다.

콰앙!

전각이 통째로 무너지며 불길과 함께 타올랐다.

"대혀어어엉!"

"대가아아아!"

우문태의 커다란 외침과 교홍홍의 째지는 소리가 허공을 울렸다.

두 사람은 사전에 약속이라도 한 듯, 우문태가 무너진 전각으로 교홍홍이 재차 무너진 전각을 향해 공격하려는 막청해에게 달려들었다.

그녀의 손톱이 어느 순간 검게 물들어 있었다. 과거 한 기인에게 배운 음풍조를 그녀가 이십 년간 갈고닦아 손가락을 어떤 철보다 강하게 변형시킨 흑음풍조였다. 그 효과는 보검에 검강을 덧씌운 것이나 마찬가지였다.

그녀의 검게 물든 손이 막청해의 얼굴을 할퀼 듯 수직으로 떨어졌다.

쐐애애액.

음풍이란 말답게 음유지력이 먼저 막청해에게 쏘아져 갔다. 그리고 그 뒤를 더 강한 강철 같은 손가락이 따랐다.

탁.

그러나 그녀의 그런 무시무시한 일격도 막청해의 불길에 사라지고, 어떤 무기도 부숴 버린다는 그녀의 강철 손가락도 마염에 막혔다.

"끼히히히."

교홍홍 특유의 듣기 싫은 웃음소리가 높아지며 손이 보이지 않는 속도로 막청해의 전신으로 떨어져 내렸다.

그러나 막청해는 슬쩍슬쩍 대도로 막기만 할 뿐, 혁진응 때와 달리 너무 성의없게 공격을 받아주었다.

그러다 점점 교홍홍의 웃음소리가 높아지자 흑미를 꿈틀거리더니 마염이 번개처럼 움직였다.

그 순간 교홍홍의 웃음소리가 비명으로 바뀌었다.

"꺄아아아아악!"

교홍홍이 양손을 늘어뜨린 채 뒤로 정신없이 물러났다.

물러난 그녀의 손에는 더 이상 손가락이 남지 않았다. 단단하기를 자랑하는 손가락이 모두 사라지고 그녀는 손바닥과 한 마디의 손가락만 남았다.

"육매!"

뒤에서 백호칠수의 누군가가 비명 지르듯 그녀를 불렀다.

교홍홍은 믿을 수 없다는 듯 자기 손가락을 바라보고 있다 바로 옆에서 느껴지는 바람에 고개를 돌리다 그대로 머리가 허공으로 솟구쳤다.

서걱.

깨끗하게 잘리는 절단음과 함께 더 이상 교홍홍의 비명은 들리지 않았다.

털썩.

목을 잃은 시체가 그대로 앞으로 넘어지고, 잘려진 머리도 바닥에 떨어졌다.

교홍홍은 공포도 없이 그저 잘린 손가락에 놀란 얼굴 그대로 숨을 거두었다.

그제야 막청혜가 굳었던 미간을 풀고 또다시 북신마교의 교도들을 장난처럼 죽여 나갔다.

성효명은 그때 뒤늦게 중원오주의 마지막 한 사람 당진용과 싸움을 벌이고 있었다. 그나마 성효명은 막청해처럼 패도적으로 싸움을 벌이지 않았다. 주홍빛 검강이 맺힌 검으로 암기에 강기를 입혀 쏘아대는 경지까지 이룬 당진용의 암기를 쳐대기만 했다.

그러나 그것도 시간이 흐르자 다시 둘의 거리가 점점 좁아지기만 했다.

결국 당진용은 당가 최고의 비전이라 할 수 있는 한 수를 펼쳤다.

"만천화우!"

당진용의 손이 눈으로 잡을 수 없는 속도로 허리춤과 품속을 오갔다. 그러자 소매 속에 숨겨진 삼백여 종의 암기들이 순식간에 손을 떠나 일 장 이내를 빽빽이 뒤덮었다.

성효명도 그때는 신경 쓰이는지 백미를 꿈틀거리다 검을 당진용을 향해 뻗었다.

그 순간 성효명의 검에 어리던 주황빛 검강들이 호수구를 지나 팔뚝은 물론 전신을 감쌌다. 그리고 그대로 성효명의 주황빛 그림자가 길게 늘어가는 듯한 착각과 함께 암기에 끝장날 것 같은 성효명의 모습이 당진용의 뒤에 있었다.

그리고 당진용이 신음과 같은 한마디를 내뱉었다.

"어… 어검비행(馭劍飛行)!"

당진용은 말을 끝내자 허리가 반으로 갈라져 그대로 두 조각이 되어 땅을 물들였다.

어검비행은 이기어검과는 또 다른 전설의 무학이다. 그리고 얼마 전 막청해가 펼쳤던 한 수도 심어강(心御罡)이라는 무학의 기본인 정, 기를 벗어나 신에 다다른 경지다. 지금 둘의 경지는 달리 말하면 무정이 보여줬던 것과는 확연한 차이가 있었다.

무정은 일체 모든 것들을 배제하고 강제로 신의 경지에 올렸지만, 막청해와 성효명은 오랜 수련을 통해 만류귀종이라 할 수 있는 신화경(神化境)에 다다른 것이다. 이는 초절정이라 할 수 있는 혁진웅이나 절정의 끝에 다다라 초절정을 눈앞에 둔 당진웅도 아이처럼 만들어 버릴 수 있었다.

이들은 흡정마공이나 흡혈마공이란 특수한 무학이 아닌 순수한 능력으로 이미 무적의 단계에 오른 것이다.

"놔라!"

오염달의 목소리가 크게 울렸다.

"안 돼요! 절대 놓을 수 없어요!"

홍아연이 죽어라 오염달의 작은 몸을 끌어안고 있었다.

"이게 무슨 짓이냐? 지금 동료들이 죽어 나자빠지는데 구경하고 있으란 말이냐?"

"봤잖아요. 이건 동료애가 아닌 개죽음이에요. 무상이나 당가주 모두 오라버니보다 더 높은 경지를 본 분들이란 말이에요. 그런 분들이 손도 못 쓰고 허무하게 당했어요. 지금은 차라리 도망을 쳐야 해요."

홍아연은 일전의 일로 아직 마음의 상처가 낫지 않았다. 이십 년이란 시간을 한 몸처럼 지낸 형제들이 한 달도 되지 않는 기간에 줄줄이 죽게 할 수 있었다.

"허허. 도망칠 수도 없소."

제갈효는 그녀의 말에 허탈한 한마디를 했다.

"무슨 소리예요? 지금은 일단 도망쳤다 교주님을 기다리는 게 순서잖아요."

"저기 보시오."

제갈효가 힘없이 손가락을 들어 가리켰다.

그가 가리킨 손가락에 도망치는 북신마교도들이 보였다. 그들은 지금까지 고경천이란 인간 같지도 않은 존재로 두려움을 몰랐는데, 그들이 그 반대의 경우가 되어 당하다 보니 결국 인간 본연의 모습을 보였다.

그들은 악착같이 싸우다 어느 순간부터 몸을 돌려 도망치려고 했다.

그러나 그들은 그 순간 죽어라 싸우려 덤비는 자들보다 먼저 숨을 거두었다.

막청해와 성효명은 어떻게 알고 도망치려는 자들을 제일 먼저 죽였다. 먼 자들은 강기를 쏘아 보내고, 가까운 자들은 들고 있는 무기로 쓸어버렸다. 한 수에 모든 이들이 나가떨어지니, 그 모든 것이 너무나 손쉬워 보였다.

홍아연의 두 눈에 절망의 빛이 어렸다. 본래 그녀가 도망치자 한 것은 사람보다 먼저 최염과 아불승을 통해 받은 연락 때문이다. 그럼 믿고 있는 교주가 올 텐데… 하지만 그때까지 살아남을지 장담할 수 없었다.

"멈춰라! 멈추지 않으면 내 뼛조각마저 갈아 마시겠다아아!"

얼마 전 막청해의 기합성도 무색하게 할 천둥소리가 청성산 전역을 울렸다. 그 소리는 하늘도 울리고 땅도 울리고 사람들의 마음도 울렸다.

그 순간 싸움이 거짓말처럼 멈춰졌다. 도망치려던 자들도 죽이던 자들도 모두 소리가 난 곳을 바라보았다.

막청해와 성효명은 잠시 서로의 시선을 교환하다 그대로 몸을 날렸다.

그런데 무슨 일인지 몸을 날리는 방향이 반대였다. 천중삼원 중 이 인이며 이미 신화경에 다다른 그들이 고함 소리에 겁이라도 먹은 듯 순식간에 북신마교의 전각을 넘어서 소리가 들려온 반대 방향으로 사라졌다.

그리고 얼마 후,

콰아아앙!

거치적거리는 것은 모두 부숴 버린다는 듯 북신마교의 한 벽면이 무너지며 그 속에서 칠채에 물든 홍월강이 뚫고 나왔다. 그리고 그 뒤를 검은 선들로 얼굴이 수놓아진 고경천이 모습을 드러냈다.

그리고 그 뒤를 한참 전에 떠났던 아불승과 최염이 따라잡혀 모습을 드러냈다.

나타난 자들 셋은 장내의 모습을 보며 말을 잃었다.

그러나 곧 상처 입은 포효성이 청성산 전역을 무너뜨릴 것처럼 울려 퍼졌다.

"으아아아악!"

그곳에서 떨어진 청성산 북쪽의 산 아래.

청수한 인상의 노인이 청성산을 뒤흔드는 메아리를 들으며 흡족한 미소를 지었다.

"허허허. 그래, 그렇게 분노해라. 분노하고 분노하고 또 분노해라. 그렇게 점점 마음에 상처가 남으면, 네놈이 아무리 흡혈마공과 쌍벽을 이루는 흡정마공을 익혔다 해도 곧 내 꼭두각시가 될 것이다. 그러면 천하는 통천신서에 적힌 대로 허무마공의 꼭두각시들에 의해 모든 것이 무로 돌아갈 것이다."

사마교가 그렇게 즐거움에 빠졌을 때, 두 개의 그림자가 그가 있는 곳에 나타났다.

그 많은 인원을 죽이고도 의복에 핏방울 하나 묻히지 않고, 땀조차 흘리지 않은 성효명과 막청해가 사마교 곁에서 조용히 시립했다.

"그보다 나 말고 앙큼한 생각을 하는 놈이 있었군. 예정대로라면 삼양궁의 본대로 삼양궁을 치고, 그 혼란통에 성효명과 막청해로 놈을 뒤흔들려 했더니, 누군가 그놈을 유인해 쉽게 일을 마칠 수 있었어. 도대체 그놈이 누구인가?"

사마교는 무언가 기분이 좋지 않았다. 그의 머릿속에는 그럴 만한 인물이 금방 떠오르지 않았다. 이미 머리 좋다는 옥정곽이나 추일학 모두 목숨을 잃었다. 그동안 소철상을 도왔다는 과거 마염성의 힘을 이용하려던 곡장음은 더 이상 삼양궁을 뒤흔들 수 없을 것이다. 녹림엔 애초에 그럴 만한 위인이 없었다.

'설마 육파일방의 잔존 세력이?'

워낙 오랜 역사와 저력을 갖고 있는 곳이다. 그런 곳이라면 충분히 알려지지 않은 인재가 있을 수도 있었다.

"뭐, 그러나 상관없지. 어차피 다음 목표가 육파일방이니, 나로선 좋은 일 아닌가? 그렇게 되면 동, 남, 북, 중앙은 모두 내 손에 들어오니. 이제 껍데기도 남지 않은 서는 여흥거리도 안 되겠군."

그러던 사마교의 표정이 변했다.

"사형… 당신이 그렇게까지 나를 막지 않았다면, 나도 이렇게까지 하지 않았을 것이오. 사형이 성효명을 부추겼는지 내가 모를 것 같소? 나를 막을 수 없자 성효명을 움직여 흡정마공을 찾지 못하게 하려는 걸 몰랐을 줄 알았소?"

사마교는 성효명을 매섭게 노려보았다.

그는 성효명을 제압하며 그에게 모든 것을 다 털어놓게 해 어떻게 그가 비도를 풀 수 있게 되었는지 알 수 있었다.

손괴량은 사제가 사라져 삼음교의 교주가 된 것을 알고, 성효명을 자극했다. 그는 그 당시 천하를 주유하다 삼양궁에도 들러 그에게 장차 천하의 주인이 되려면 사문의 지보를 풀어야 한다는 전제를 던졌다. 그리고 삼음교 교주가 그걸 어기고 풀려 한다는 이야기도 전했다.

이는 손괴량이 함께 일을 해온 주작칠수에게 알리지도 않았고, 고경천에게도 밝히지 않은 이야기다. 겉으로 천하제일기인 행세를 하며 필요한 자에게 신복을 내려준다는 명목 아래 그가 깔아놓은 포석이었다.

그 결과 삼양궁이 삼음교를 치고, 손괴량의 말처럼 삼양궁은 욱일승천 기세를 올리게 되었다. 그 후 성효명은 더욱 미친 듯 흡정비도에 매달리게 되었다.

결국 흡정비도는 성효명의 집념으로 풀렸고, 애꿎게 흡정마공은 고경천에 전해진 것이다. 그리고 불행히도 따로 떨어져 존재하고 있을 거란 흡혈마공은 실상 흡정마공 곁에 있었다.

그리고 그건 흡정마공이 봉인된 해남도를 사마교가 미련을 갖고 찾았다 그의 손으로 들어가게 된 것이다.

"진인사대천명(盡人事待天命). 사형! 결국 당신이 일을 이렇게 만든 것이오. 그러니 내 당신이 땅을 치고 통곡하게 허무의 저주대로 행할 것이오. 가자!"

사마교는 막청해와 성효명을 이끌고 삼양궁 본대 쪽으로 향했다. 이젠 더 이상 삼양궁 본대를 북신마교로 진군시킬 필요가 없었다.

"막지 마시오."

"안 됩니다. 지금이야말로 진정으로 경거망동하지 말아야 합니다."

"비키시오! 비키라 하지 않았소?!"

고경천의 음성에 주위에 있던 자들이 신음과 함께 비틀거렸다.

제갈효는 피를 흘리면서도 고경천의 앞을 비키지 않았다. 지금 고경천은 마염성으로 쳐들어가려고 하고 있었다. 분명 원흉인이 그곳에 있다 여겨 모조리 죽여 그중에 한 사람이 걸리길 바라고 있었다.

"교주님, 지금 교주님이 하려는 행동이 음지에서 웃고 있을 놈이 원하는 거 아니겠습니까? 그러니 지금 분노에 몸을 맡겨 마염성을 친다면, 설사 그들을 다 죽이고 그 와중에 원흉을 죽인다 해도 결국 저주대로 무림은 무로 돌아가지 않겠습니까? 지금도 소문에 거대문파의 세력이 사라진 곳은 작은 문파들이 서로 주인이 되려고 난리통을 벌인다 합니다. 그런데 마염성까지 사라진다면 천하는 혼란의 극에 빠질 것입니다. 너도나도 천하제일 패자가 될 것이라고 싸움을 멈추지 않을 것입니다."

"제갈 문상, 잊었소? 우리가 세우려 했던 무림이 어떤 것인지. 나는 분명 교를 세우는 날 선포했소. 문파나 배경이 아닌 무인이 대접받는 세상이 오게 만들겠다고. 지금 거대문파가 사라져 무림이 깨어나고 있지 않소? 그런데 도대체 무엇이 잘못되었다는 것이오? 나는 지금 비겁하게 어둠에 숨어 모든 것을 소송하는 놈을 없애고, 진정한 무림이 숨 쉴 수 있게 만들겠다는 말이오."

"거짓말하지 마십시오. 지금 교주님의 눈에는 복수뿐이 없습니다. 추 문상이 죽고 나서 교주님은 복수에만 매달리고 있습니다. 지금의 모습은 흡정마공의 저주와 같은 초유의 파괴자 이상은 아닙니다.”

“닥치시오!”

“푸하아악!”

고경천의 이번 한소리는 제갈효에게만 기파가 쏟아져 피분수를 뿜으며 그대로 날아갔다.

놀란 아불승이 서둘러 몸을 날려 제갈효를 잡아갔다. 혹시나 해 오염달도 같이 몸을 날렸다.

고경천은 그 모습에 잠시 몸을 움찔했으나, 앞을 막아서는 최염으로 인해 움직이지 않았다.

“비키시오. 최 호법도 막아선다면 제갈 문상처럼 될 것이오.”

“하시려면 그렇게 하십시오. 그럼 제가 지하에서나마 우리가 따른 주군이 얼마나 못난 모습을 보이는지 대형께 똑똑히 말씀드리겠습니다.”

부르르.

고경천은 눈을 부릅뜬 채 몸을 거세게 흔들었다.

최염은 평소 말을 하지 않고 아무것도 모르는 듯 무뚝뚝하지만, 이럴 때는 추일학처럼 진실을 거침없이 쏟아내었다.

“교주님! 이 오염달, 지금 이날까지 교주님을 따르는 것에 대해 한 번도 후회한 적이 없습니다. 하지만… 하지만… 이는 정말 아닙니다. 제갈 문상을 상처 입히다니요. 제갈 문상은 대형… 대형이 뒤를 맡긴 사람입니다!”

오염달이 목청이 터져라 외쳤다.

　그 한마디에 고경천은 눈을 질끈 감고서 이빨 사이에 아랫입술을 끼고 몸을 태우는 분노를 삭였다.

　그러나 고경천은 분노를 쉽게 삭일 수 없었다. 이제 북신마교에 살아남은 자는 이곳에 있는 자를 포함해 오십여 명도 되지 않았다. 거기다 부상자를 제외하면 성한 자는 스무 명도 안 된다.

　믿었던 혁진웅은 숨줄만 이어져 사경을 헤매고 있었다. 두 개 단의 단주와 부단주는 목숨을 잃었고, 당주와 전주들 중 살아남은 자는 무공이 약한 갈음심과 양운천뿐이다. 당협기는 적은 숫자를 채울 극독을 만든다고 지하에 틀어박혀 아직도 나오지 않았다. 교홍홍과 당진용은 목과 허리가 잘린 처참한 시신이 되었고, 호군평은 폐관동에 갇혀 있다 변괴에 정신이 나간 상태이다.

　그런데도 당장 터져 나갈 이 분노를 참으라는 것이다. 고경천은 마염성은 물론 필요하면 천하를 다 뒤져서 이 모든 결과를 만든 놈을 찾아 갈기갈기 찢어 죽이고 싶은데, 오히려 더 나서서 그를 부추겨야 하는 수하들이 그를 막고 있는 것이다.

　"자고로 예부터 폭군의 전형적인 특성은 원한에 집착하는 것이라 했습니다. 그 원한이 무엇이 되었든 결국 워하에 사로잡힌 주군은 원한으로 인해 충성스런 수하도 죽음에 몬다고 했지요. 지금이 그렇군요. 제갈 문상이 저런 상태가 된 것도 다 그런 이유니까요."

　"네놈은 정녕 그 입으로 죽고 싶은 것이냐?"

고경천의 매서운 눈빛이 단우헌의 얼굴에 꽂혔다.

단우헌은 순간적으로 온몸을 옥죄는 살기에 숨을 쉬지 못했지만, 이마에 땀을 흘리면서도 억지로 입을 열었다. 지금으로서는 유일한 희망이 고경천뿐이다.

"하오총문의 주력이 전멸했다 해도 본래 점조직인 우리의 정보망은 아직 살아 있습니다. 현재 총력을 다해 끊어진 연결고리를 잇고, 총사를 찾고 있습니다. 총사를 찾게 되면 모든 것이 드러날 것입니다. 만일 죽었다면 할 수 없지만, 굳이 모든 이들을 다 죽이지 않아도 찾을 수 있습니다. 교주께서도 무자비한 살육은 육파일방으로 되었지 않습니까?"

그 한마디가 고경천에게 그 일을 떠올리게 만들었다.

분노에 눈먼 그 혼자서 죽인 인원이 몇이며, 고통에 절규하는 육파일방의 장문인들과 청룡칠수의 살아남은 자들의 최후는 어땠는가? 그 당시 그들이 남긴 저주들은 고경천의 뇌리에 고스란히 남아 있었다.

"교주님은 큰일을 하기 위해 시련을 겪고 있다고 총사는 늘 입버릇처럼 말씀하셨습니다. 시련에 져서는 안 됩니다. 지금까지 일부러 시련 속에 몸을 던져 더 큰 것을 얻지 않았습니까? 내가 본 것은 장강수로맹 하나지만, 그것만으로도 난 충분히 교주가 어떤 삶을 살아왔는지 알 수 있었습니다."

고경천은 더 이상 살기를 드러내지 않았다.

그제야 단우헌의 얼굴에 생기가 돌아오며 내심 긴 한숨을 터뜨렸다.

"네가 하오총문을 통해 반드시 찾아내야 할 일이 또 하나 있다. 내 일전에 부탁한 손불이는 물론, 고소혜라는 여자 아이를 찾아라. 만일 이 여자 아이에게 무슨 일이 생기면, 더 이상 참고 말고도 없다. 성도지부대인의 무남독녀 고소혜를 찾지 못하면, 암중의 인물이 아니더라도 무림이 뿌리째 사라지는 일이 벌어질 것이다."

그러고 보면 단우헌은 전에 고경천이 성도지부와 줄을 대고 있다는 정보를 본 적이 있었다. 그런데 일전에 고경천이 분노에 뛰쳐나간 일이 바로 그 일 때문이란 말인가?

"명심하겠습니다. 하오총문의 전 힘을 동원해서라도 안 되면, 제삼자를 통해 거액을 제시해서라도 알아보겠습니다."

고경천은 단우헌의 말에 가타부타 말을 하지 않았다. 대신 제갈효에게 다가갔다.

그는 지금 심각한 내상에 정신을 잃은 상태다. 곳곳에 혈맥이 끊어져 기의 순환이 제대로 되지 않았다. 만일 이 상태를 치료하려고 해도 며칠은 걸릴 터, 앞으로에 있어 커다란 문제였다.

고경천은 제갈효의 곁에 앉아 흡정마기를 끌어올렸다. 곧이어 고경천의 얼굴이 검은 선으로 이리저리 물들어갔다.

"교… 교주님."

제갈효를 안고 있던 아불승이 놀라 불렀지만, 고경천은 손을 들어 제갈효의 몸 위를 훑었다. 지금 그는 막히거나 뭉친 탁기를 흡정마기로 뽑아내고 있었다. 다른 자라면 운기요상으로 오랜 시간을 투자해야 할 일을 고경천은 간단한 동작으로 끝냈다.

효과는 곧 나타나 제갈효의 얼굴은 곧 편안하게 바뀌었다.

"제갈 문상을 안고 따라오시오."

"예? 예."

걸음을 옮기는 고경천을 뒤따라 아불승이 움직였다.

"나머지 사람들은 각자 거처로 돌아가 이만 쉬시오. 나도 더 이상 내 고집만 부리지 않을 테니……."

"예."

복명 소리와 함께 대전에 모였던 자들의 입에서 남몰래 한숨이 튀어나왔다.

그들은 그동안 추일학이 어땠는지 뼈저리게 느끼고 있었다. 그동안 혼자서 고경천의 고집을 버텨왔고, 또 조절해 왔으니 그의 능력이 얼마나 큰지 새삼 느끼고 있었다.

"그럼, 저는 당분간 하오총문의 복구에 힘써야겠습니다. 좋은 소식이 있는 대로 빠른 연락을 드리지요."

"부탁드리오."

모두가 자리를 떠 가장 연장자인 진가도가 그 말을 받았다.

아불승은 고경천의 뒤를 따르며 내심 불안해했다.

그러나 다행히 지나가는 건물들이 한곳으로 향하는 것임을 알고 안도의 한숨을 내쉬었다. 이 길 끝에는 천하제일명의가 둘씩이나 기거하는 의약전이 있었다.

문을 열고 들어서자 약향이 다른 때보다 더 진하게 풍겼다. 현재 이곳은 최후까지 북신마교를 위해 싸움을 한 자들이 치료받고 있었다.

"교주님."

치료를 하던 양운천이 고경천을 보고 반갑게 맞았다.

"제갈 문상을 부탁하오."

양운천은 고경천의 뒤를 보다 미간을 찌푸렸다. 얼마 전까지 멀쩡하던 그가 인사불성이 돼서 왔으니. 그래서 무언가 입을 열려 하자 아불승이 고개를 좌우로 저었다.

그 모습에 양운천은 대충 상황을 눈치 챌 수 있었다. 그의 시선이 자연스레 고경천에게 향하자, 그는 이미 침상에 누워 있는 자들에게 믿음직한 미소를 보여주며 가장 중환자가 있는 안쪽으로 들어가고 있었다.

"대형의 상태는 어떠하오?"

"음……."

아불승의 질문에 양운천이 무거운 신음을 토해냈다.

혁진웅의 상태는 말 그대로 연명 수준이었다. 명의 둘이 붙어 최선을 다하는데도 기껏 목숨을 잇는 것이 전부였다. 그것도 혁진웅이기에 밍징이지 막청해의 공격을 정면으로 받고도 살았다는 자체가 기적이었다.

"그보다 이리로 옮기시오. 일단 상태부터 살펴야 할 테니……."

"알겠소."

양운천의 안내에 아불승이 제갈효를 안아 옮겼다.

"변해도 너무 변했어. 그 옛날 화양의원을 찾아왔던 모습을 하나도 찾을 수 없으니……."

나직한 탄식을 토하던 양운천은 곧 제갈효의 치료에 들어갔다.

고경천은 거리가 좁혀질수록 억지로 눌러놓았던 분노가 다시 눈을 뜨는 기분을 느꼈다. 지금 그가 향하는 복도 저 문 너머에 그가 믿던 두 사람 중 한 사람이 시시각각 죽어가고 있었다.

그가 있었기에 추일학을 더 믿을 수 있었고, 추일학이 있었기에 그가 확실히 능력을 발휘할 수 있다 믿었다.

그러나 추일학이 떠난 지 얼마 안 되어 그마저 떠나려 하고 있었다. 정말 지금까지 무엇을 위해 그리 어려운 삶을 살아왔는지, 차라리 그들을 위해 손이라도 쓸 수 있었으면 이렇게 비참하지도 않았을 것이다.

"흐읍… 후우……."

문을 열기 전 고경천은 긴 호흡을 토했다. 그리고 닫힌 문을 열고 들어섰다.

"아… 안녕하세요."

고경천이 들어서자 아름다운 소녀가 침상 곁에 있다 인사를 건넸다.

"주아가 고생이구나."

“아니에요. 예전 아저씨가 저를 구해준 것에 비하면 이 정도
는 일도 아니에요.”

소녀는 바로 예전 화양의원에 괴물로 지냈던 양주아였다.
지금은 양운천의 노력으로 본래의 모습을 찾아 아름다움을 자
랑했다. 거기다 죽을 고비를 넘겼다 살아나서인지, 나이에 어
울리지 않은 침착함을 갖고 있었다. 또 머리도 좋아 근자에 와
서는 양운천과 갈음심의 사랑을 받아 빠르게 의술을 익혀가는
중이었다.

“상태가 어뗘하냐?”

“아직 정신을 차리지 못하고 계세요.”

그런데 그때 다 뭉그러져 움직이지 않을 것 같던 혁진웅의
입술이 열렸다.

“교… 교주.”

“무상!”

고경천이 놀라 곧 혁진웅의 곁에 다가섰다.

“그럼 이야기 나누세요.”

양주아는 놀란 눈빛을 띄었으나 곧 둘만 남기고 사라졌다.
그녀는 알고 있었다. 혁진웅의 지금 모습이 무엇을 뜻하는지.

혁진웅은 하나는 녹아 없어시고, 하니 남은 눈을 뗘 고경천
을 바라보았다. 그런데 지금 그 눈빛은 얼마 전까지 의식을 잃
고 있던 자의 눈빛이 아니다. 평소처럼 형형한 안광을 고경천
에게 쏟아내고 있었다.

왠지 그 눈빛에 고경천은 기쁨보다 슬픔이 차올랐다. 죽어

가는 자가 이런 눈빛을 보인다는 것은…….

"교주, 졌소. 교주 외에게는 절대 패하지 않으리라 맹세했거늘……."

"무상, 무인에게 있어 패배는 일상다반사 아니오? 그보다 얼른 자리를 털고 일어나시오. 그래서 다시 한 번 도전해 상대를 쓰러뜨리는 것이 무상답지 않소?"

"아니오."

혁진웅은 미비하게 고개를 저었다.

"아니오. 무상은 내가 유일하게 인정하는 강자요. 비겁하게 도망친 그 두 놈보다 나는 무상이 더 강하다 생각하오."

"그래도 패배는 패배한 것이오. 그리고 한 번의 패배로 이렇게 된 것을 보면 다시 도전해도 이길 수 없단 말과 같소."

"그렇지 않소. 다음번에는 반드시 이길 것이오."

"내 상태는 내가 잘 아오. 나에게 다음은 없소. 그래서 난 다른 방법으로 다음을 기약해야겠소."

혁진웅의 눈에서 꺾이지 않을 고집과 승부욕이 타올랐다.

고경천은 그 모습에 더 이상 뭐라 입을 열 수 없었다. 해서 어쩔 수 없이 말을 돌렸다.

"말하시오. 내 최선을 다해 그 방법을 찾아주겠소."

"약속해 주는 것이오?"

"내가 할 수 있는 일이라면 내 목숨까지 걸겠소."

고경천은 혁진웅의 무혼을 알고 있었다. 그랬기에 그는 과거 고경천이 무릎을 꿇으려는 것도 직접 말리지 않았던가? 그래서 꼭 들어주고 싶었다.

"그럼 믿고 말하리라. 지금 즉시 내 무공을 다 가져가 주시오."

"무상, 다시 생각하시오! 그것만은 절대 할 수 없소!"

"교주, 교주의 흡정마공으로 내가 죽기 전 내 무공을 다 가져가 주시오. 그리고 놈들과 싸울 때 꼭 내 힘도 보태주시오."

혁진웅의 하나 남은 눈에서 간절한 소망의 빛이 뿜어 나왔다.

고경천은 그 눈빛에 아무 말도 할 수 없었다. 그러나 그렇다고 그 말대로 할 수는 더더욱 없었다.

"교주! 대답해 주시오. 나에게 시간이 없소. 내 지금까지 이렇게 버틴 것은 교주에게 이 말을 전하기 위함이오. 그리고 괜히 나를 생각해 힘을 조절할 생각 마시오. 내 숨이 끊어지기 전에 내 모든 것을 가져가 주시오!"

"무……."

"교주!"

격하게 토해낸 음성 때문인지 온몸을 감고 있던 붕대에서 빠르게 피가 배어났다.

어느 순간 고경천의 눈에도 혁진웅이 뜨거운 피와 같은 두 줄기 피가 흐르고 있었다.

"자… 잠깐이면 될 것이오. 그러니… 그러니……."

"즐거웠소. 교주를 만난 이후부터의 삶이 내 삶 중 가장 즐거웠소."

뭉그러진 입술이 움직여 혁진웅이 미소를 만들었다.

"흡정망!"

고경천의 음성이 높게 터져 나왔다.

츄르르르륵.

순식간에 고경천의 전신에서 뻗어나간 흡정마기들이 허공에 그물을 치다 그대로 혁진웅의 전신을 덮었다.

우두둑. 뿌둑.

흡정마기는 감정이 없기에 상대가 혁진웅이란 것도 모르고 거칠게 그의 몸을 헤집고 다녔다.

"고… 고맙……."

그 소리 사이로 혁진웅의 작은 한마디가 미처 끝내지 못하고 사라졌다.

츄르르르륵.

뻗어나갔던 흡정마기들이 빠르게 고경천의 몸으로 돌아왔다.

고경천은 눈을 감고 몸속에 들어온 혁진웅의 기운을 느끼며 온몸만 거세게 떨었다.

덜컹.

문이 열리며 양주아가 다시 들어왔다. 소란에 들어왔다 침상을 보며 눈을 크게 떴다.

"아… 아저씨."

아무리 남보다 성숙한 그녀라도 이런 결과는 이해하지 못했다.

“부탁한다, 주아야. 다른 자에게 무상의 죽음을 알려주어라. 그 어떤 무인보다 더 무인다운 죽음을 맞이했다고…….”

고경천의 얼굴에 흐른 두 줄기 핏자국을 봤기 때문인가? 양주아는 곧 고개를 끄덕이며 밖으로 뛰어나갔다.

“꼭 지켜보시오. 내 어찌 놈들에게 무상의 복수를 하는지…….”

고경천은 그 한마디를 남기고 실내를 떠났다.

그날 추일학의 뒤를 이어 북신마교의 마지막 기둥의 최후가 성대하게 펼쳐졌다. 비록 숫자는 얼마 되지 않았지만, 그들의 마음만큼은 그 어떤 자들보다 거세게 용솟음쳤다.

그리고 고경천은 교 내에 한 가지 선포를 했다. 하오총문이 정보를 알아오기까지 폐관 수련에 들어간다고. 그러며 그는 한 사람을 끌고 폐관동에 들었다. 다름 아닌 얼이 나간 호군평을 고경천은 패대기를 쳐가며 끌고 들어갔다. 그 뒤로 폐관동의 문은 굳게 닫히고 북신마교는 잠정적인 침묵에 빠졌다.

第九章

　무림인들은 숨조차 제대로 쉬지 못했다.

　너무나 급박하게 돌아가는 정세로 누구 하나 겁이 나 입조차 떼지 못했다. 순식간에 미쳐 가며 돌아간 무림은 누구도 예상하지 못한 결과를 만들어내었다.

　졸지에 천하는 맹수들이 사라져 무주공산이 되었다. 그러자 그동안 맹수들의 눈치를 보던 승냥이들이 서서히 이빨을 드러냈다.

　강남을 시발점으로 시작된 분쟁은 곧 천하 전체로 퍼져 녹림이 무너진 동쪽과 껍데기만 남은 육파일방이 있는 중앙, 서쪽은 아직 고경천의 존재로 큰일은 없었지만, 두 곳은 거의 하루가 멀다 하고 문파와 문파, 무인과 무인 간의 충돌이 빈

번했다.

그사이 마염성은 더욱 자신들의 세력을 단속하며 변화되는 정세에 침묵을 지켰다.

그렇게 나날이 흘러가고, 마염성이 닫았던 입을 열었을 때 천하는 엄청난 몸살을 겪어야 했다.

마염성의 천하무림경영론.

삼양궁의 성효명이 막청해에게 고개를 숙이고, 임시로 육파 일방의 장문인들이 된 자들이 속속 마염성의 그런 결정에 동조를 하고 나섰다.

껍데기만 남은 녹림의 총채주도 그 결정에 동조하며 그 명을 받들자 하나둘, 마염성으로 몰려들어 가기 시작했다.

그리고 그렇게 천하무림이 마염성의 산하로 몰려들어 갔을 때 이제 흉가로 변해 버린 삼양궁에 작은 변화가 일었다. 모두 불에 타고, 시신도 제대로 수습되지 않은 삼양궁의 한 석실의 문이 열렸다.

그그궁.

꽤 오랜 시간 열리지 않았던지 열리는 문틈 사이로 먼지가 심하게 날렸다. 그리고 열린 문으로 모습을 드러낸 삼 인.

석실 밖의 횃불이 모두 꺼졌음에도 한 사람의 눈만은 그 모든 어둠을 밀어내고 있었다.

"……?"

그들은 횃불조차 켜지지 않은 모습에 의아한 눈빛을 보였다. 비록 이곳이 삼양궁에서도 꽤 심처에 자리 잡아 사람들의 손길이 적다 해도 명색이 삼양궁의 소궁주와 차기를 이어나갈 두 명의 기재가 들어간 곳이다. 그런데 이렇게 꺼졌다는 것은……

"설마 궁에 무슨 일이 생겼을까요?"

소일성이 이상하단 음성으로 입을 열었다.

"그러게 말입니다. 아무리 폐관동이 지하 깊숙한 곳에 자리 잡았다 해도 이건……"

염희강이 그 말을 받았다.

두 사람은 많이 지친 모습이었다. 성철현이 폐관을 주장하며 두 사람을 끌어들여 이곳으로 왔다.

성철현은 천양진기의 극의를 위해 나머지 둘도 각각 벽뢰진기와 열화진기를 깨우치기 위해 들어왔다. 그렇게 기약을 알 수 없는 폐관에 들었던 그들이 의외로 빠른 시간 안에 끝낼 수 있던 것은 오직 한 사람을 위한 연공이 되어서다. 두 사람은 자기들의 몫은 포기하고, 오직 성철현 한 사람을 위해 모든 걸 희생했다. 그들이 모시는 대형을 위해… 삼양궁의 미래를 위해……

그러나 현재는 미래는 없고, 암울한 어둠만이 그들을 바겼다.

"일단 밖으로 나가자."

성철현은 무거운 표정으로 앞장섰다. 그의 기질은 전과 또 달라졌다. 전에는 자신감에 어려 있던 것이 고경천으로 인해 상처 입은 맹수의 모습에서 지금은 자신감에 확고한 믿음도 더해졌다.

"예."

두 사람이 그 뒤를 따랐다. 앞장선 성철현을 바라보는 그들의 눈에는 절대적인 믿음이 깔렸다. 이번 폐관 수련으로 성철현이 과거보다 최소 세 배, 많게는 다섯 배가 강해졌다.

그렇게 그들이 암로를 따라 밖으로 달리니 위로 향하는 계단이 나타났고, 그 끝에 하나의 철문이 그들을 막아섰다.

염희강이 앞으로 나서서 들어올 때 닫았던 철문의 기관을 작동했다.

그런데 그때는 시원스레 열린 철문이 지금은 꼼짝도 하지 않았다.

"왜?"

염희강이 의아한 눈빛을 보일 때,

"비켜라."

성철현이 말을 꺼내자 염희강이 빠르게 뒤로 물러났다.

스르릉.

검을 뽑은 성철현이 철문 앞에서 잠시 호흡을 가다듬었다. 서서히 검신에 천일진기를 주입하자 그 위로 주황빛 검기가 맺히기 시작했다. 그러며 점점 진해지는 검을 들어 성철현은 철문을 가리켰다.

번쩍.

순간적인 빛의 폭발이 주변을 채우며 성철현의 신형이 그

자리에서 사라졌다.

콰가가강!

요란한 폭음과 함께 철문이 산산조각나며 성철현이 검을 든 채로 허공으로 솟구쳤다.

그 뒤를 무너지는 돌조각을 쳐내며 소일성과 염희강이 따랐다.

"……."

허공에서 잠시 몸을 멈춘 성철현의 눈이 거세게 떨렸다.

지금 그는 무너진 하나의 돌산을 뚫고 나온 형국이었다. 본래 지붕이 있고 기둥이 있어야 할 곳이, 지붕은 사라졌고 기둥은 무너져 폐관동의 입구를 막은 것이다.

"마… 말도 안 돼."

"……."

염희강과 소일성의 입도 벌어졌다.

완전 폐허로 바뀌어 버린 풍경. 도대체 지금의 모습을 보고 어찌 강남의 패자인 삼양궁이라 할 수 있는가?

성철현은 허공에서 신형을 틀어 밖으로 사라졌다.

"가자."

소일성도 얼른 그 뒤를 따라 밖으로 나섰다.

그리고 그들은 단순한 악몽이 아닌 현실임을 자각해야 했다. 곳곳이 불에 타고 무너졌다. 언제나 꿋꿋한 기상을 자랑한 삼양궁의 궁도들의 모습은 볼 수 없고, 오직 불에 타거나 상처 입어 썩은 시체들이 전부였다.

“일단 주변을 살펴보자.”

“예.”

소일성과 염희강이 각각 방향을 틀어 주변을 살펴보았다.

그사이 성철현은 아직까지 남은 건물 중 가장 높은 곳으로 올라가 이 놀라운 풍경을 눈을 떨며 각인시키고 있었다.

지금까지 자라오고 앞으로 살아갈 그의 영역이 안개처럼 으스러져 있었다.

“설마?”

성철현의 뇌리에 한 사람이 떠올랐다. 왜 그인지는 몰라도 자신을 밑바닥까지 떨어뜨린 한 사람. 북신마교의 교주이며 무림의 전설을 이은 자. 고경천의 얼굴이 그의 뇌리에 선명하게 떠올랐다.

만일 그라면 삼양궁과 원한이 있으니 충분히 가능한 이야기였다.

그러나.

“대형!”

“무슨 일이냐? 북신마교의 흔적이라도 찾았느냐?”

아래를 바라보는 성철현의 음성이 분노에 으르렁거렸다.

“예? 그것이 아닙니다. 궁 곳곳에 마염성의 무사들과 정체를 알 수 없는 시신들이 많습니다.”

“뭐?”

휘익.

성철현이 바닥으로 떨어져 내렸다.

"이걸 보십시오."

염희강은 시체에서 떼어온 마염성의 표식을 보여주었다. 검은 불길. 이는 마염성의 독문표식이었다.

"대혀엉!"

저 멀리서 소일성이 또 다른 사실을 알아냈는지, 얼굴이 경악에 물들어 있었다.

성철현과 염희강은 마주 달려갔다.

소일성은 두 사람이 곁에 오자 말을 잇지 못하고 질린 얼굴로 성철현의 얼굴만 멍하니 바라보았다.

"무슨 일이냐? 도대체 뭘 봤기에……."

"대형……."

"그래, 말해봐라. 설마 조부님의 시체를? 아니, 소 숙부 혹은 염 숙부의 시체라도 본 것이냐?"

소일성은 그 물음에 고개를 저었다.

그래서 두 사람은 내심 안도의 한숨을 쉬었다.

"삼양궁도가… 삼양궁도가… 천일진기에 목숨을 잃었습니다."

콰강!

성철현은 무언가 머릿속에서 터지는 소리를 들었다. 삼양궁도가 왜 천일진기에 목숨을 잃는가? 천일진기는 자신을 제외하고 오직 한 사람만 알고 있는데.

"다시 말해봐라. 정말 그 말이 사실이냐? 정말 천일진기냐?!"

“예. 크윽!”

소일성이 괴로운 비명을 토했다.

성철현은 믿을 수 없다는 표정으로 거세게 두 눈을 떨었다.

“내가 직접 보기 전에는 믿을 수 없다.”

성철현은 말이 끝나기 무섭게 빠르게 주변을 훑으며 시체의 상태를 살폈다.

그런데 처음에는 아닌 듯했으나 점점 삼양궁의 중심부로 갈수록 소일성의 말대로 천일진기에 당한 시체들이 늘어났다. 그와 더불어 또 다른 놀라운 사실도 확인했다.

지옥겁화기에 당한 마염성의 무리들. 도대체 일이 어떻게 되었기에 자파의 무사들이 자파의 고수들에게 당할 수 있단 말인가?

성철현은 반정신이 나간 사람처럼 삼양궁 내를 뒤지고 다니다 중심부에 있던 태양전 주변에서 작은 신음 소리를 들었다. 그 소리는 너무 작아 성철현의 무공이 상승하지 못했으면 전혀 듣지 못했을 정도로 작았다.

성철현의 신형이 번개가 무색할 정도로 빠르게 소리가 난 곳으로 향했다. 과거 태사의가 있던 자리가 지붕이 무너져 그 위를 덮고 있었다.

그는 재빨리 검으로 돌조각을 향해 검강을 쏘아 보냈다. 주황색 검강이 길게 뻗어가 그대로 돌조각을 강타했다.

콰가가강!

돌조각이 사방으로 비산하며 그 자리에 간신히 태사의가 있었던 흔적을 찾을 수 있었다.

성철현은 그때부터는 조심스레 검에 검강만 주입했다. 그리고 검강으로 두부를 썰 듯 태사의가 놓여 있던 돌을 잘라갔다. 이미 그 아래가 빈 공간인 것을 알기에 서둘렀다.

서거걱.

돌조각이 잘리며 그 아래 모습이 드러났다.

성철현은 빠르게 돌조각을 걷어내자 그 안에 본래보다 크게 파놓은 공간에 누워 있는 두 개의 시체를 볼 수 있었다.

"총승령!"

그중 한 사람을 부르며 성철현이 재빨리 시체 한 구를 끄집어내었다.

그러나 이미 그의 시신은 싸늘하게 죽어 있었다. 대신 그가 들었던 신음이 그 아래 있던 노인의 입에서 흘러나왔다.

그는 점쟁이의 전형적인 복장에 허리에 산통을 매달고 있었다. 겉에는 별다른 상처가 없는지 피에 물들거나 하지 않았다. 대신 오랜 시간 안에 갇혀 있어 기운이 빠진 모습이었다.

성철현은 일단 노인을 조심스레 밖으로 끄집어내 바닥에 눕혔다.

"대형."

그사이 둘이 쫓아왔는지 안에 들어왔다.

성철현은 그들의 등장도 신경 쓰지 않고, 누워 있는 노인의 몸에 조심스레 기를 불어넣었다.

"으… 으으."

노인의 신음 소리가 더욱 커지고, 한순간 주름진 눈이 심하게 떨리며 눈동자를 드러냈다.

"어?"

눈빛을 보자마자 소일성이 놀란 탄성을 터뜨렸다. 그리고 그는 한 사람을 떠올릴 수 있었다.

노인은 이 순간 눈앞에 누가 있는지 아는지 모르는지 하나의 말만 했다.

"고경천에게 전해… 강백천은… 사마… 사마… 음."

이 말을 끝으로 노인은 잠깐 찾았던 정신을 놓았다.

"대형, 이 노인은 다른 자도 아닌 천기신옹입니다. 왜 그분이 여기에……."

소일성이 참았던 말을 내뱉었지만, 성철현은 아무 말도 하지 않았다.

고경천… 강백천…….

삼양궁 입장에서는 둘 다 원수 같은 존재였다. 한 사람은 현재의 원수. 한 사람은 과거의 원수.

"일단 신옹의 상세부터 추스른다. 그 후 모든 것을 결정 내리겠다."

성철현의 눈에서 뜨거운 불길이 타올랐다.

무엇이 되었든 고경천이란 이름은 그를 지독히도 따라다녔다. 삼양궁의 비사를 전할 유일한 생존자의 입에서도 말이다.

*　　　*　　　*

고경천의 폐관과 동시에 침묵에 빠졌던 북신마교에 손님이 찾아왔다.

그들은 전혀 예상치 못했던 자들로 남녀 각각 한 명이었다.

침상을 떨치고, 다시 교 내의 일을 맡은 제갈효는 그들의 등장에 긴장하지 않을 수 없었다.

현재 교에 남은 고수들 중 그 둘을 일 대 일로 상대할 자가 딱히 떠오르지 않았다.

정문의 소식을 받고 북신마교의 살아남은 자들이 속속들이 정문 앞에 펼쳐진 너른 연무장으로 모여들었다.

"맞군! 맞아!"

과거 그를 본 적이 있는 오염달이 무릎을 쳤다.

"복수를 하기 위해서 온 것인가?"

아불승도 별로 좋지 않은 시선으로 두 남녀를 바라보았다.

그러나 두 남녀는 사람들의 적의 어린 시선을 받으면서도 표정 하나 흩뜨리지 않았다.

제갈효가 대표로 나서 두 사람에게 말을 건넸다.

"교주님을 만나고 싶다 했소?"

"그렇소."

"용건은……?"

"저번 비무에 대한 재도전이오."

광한이 한 발 나서며 당당히 말을 꺼냈다.

"재도전? 복수가 아니고?"

곳곳에서 이런 의문이 터져 나왔다.

광한이라면 육파일방 중 무당의 차기 장문인으로 불리는 사람이다. 그런 사람이 얼마 전 청성산에서 사부이며 장문인을 잃었는데 비무라니… 그것도 재도전?

제갈효는 미간을 찌푸렸다. 도무지 상대의 의도가 짐작이 가지 않았다.

"아니, 재도전이……."

"좋아! 재도전을 받아주지. 참으로 좋을 때 찾아왔어."

사람들이 느닷없이 튀어나온 목소리에 뒤를 돌아보았다. 그러나 사람의 모습은 보이지 않자 이곳저곳을 둘러보다 한곳을 바라보았다.

"교주님!"

모든 이들이 바라보는 곳에 고경천이 있었다.

고경천은 전각의 지붕에서 한 사람을 어깨에 메고, 커다란 대검을 든 채 광한을 바라보았다. 그가 지붕을 박차고 몸을 날렸다. 그리고 산보하듯 허공을 밟으며 바닥으로 내려왔다.

"느… 능공허도."

경공에 있어 전설적인 경지인 능공허도. 고경천은 아무것도 없는 허공도 마치 평지를 밟듯 사람들의 머리를 지나 광한과 무정이 바라보는 앞에 내려섰다.

고경천은 광한을 바라보다 무정을 바라보았다.

두 사람은 지금 도사의 일반적인 복장인 득라나 비구니의 복장인 승복이 아니었다. 마을의 촌부들이나 입을 평범한 의복을 걸치고 있었다.

"호오. 둘이 안 본 사이에 많이 가까워진 거 같군. 죽은 사부와 사모의 뒤를 잇는 것인가?"

"……?"

사람들은 그 말이 무슨 말인가 의문을 나타냈지만, 광한은 얼굴에 잠시 부끄러운 빛을 띠었다.

그러나 피하지 않고 당당히 그 말을 받았다.

"죽은 자들의 의지를 잇는 것이 아니라 나와 그녀의 의지요."

고경천은 잠시 광한과 무정을 바라보았다.

광한은 그렇다 쳐도 무정은 조금도 표정의 변화가 없었다. 응당 부끄러울 법도 하건만, 도사와 비구니의 딸답게 그런 부분에 내색치 않았다.

"좋군. 근자에 나쁜 일들만 주변에 가득했는데 처음으로 맘에 드는 일을 보는군. 돌아가신 사부님은 그것에 후회를 남겼지만, 두 사람이 그걸 풀어준다면 나는 서슴없이 당신들에게 패배했음을 선언하지."

"……!"

모든 이들의 눈이 휘둥그레졌다. 고경천이 싸워보지도 않고 패배를 인정하다니, 지금까지 한 번도 보지도 않고 상상도 하지 못한 일이었다.

"필요없다. 난 내가 직접 경험한 것만 믿는다."

무정의 싸늘한 음성이 터졌다.

곳곳에서 그 모습에 적의를 드러냈지만, 정작 당사자인 고경천은 아무렇지도 않았다.

"정 그렇다면 할 수 없지. 하지만 그전에 나도 저번에 패한 자들이 그사이 얼마나 강해졌는지 시험 좀 해봐야겠어. 바로 이놈으로."

고경천은 어깨에 메고 있던 사내를 바닥에 내려놓았다.

털썩.

그는 죽은 시체처럼 바닥에 떨어져 조금도 움직이지 않았다.

"교주님!"

제갈효가 놀라 소리쳤다. 그는 다름 아닌 백호칠수의 하나뿐인 제자였다.

그러나 고경천은 신경 쓰지도 않고 누워 있는 호군평에게 한 손을 들어 가리켰다.

츄아아악.

갑자기 고경천의 손에서 빙무가 뻗어 나오며 차가운 기운이 호군평을 덮쳤다.

"으악!"

호군평이 뼛속까지 뒤덮는 기운에 눈을 떴다. 그리고 빠르게 주변을 살피다 고경천의 모습을 보고 자리에서 벌떡 일어나 자세를 취했다. 그리고 가타부타 말도 없이 그대로 달려들려 했다.

"잠깐!"

"예?"

덤벼들려던 호군평이 그대로 굳었다.

"오늘은 내가 아니고, 저쪽이다."

호군평의 눈이 고경천이 가리킨 쪽을 바라보았다. 그곳에 익히 안면이 있는 한 사람이 서 있었다.

"혼자서 저 둘을 상대하도록. 만일 못하면 또다시 지옥 수련이다."

부르르르.

호군평의 몸이 사시나무처럼 떨렸다. 그는 망설임도 없이 그대로 두 사람의 앞에 섰다.

"이걸 가져가라."

고경천이 한 손에 들고 있던 대검을 던졌다.

호군평은 대검을 받고 눈빛을 바꾸었다. 큰 사부의 유품이 손에 들리자 눈빛은 물론 표정, 자세까지 바뀌었다.

"이게 무슨 뜻이냐?"

무정이 화가 난 음성으로 소리쳤다.

"기억을 못하는가? 내가 왕건묘에서 놈들을 어떻게 끝냈는지? 내가 맘먹으면 어느 누구도 내 앞에서 살아 숨 쉴 수 없다."

살기를 담지 않았지만, 그 한마디가 모든 이들의 가슴을 서늘하게 만들었다. 그건 크게 겪은 자나 작게 겪은 자 모두 다르지 않았다. 고경천의 능력은 이미 청성산의 일로 전 무림에 퍼진 거나 다름없었다.

"그건 네가 아닌 우리가 판단할 일이다."

무정은 물러서려 하지 않았다

그러나 고경천은 그 말은 들은 척도 않고 호군평에게 말했다.

"네 사부의 위명이 달린 일이다. 이 정도도 이겨내지 못하면 사부의 복수는 포기해라!'

"……!"

호군평의 두 눈에 태양을 방불케 하는 안광이 쏟아졌다. 그는 광한과 무정의 동의도 구하지 않고 그들 앞에서 기수식을 취했다.

"응당 그 집의 주인을 만나려면, 아랫사람의 허락을 득해야 될 터. 당신들이 어떤 자이건 교주님과 싸우려면 나부터 쓰러뜨리시오."

광한은 호군평의 두 눈에서 물러날 수 없는 의지를 느꼈다. 더욱이 그가 풍기는 기도는 이미 그의 상식을 벗어나 있었다.

"우리는 둘이 나설 것이오. 그것도 육대절학의 공격과 수비의 완벽한 조합된 힘으로 말이오. 그래도 자신있소?'

"있소. 아니, 없더라도 해내야 하오. 그것이 내가 원하는 목표에 한 걸음 다가가는 것이니까."

침묵 속에 두 사람은 시선을 교환하다 광한이 무정을 향해 입을 열었다.

"시작하도록 하지요."

"하지만……."

"제 말을 따라주십시오."

광한은 무정을 향해 부드러운 미소를 지었다.

무정은 그 미소에 무언가 말을 하려다 체념한 듯 고개를 끄덕였다.

고경천은 둘의 모습을 보며 미소를 지었다. 어떻게 보면 상식적으로 도저히 벌어져선 안 되는 일이 벌어졌다.

하지만 하늘의 뜻은 막더라도 언제나 옳은 쪽으로 흐르기 마련이다. 저 둘의 이런 인연은 무당과 보타암이 쌓아놓은 업을 푸는 길이 될 것이다.

"교주님 괜찮습니까?"

제갈효는 육대절학의 둘이란 말에 걱정스런 얼굴을 했다.

그러나 고경천은 되레 놀라운 말을 토해냈다.

"북신마교도는 불상사로 호 순찰이 죽게 되더라도, 절대 이들의 대결에 참여하지 마시오."

"예!"

힘찬 음성이 장내를 뒤덮었다.

그러나 몇몇 사람은 걱정이 담긴 눈으로 호군평을 바라보았다. 한 사람은 이미 호군평과 같은 선상에 놓이는 북두칠강의 일인이다. 나머지 한 사람의 정체가 모호하기만, 그녀도 육대절학의 하나를 익히고 있다면…….

그리고 그 순간 사람들의 뇌리를 하얗게 만드는 일이 벌어졌다.

지이이잉.

무정의 메고 있던 검에서 요란한 검명이 터지더니, 누가 잡
아채기라도 한 듯 검집을 빠져나와 그녀의 앞에 섰다.

"이… 이기어검."

더 이상 놀랄 것 없다는 현무칠수들과 백호칠수들의 입에서
경악성이 터졌다.

호군평은 이기어검이란 말에 대검을 잡은 손에 힘을 주었
다. 그리고 선공필승이라는 묘리에 맞게 먼저 움직였다.

"백보신권!"

쿠아아아아!

기합성과 함께 내지른 권풍이 맹렬한 돌풍을 일으키며 광한
에게 쏘아져 갔다.

그리고 호군평은 그것만이 아닌 다른 예비동작도 없이 그대
로 허공으로 몸을 날려 한 가지 절초를 펼쳤다.

"낙매폭우!"

금빛 매화가 허공에서 눈부신 광채를 뿌리며 무정에게로 쏟
아져 내렸다.

"대… 대형."

그 순간 백호칠수들의 입이 벌어졌다.

지금 호군평이 펼치는 초식은 이미 죽어 재가 된 혁진웅의
독문절기였다. 그런데 그보다 더한 꽃송이를 허공에 날리고,
그보다 더 아름다운 향기를 천지에 뿌렸다.

"후후. 매섭게 굴린 보람이 있군."

고경천이 흡족한 미소를 지었다.

그가 폐관 동안 한 것은 다른 것이 아니었다. 혁진웅이 남겨준 내공을 호군평에게 전해주고, 죽은 사부 무허가 남긴 분심양의신공을 전수하는 것이었다. 그리고 마공이 기틀이 되어야 펼칠 수 있는 매화삼마검을 흡정마기로 마기를 제거해 호군평이 시전할 수 있게 개조했다. 그리고 고경천은 추가로 자신이 가지고 있는 내공 중에서도 호군평이 받아들일 수 있는 최고의 양까지 전해주었다.

그 결과 지금 호군평은 과거 혁진웅보다 강해졌다. 아니, 그 수준도 넘어섰다. 이미 그의 능력은 그 위에 분심양의신공으로 한 배 반 더 강해진 셈이다.

광한과 무정도 그걸 느꼈는지 얼굴이 굳어졌다. 본래 그들이 중점을 둔 것은 서로의 마음을 이어 광한이 수비를 맡고, 무정이 공격을 하는 것이다. 전에 보여줬던 어딘가 흐트러진 그런 것이 아니라 이제 서로 미래를 약속하며 그들의 마음은 하나로 묶였다.

그러나 분심양의신공으로 호군평이 두 개의 엄청난 무공을 아무렇지 않게 펼쳐 내자 그들은 각기 떨어져 공격할 수밖에 없었다. 애초에 틈을 주지 않았다면 모를까 지금은 어쩔 수 없었다.

그래도 그들이 그동안 놀고 있던 것만은 아니기에 각자 자신이 익히고 있는 육대절학으로 두 개의 공격을 막아갔다.

광한의 검에서는 원의 물결이 일어났다. 그 물결은 넓게 퍼지며 맹렬한 회오리바람을 일으키며 날아오는 백보신권의 권풍을 막아갔다.

무정은 눈앞에 떠 있는 검에 검강을 씌웠다. 그리고 맹렬한 회전을 주어 자신 몸 근처를 맴돌게 했다.

그러자 광한은 백보신권의 권풍을 사량발천근의 최고라 할 수 있는 태극혜검의 묘리에 맞게 방향을 틀어 허공으로 끌어올렸다. 무정은 회전하는 검을 방패 삼아 떨어져 내리는 금빛 매화를 일일이 막아갔다. 그녀의 의지가 가는 곳에 바로 검이 가 있으니 거의 물샐틈없는 막을 만들었다.

"……."

사람들은 입이 벌어져 말을 잇지 못했다.

그동안 엄청난 무학들을 많이 봐왔지만, 이건 또 다른 의미의 충격이었다. 거기다 지금 그런 무학을 보여주는 이들이 아직 삼십도 되지 않은 젊은이들이라니…….

"내 볼 좀 꼬집어봐."

"왜 그러시오?"

"이게 꿈이면 좀 깨게."

"저놈 사부인 나도 지금 꿈꾸는 거 같은데 뭘 꼬집는단 말이오."

오염달의 말에 아불승도 몽롱한 표정으로 답했다.

이렇듯 사람들은 정신을 놓은 채 세 사람의 대결을 보았다.

호군평은 처음 공격이 별 어렵지 않게 막히자 그다음부터는 아예 광풍폭우를 쏟아내듯 공격 일변도로 둘을 공격했다.

"매향천리(梅香千里)! 금강역도(金剛力濤)!"

검을 든 손으로는 계속해서 매화칠절검의 절초를, 백보신권을 펼치던 손은 장으로 변화시켜 소림 장법 중에서도 파괴력에서 으뜸이라 할 수 있는 대력금강장을 펼쳐 금빛 검기와 금빛 장영으로 온 천지를 황금빛으로 물들였다.

보는 사람들은 너무나 화려하고 휘황찬란한 모습에 눈을 뜰 수 없었다.

그러나 정작 당하는 당사자들은 결코 아름답지 않았다.

"으윽!"

결국 정신력과 내력을 동시에 필요로 하는 무정이 힘든 기색을 보였다.

광한의 얼굴이 굳어졌다. 이대로 가다간 무정이 호군평의 공격에 당할 것만 같았다.

하지만 실상 막 폐관동을 뛰쳐나온 호군평도 썩 좋은 상태가 아니었다. 그래서 얼굴에 조금씩 힘든 기색을 내비쳤다.

"이제 끝내야겠군."

고경천은 그 모든 것을 파악하고 끝낼 때가 왔음을 깨달았다. 이대로 가다간 분명 인명이 상할 테고 그건 그 자신도 원하는 일이 아니었다.

고경천은 결정을 내리자 싸움이 한창 벌어지고 있는 중앙으로 걸음을 옮겼다.

"교주님!"

곁에 있던 자들이 그 모습을 보고 놀라 소리쳤지만, 고경천은 한 손을 들어 그들의 걱정을 묵살하고 천천히 힘의 여파가 넘치는 곳으로 다가갔다.

파라라락.

기세에 의복이 찢어질 듯 펄럭였다.

고경천은 흡정마기를 끌어올리는지 얼굴 전체에 검은 선들
이 그림을 그리기 시작했다.

츄리리릭.

곧 사방으로 뻗치는 흡정마기들이 기세를 막아내기 시작했
다. 그는 기와 기가 맴도는 공간에서도 아무렇지 않게 움직였
다. 모든 기세들은 흡정마기가 흡수하자 오히려 그는 여유롭
게 움직일 수 있었다.

그렇게 걸어 들어가던 고경천은 어느새 삼 인이 대치하는
중간으로 걸어갔다.

곧 호군평의 두 가지 힘이 제일 먼저 그를 덮쳤다. 그리고
차단된 힘을 피해 광한과 무정의 기운들까지 고경천에게 달려
들었다.

그러나,

츠츠츠측.

흡정마기에 닿은 기운들이 눈 녹듯 허공에서 사라졌다. 더
욱이 무정의 이기어검은 그걸 조종할 기운이 떨어지자 흡정마
기에 매달려 그대로 허공에 떠 있었다.

사람들은 말을 잃었다. 이건 충격이고 뭐고 말을 할 수 있는
상황이 아니었다. 모든 것을 빨아들이는 지옥의 입구처럼 고
경천 앞에선 모든 것이 안개처럼 스러졌다.

이러다 보니 더 이상 싸움이 벌어질 수 없었다. 호군평은 둘째 치고, 고경천에게 도전하려던 두 사람은 전의를 상실하고 더 이상의 공격을 하지 못했다.

"그 정도면 되었다."

"예. 그동안 감사했……."

쿵.

호군평은 고경천의 한마디에 그대로 뒤로 넘어가 기절했다.

"평아!"

아불숭이 뛰어나와 호군평을 안아 들었다. 그는 그대로 다른 사람의 말도 듣지 않고 의약전으로 몸을 날렸다.

고경천은 남은 두 사람을 바라보았다.

"군평이도 둘이 어쩌지 못했는데, 아직도 나와 싸우고 싶은가?"

"……."

분노를 드러냈던 무정도 이 순간은 입을 열지 못했다.

그런데 무슨 일인지 광한은 오히려 만족한 미소를 지었다. 마치 고경천의 강함에 만족한다는 듯한 미소였다.

"이걸로 비무는 끝내기로 하지. 복수라면 지금이라도 받아 줄 의향이 있지만……."

"아니오. 수도자에게 복수란 얼마나 허무한지 얼마 전의 일로 충분히 알았소. 거기다 난 더 이상 무당파의 복수를 내세우기는 어려운 형편이오."

광한의 시선이 무정에게로 향했다.

무정은 광한의 부드러운 시선이 찾아들자 볼을 살짝 붉혔다. 차갑던 그녀의 감정이 서서히 온기를 찾아가는 듯했다.

"그럼 이제 떠날 건가?"

"아니오. 사실 비무는 핑계요. 우리가 이곳에 온 이유는 한 가지를 위해서였소."

"한 가지라니……."

"앞으로 귀하가 할 일에 우리도 동참시켜 주시오."

"……!"

고경천의 미간이 찌푸려졌다.

"나도 소문을 들었소. 우리가 잠시 사라져 있는 동안 무림이 어떻게 되었는지, 거기다 육파일방이 무엇을 하려고 하는지. 해서 나는 그것을 막고자 하오. 그래서 육파일방이 다시 제자리로 돌아가 정도를 대표하는 곳이 되기를 바라오. 그래야 무림을 떠나더라도 홀가분하게 떠날 수 있을 것 같소."

고경천은 잠시 생각하는 표정이었으나 곧 입을 열었다.

"내 지금까지 아무리 생각해도 답을 낼 수 없었는데, 단지 이십 년 전의 무당의 업보로 두 사람이 함께하기로 한 것인가? 자네는 무당파의 다음을 이을 기재 아닌가?"

"그걸 말하려면 사실 기오. 하지만 이 자리에서 해줄 말은 내가 무당의 차기 장문인이 될 수밖에 없던 것은 사부와 친조부의 뜻이란 것이오. 그분들은 어떻게든 이십 년 전의 일을 되잡고자 나를 그렇게 키운 것이오."

"친조부라면?"

"사해조수 옥정곽!"

"그럼 옥감영은?"

"내 친동생이오."

"……."

고경천은 갑자기 머릿속이 복잡해졌다. 정말 인생사 모든 것이 실타래처럼 얽혀 있다지만, 이는 너무하다는 생각마저 들었다.

"그럼 동생과는 적이 될 거란 말인가? 저번에 봤을 때, 자네 동생은 나를 원수라 하며 죽이려고 하고 있는데."

"아니오. 아마 그 아이도 곧 깨달을 것이오. 무엇이 더 먼저이고 중요한지. 실상 친조부는 한평생을 오직 하나를 위해 살아왔소. 그리고 그걸 위해 최선을 다했소. 그러니 그분이 비록 천수보다 먼저 돌아가셨다 하지만 후회는 없을 것이오. 그건 다름 아닌 그가 사해조수이기 때문이오."

"음……."

어찌 보면 달관적인 이야기지만, 어찌 보면 냉혹하기 그지없는 이야기였다. 그러나 고경천은 광한에게서 그 두 가지 모습 다 볼 수 없었다. 광한에게 볼 수 있는 것은 모든 것을 다 순리로 받아들이는 마음뿐이다.

어쩌면 무정 일도 그걸 순리라 여겨서 받아들였을지도 몰랐다.

"자네가 앙금이 없다면… 나도 앙금이 없네. 그렇다면 지금 우리들은 십 년 전에 이루지 못한 것을 할 수 있을 것도 같은데."

"……?"

"자네가 그러지 않았나? 십 년 전 나에게 보낸 미소는 또래 아이를 만나 기뻐 보였던 미소라고. 만일 그 일만 아니라면 나는 자네와 친구가 될 수 있었을 거라 생각하는데."

고경천의 말에 광한의 입가에 한줄기 미소가 그어졌다. 그리고 고경천을 향해 한 손을 내밀었다.

"지금이라도 늦지 않았으면……."

"물론."

고경천은 그 손을 마주 잡으며 힘을 주어 꽉 잡았다.

두 사람은 그렇게 십 년이란 시간이 남긴 상처를 치료해 갔다.

그런데 서둘러 북신마교로 다가오는 새로운 기척이 있었다.

모든 이들의 시선은 연무장에 딸린 정문을 바라보았다.

잠시 후, 한 사람이 성급히 장내에 모습을 드러냈다.

그는 얼마나 서둘러 왔는지 얼굴이 땀과 먼지로 범벅되었다. 근자에 성도에 자리를 잡고 하오총문의 정보력을 최선을 다해 복구시키고 있던 단우헌이었다.

그는 얼굴에 두 가지 빛을 갖고 있었다. 기쁨과 안타까움. 왠지 그로 인해 그의 얼굴이 야릇해 보였다.

"정보가 들어왔습니다."

그 한마디에 장내를 떠나려던 자들의 발걸음이 못처럼 박혔다.

“말해.”

“손불이의 위치를 알아냈습니다.”

고경천의 눈꼬리가 매섭게 치솟으며 전신에서 숨이 막힐 듯한 살기가 뿜어졌다. 그 덕에 잠시 좋은 분위기로 흘렀던 장내가 순식간에 얼음굴로 화했다.

“어디에 있지?”

단우헌은 말을 하려다 너무 강렬한 기세에 잠시 침을 삼켰다. 그리고 얼굴에 여러 가지 복잡한 감정을 드러내다 억지로 입을 열었다.

“그런데 의동생의 행방은 아직 찾지 못했습니다.”

쿠오오오.

“으…….”

사람들이 고경천의 기세에 밀려 자기도 모르게 뒤로 물러났다.

고경천의 얼굴은 이미 흡정마기로 뒤덮여졌다. 거기다 살기로 인해 몸을 벗어난 지옥의 그물들이 주변에 넘실거렸다.

사람들은 기가 질려 밀려난 것보다 더 멀리 떨어졌다. 지금 근처에 있다가는 지옥 같은 고통에 그대로 황천을 갈 수 있었다.

“교… 교주님.”

제갈효가 저번에는 어떻게든 말리려 했지만, 지금은 아예 엄두를 내지 못했다.

그러나 거친 살기를 내뿜던 고경천이 사람들의 예상과 달리 살기를 거두었다.

"일단 손불이, 놈은 어디 있지?"

"예. 그의 흔적이 황하 이북에서 밝혀졌는데, 손불이가 지금 마염성으로 가는 것이 아닌가 하는 생각이 듭니다."

"알겠다. 그리고 소혜의 행방도 최선을 다해 알아보도록."

꽉 쥔 고경천의 손에서 핏물이 방울져 바닥으로 떨어져 내렸다.

"예. 최선을 다하겠습니다."

대답은 했지만 기가 질린 단우헌은 그 모습에 다음 말을 해야 하나 말아야 하나 고민하다가 제갈효와 눈이 마주쳤다.

[더 나쁜 소식이라면 하지 마시오. 교주님은 두 번은 참지 않소.]

[아닙니다. 이번은 그와 다른 좋은 소식입니다.]

[좋은 소식이라니……?]

[지금 총사께서 북신마교로 오고 있다고 합니다.]

"뭣이오?"

제갈효는 놀라서 전음을 사용하는 것을 잊었다.

사람들의 시선이 모두가 그에게 쏠리자 단우헌은 할 수 없이 마지막 정보를 꺼냈다.

"지금 신옹께서 장강을 건너 북신마교로 오고 있다고 합니다. 그것도 삼양궁의 소궁주 성철현과 그의 의제 두 명의 보호를 받는다 합니다."

그 말에 고경천의 시선이 잠시 광한과 무정에게 향했다.

"오늘 좋은 손님이 찾아오니, 계속해서 좋은 손님이 찾아드는군. 제갈 문상."

"예, 교주님."

"손님 접대 준비를 하시오. 그 손님을 마지막으로 본 교에 더 이상의 손님은 없을 것이오."

"예!"

제갈효가 명을 받고 다른 자에게 명을 전하기 위해 떠나갔다.

"그럼 내가 친우의 축하주라도 올리고 싶으니 같이 가세."

"마다하지 않지."

고경천과 광한이 어깨를 나란히 하고 갔다.

그 뒤를 무정이 뒤따랐다.

단우헌은 잠시 이게 무슨 소리인가 하다 곧 광한이 누군가 떠올리고 얼른 그 뒤를 따랐다.

며칠 후.

이제 얼마 남지 않은 북신마교의 모든 제자들이 정문 앞에 서서 대기하고 있었다. 선두에는 고경천이 팔짱을 끼고 눈을 감았다. 그늘 모두는 지금 한 무리의 사람들을 기다리고 있었다.

삐이이익.

"오는군."

호각 소리에 고경천이 감았던 눈을 떴다.

그리고 얼마 지나지 않아 열린 정문을 통해 단우헌과 제갈효의 안내로 들어서는 일행을 보았다.

제갈효를 따라 들어서던 일행 중 선두에 있던 자가 고경천을 보고 얼굴색을 바꾸며 그 자리에 멈춰 섰다. 그는 고경천의 그림자를 보자 자연스레 손을 허리춤에 매달린 검으로 떨어뜨렸다.

"싸우러 온 것이라면 언제든지 사양하지 않지. 그러나 지금은 꼭 그 이유만은 아닌 거 같은데."

"친구라도 된 것 같은 말이군."

"난 친구라고 말하지 않았다. 단지 용무가 있어 온 것 같다 했을 뿐."

고경천과 성철현 사이에 불꽃이 일었다. 고경천이야 크게 생각지 않았지만, 성철현은 지금 자신의 몸을 주체하느라 손등에 힘줄을 드러냈다.

"지금 중요한 것은 그것이 아닙니다. 총사께서는 지금……."

단우헌은 격앙된 심정을 추스르는지 잠시 말을 멈추었다 서둘러 쏟아냈다.

"그러니 한시 빨리 서둘러야 합니다."

성철현이 그제야 검 위에서 손을 뗐다.

그동안 손괴량은 그들과 같이 오며 몇 번 정신을 차렸다. 그 사이 의원들에게 보냈지만, 노령과 오랫동안 갇혀 음식을 대지 못해 몸이 많이 상했다 했다. 실상 손괴량의 무공 실력은 삼류나 마찬가지였다. 그가 뛰어난 것은 신복지학이지 무공이 아니었다.

"승부는 다음으로 미루지."

"언제든지."

성철현의 말에 고경천이 한발 물러섰다.

"제갈 문상, 의약전으로 모시게."

"예."

제갈효가 의약전으로 전갈을 보내고 길을 안내했다.

소일상은 고경천을 지나며 매서운 눈빛을 뿌렸다. 그에게 있어 절망을 안겨준 고경천은 살을 씹어도 시원치 않았다.

그러나 그는 머리가 나쁘지 않기에 이곳까지 오며 여러 가지 소문을 들을 수 있었다.

현재 상황은 마염성이 기다리고 있는 형국이다. 그러기에 특별히 껍데기만 남은 북신마교에 어떤 제재를 가한 것도 아니고, 그저 천하가 점점 혼란에 빠지길 기다리고 있었다.

"당신이 필요해서 참을 뿐이지, 무서워서 참는 것이 아니오."

"이제야 무인다운 눈을 하고 있군. 그때는 위세만 믿고 까부는 애송이더니……."

"이……."

소일상은 무슨 말을 하려다 그대로 떠나갔다.

염희강은 고경천만 매섭게 한번 쏘아본 뒤 사라졌다.

고경천도 그 뒤를 따랐다.

얼마 전까지 혁진웅 혼자만의 차지가 되었던 중환자실을 또 다른 사람이 차지했다.

지금 손괴량 주변에 천하제일을 다투는 두 명의 명의가 그 상태를 살피고 진맥했다. 진맥 후, 각각 몇 가지 이야기를 나누더니 한 켠에서 기다리는 고경천에게 말을 건넸다.

"교주님, 신웅의 나이가 너무 많아 백약을 쓰더라도 완치는 무리입니다."

"그럼?"

"한 가지 방법이 있습니다. 마지막 남은 잠력을 격발해 잠시 동안만 신지를 찾는 방법입니다. 그 대신 그 후는……."

양운천이 말을 흐렸다.

고경천은 곁에 있던 단우헌에게 시선을 던졌다.

단우헌은 이미 예감을 했는지 아랫입술만 애꿏게 괴롭히고 있었다. 이미 그도 여러 차례 소식을 들었고, 깨어났을 때 하오총문을 찾은 그가 어떤 심정으로 이곳까지 오기를 원했는지 알고 있었다. 그리고 그는 물론 오대봉공의 삶까지…….

"그것이 한을 남기지 않는 유일한 길입니다. 한평생을 한 가지만으로 살아온 그분이 마지막에 뜻을 이루지 못한다면, 아마 이승을 떠나지 못하고 구천을 헤맬 것입니다."

말을 마친 단우헌의 눈에서 눈물이 흘렀다.

"들었소? 그렇게 해주시오."

"예."

양운천과 갈음심은 각자 맡은 일을 하기 시작했다.

침술에 능한 양운천은 침을, 탕약과 해부에 능한 갈음심은 탕약을 만들었다. 그렇게 얼마가 지난 뒤, 갈음심이 식힌 탕약을 입이 아닌, 식도에 구멍을 내어 그 안에 흘러 넣었다. 그다음 양운천이 빠르게 손괴량의 주름진 몸에 금침을 박아 넣었다.

잠시 후, 회색빛을 띠고 있던 피부에 점점 온기가 돌더니, 옅지만 붉은빛이 감돌았다.

그리고 다시는 뜨이지 않을 것 같던 손괴량의 눈이 힘겹게 뜨였다.

고경천이 입을 열었다.

"천기까지 볼 줄 안다는 점쟁이께서 어쩌다 이 지경까지 이르렀소?"

"허허. 천기는 느낌만 전할 뿐, 자세한 속사정까지 전하지 않네. 그보다 반가운 음성이 있는 거 같으니 죽기 전에 제대로 찾아온 거 같군."

"나는 전이나 지금이나 하나도 반갑지 않소."

"허허허."

고경천은 여전히 무뚝뚝한 음성이었으나, 손괴량은 아무렇지 않게 너털웃음만 터뜨렸다.

단우헌은 잠시 손괴량의 깨어난 모습을 보다 그대로 몸을 돌렸다. 의약전의 두 사람도 단우헌의 뒤를 따라 밖으로 나갔다.

남은 사람 둘은 그 모든 걸 무시하고 계속해서 이야기를 나누어갔다.

"천기를, 아니, 시간이 얼마 없다는 건 잘 알 것이오."

"그건 천기를 몰라도 이미 아는 거네. 어차피 난 스스로 모든 것이 마무리되는 순간, 죽을 것이라 예감했네. 단지 그 끝을 보지 않고 끝나는 것이긴 하지만. 이미 백세를 넘긴 세수, 삶에 대한 미련은 없네."

"자, 그럼 말해보시오. 죽지 못하면서까지 나에게 하고 싶은 이야기를……."

고경천은 본론으로 돌아갔다. 언제 끝날지 모를 손괴량의 목숨, 마냥 쓸데없는 이야기로 끝낼 수 없었다.

손괴량은 잠시 흐릿했던 눈에 맑은 빛을 뿜어냈다.

"드디어 알아냈네. 강백천이 어디 있고, 그가 누구로 화해 있는지… 그는 마염성에 있네. 놀랍게도……."

*   *   *

느닷없는 사마교의 호출에 범문동은 의아함을 느끼면서도 서둘러 걸음을 옮겼다. 상대는 누가 뭐래도 천하제일세인 마염성의 군사. 껍데기만 남은 그로선 거부할 수 없었다.

그렇게 범문동은 마염성 내의 건물 몇 개를 지나쳐 목적지인 한 전각에 다다랐다.

전각은 주변을 담장으로 막아놓아 밖에서 안은 보이지 않았다.

범문동이 다가서자 보초를 서던 한 호위가 신분을 확인하고, 안으로 들여보내 주었다. 안에 들어서자 한 사람이 기다렸다 그를 안내했다.

담장 안은 별천지였다.

주변이 온통 기화이초로 가득했고, 정원수나 연못 정자도 그림처럼 만들어져 있었다.

사마교는 운교로 연결된 한 정자에서 혼자 자작하는 중이었다.

"범 총채주께서 찾아오셨습니다."

"어서 오시게."

사마교가 자리에서 일어나지도 않고 반겼다.

범문동은 그 모습에 눈살을 잠시 찌푸렸다. 아무리 껍데기만 남은 집단의 수장이라도 사마교의 이런 모습은 예의가 아니었다.

사마교도 그런 것을 느꼈는지, 눈을 빛내며 자리에서 일어나 다시 예를 취했다.

"늙은이가 나이가 들어 취기에 잠시 제정신이 아닌 듯하오. 자, 안으로 드시오."

그제야 범문동이 정자 안으로 걸음을 옮겼다.

둘은 자리를 잡고 몇 순배 술잔을 돌려 잠시 어색했던 분위기를 풀었다.

그리고 막 비워진 범문동의 잔에 술을 채우던 사마교가 미소와 함께 입을 열었다.

"범문동의 모습을 한 자네는 누군가?"

한없이 여유로운 미소였으나, 범문동은 등골이 서늘해지는 것을 느꼈다. 그러나 범문동은 신색을 추스르며 무슨 말이냐는 듯 바라보았다.

"사마 군사께서 무슨 말을 하는지 모르겠소. 이렇게 보고 있으면서도 누구냐니?"

"허허. 의도는 좋았으나 대상이 잘못되었어. 하필 왜 범문동을 택했는가? 그는 날 만날 때마다 각듯함을 유지했거늘."

범문동은 재빨리 품으로 손을 집어넣어 무기를 꺼내려 했으나, 코를 파고드는 비릿한 혈향에 머릿속이 하얗게 변해갔다. 그래선지 사마교의 묻는 말도 꿈결처럼 받아들였다.

"너는 누구지?"

"현무칠수의 둘째로 별호는 만천백변투, 이름은 허표."

"그럼 또 묻겠다. 내가 누구지?"

"나의 주인……."

"허허허."

사마교는 즐겁게 웃음을 터뜨렸다. 그러다 평소와 다른 싸늘한 표정을 하며 질문을 던졌다.

"범문동으로 변해 이곳에 온 이유를 말해라."

"나는 고경천 교주님의 명을 받아 범문동에게 명을 내리는 자의 정체를……."

그러며 허표는 자기가 알고 있는 모든 것을 사마교에게 낱낱이 고해 바쳤다.

그리고 그럴수록 사마교의 두 눈은 점점 짙은 핏빛으로 물들어갔다.

*　　　*　　　*

"으하하. 마시자, 마셔!"
"마지막 싸움을 위해!"
북신마교에 모처럼 웃음꽃이 피었다.
그사이 숨을 거둔 한 기인의 쓸쓸한 죽음도 있었지만, 그 덕에 마지막 결전을 준비할 수 있어 승리를 기원하며 맘껏 마시고 떠들었다.
특히 고경천은 다른 자들보다 더 크게 웃고 떠들었다. 거기다 평소와 달리 같이 술을 마시지 않을 것 같은 성철현과도 스스럼없이 술잔을 나누었다.
그 덕에 사람들은 더욱 뜨겁게 타올라 술자리는 해 뜨기 바로 직전이 되어서야 끝났다. 그제야 사람들은 하나둘 처소로 돌아가고, 모두는 한숨 푹 잔 뒤 최후의 결전을 위해 마염성으로 향할 것이다.
그러나 평소 술을 많이 마시지 않는 제갈효는 잠시 밖에 볼일이 있어 간다고 사라진 고경천이 다시 오지 않자 이상한 마음에 처소를 찾았다.
"교주님, 주무십니까?"
기척을 낸 뒤 답을 기다렸지만, 고경천에게서 아무런 답이

없기에 발길을 돌리려 했다. 오늘 고경천은 거의 장정 열 명이
마실 만큼의 술을 마셨다. 그러나 왠지 찜찜한 생각이 들어 다
시 한 번 기별을 넣었다.

"교주님, 긴히 드릴 말이 있습니다."

그러나 여전히 묵묵부답. 이번에는 목이 터져라 고경천을
불렀다.

"교주님! 교주님!"

그래도 대답이 없었다. 이 정도로 부르면 술이 아니라도 고
경천 정도의 고수라면 반드시 대답이 있어야 했다.

"실례하겠습니다."

제갈효는 문을 밀쳤다.

덜컹.

안에서 고리를 걸어놓았는지 열리지 않았다.

"……!"

쾅!

제갈효는 그대로 몸을 문에 부딪쳤다.

문이 활짝 열리고 서둘러 안으로 들어섰다.

제갈효는 고경천의 침실이 있는 곳으로 가려다 접객실 위에
놓여 있는 하나의 서신을 보게 되었다.

"……."

불길한 예감이 들었다. 예전 이와 비슷한 일화를 추일학에
게서 들은 듯도 했다. 떨리는 손으로 서찰을 집어 드니, 그곳에
제갈 문상 친전이란 익숙한 필체가 있었다.

찍.

서둘러 밀봉한 부위를 찢고 허겁지겁 서신을 꺼내 펼쳤다.

경거망동하지 마시오.

내가 이렇게 떠나는 것은 더 이상 수족이 잘리는 고통을 맛보기 힘들어서이오. 내 눈앞에서 나의 오른팔과 왼팔이 잘려 나가는 고통을 맛보았소. 이제 남은 것은 두 다리뿐… 난 이마저 잘려 나가면 다시는 일어서지 못할 듯하오. 그래서 차라리 난 내 목이 잘리는 길을 택하겠소. 하지만 문상께서도 알다시피 내 목은 그리 쉽게 잘리지 않는다는 걸 알 것이오. 반드시 내 두 팔을 자른 놈에게 비싼 대가를 받아내고 돌아오겠소.

그러니 내가 서신에 언급한 대로 경거망동하지 마시오. 대신 뒤를 따르는 것은 막지 않겠소. 하지만 그때가 되면 엉망이 된 모든 것들이 제자리를 찾았을 것이오. 그다음 우리가 북신마교를 세우며 다짐한 그런 무림을 함께 만들어갑시다.

고집쟁이 교주 고경천 씀.

"아……."

제갈효가 몸을 휘청거렸나.

어제 고경천이 다른 때보다 사람들에게 술을 권하고, 아침까지 술자리를 유지한 것이 다 이유가 있었다. 지금 북신마교에 있는 자들 중 구 할이 술에 취해 곯아떨어졌다. 빨리 눈을 뜨고 일어나 봐야 오후나 초저녁쯤. 그 정도의 시간이면 고경천은 사천을 벗어나 있을 것이다.

그러나 그렇다고 가만히 있을 수 없기에 북신마교의 위급을 알리는 종루로 향했다. 그리고 아무도 없는 종루에 올라 북신마교가 떠나가라 거칠게 종을 두드렸다.

뎅뎅뎅뎅뎅!

"과연 제갈 문상. 생각보다 빠르군."

고경천은 청성산을 막 뒤로하고 몸을 날리려는 순간, 청성산 전역으로 퍼지는 타종 소리에 잠시 발길을 멈췄다.

그러나 그는 발길을 돌릴 생각이 없었다. 성산에서 시선을 돌리며 두 눈에 진한 살기를 담았다.

"강백천! 내 비록 삼음교의 현음진결을 익힌 몸이지만, 네놈만큼은 절대 용서치 않으리라. 그리고 마염성의 그늘로 몸을 숨기려는 손불이 네놈도. 반드시 흡정마공의 제물로 만들 것이다."

촷.

말이 끝나자 고경천의 신형이 움직였다. 떠나간 자리에 눈꽃이 휘날리는 아련한 환영만 남기고, 전설의 축지성촌처럼 한 발에 몇 장씩 거리를 단축시키고, 마염성이 있는 북쪽을 향해 몸을 날렸다.

第十章
전설, 과연 그 끝은.

산서성 북쪽에 자리한 항산(恒山).

항산은 중원오악 중 북악으로 서악 화산과 더불어 최고 높이를 자랑한다. 거기다 북쪽에 자리한 만큼, 소나무, 전나무 등 사철나무가 풍부해 가을이 찾아왔음에도 붉은색보단 아직 푸른빛이 강했다.

그래서 항산은 늘 변하지 않는 모습의 상징으로 불렸다. 그리고 그런 항산처럼 오랜 시간 사파의 종주로 변하지 않은 거대문파가 있었다.

마염성(魔炎城).

마귀의 불꽃이란 그 이름만큼, 패도와 잔혹의 대명사로 사파무림을 오랫동안 다스려 온 곳이 바로 그곳이다. 단적으로 정파도 그 이름 앞에선 함부로 기를 펴지 못했다.

또 마염성은 천중삼원에서도 가장 강한 막청해까지 존재해 실질적으로 무림제일문이라 해도 과언이 아니었다. 단지 그들이 움직이면 손잡을 무서운 집단이 여럿 있어서였지, 그것이 아니라면 벌써 무림을 일통할 만한 충분한 저력을 갖고 있었다.

그런데 오늘, 그 꿈이 실현되려 하고 있었다.

활짝 열린 너른 연무장에 그 이름 아래 모인 군웅들로 북적거렸다. 그 면모를 살펴보면, 정도의 대표인 육파일방과 동과 남에서 그 찬란한 이름을 날렸던 녹림과 삼양궁. 그들 모두가 수하 됨을 자청하며 이곳에 모여 있었다.

그리고 그걸 증명하고자 상석에 마염성을 중심으로 좌우에 녹림 총채주 범문동과 삼양궁의 성효명이 앉았다. 성효명 곁으로 삼양궁의 이인자인 소철상이 한결 무게를 더해주었다. 그래선지 기존의 수장들을 잃은 육파일방의 새로운 장문인들의 모습은 오히려 초라했다.

그러나 지금 이 자리에 있는 자들 중 그런 것을 생각하는 사람은 없었다. 오직 새롭게 무림의 제일 문파로 거듭난 마염성에 어떻게든 줄을 댈 생각뿐이다. 그들은 마염성과 손을 잡아 지금 무주공산으로 변해 버린 중앙과 동, 남 중 한곳을 차지해 패자가 되려고 했다.

그래선지 마염성의 눈에 벗어나지 않고자 모여 있는 자들은 단상만 바라보며 숨을 죽였다.

때가 되었다 여겨선지 막청해 곁에 있던 사마교가 자리에서 일어나 한발 나섰다.

사마교는 단상 제일 앞에 서서 여러 문파들의 수장들을 바라보았다. 이들은 정, 사, 흑을 떠나 제일강자로 떠오른 마염성 이름 아래 모인 자들이다. 그것이 줄을 대는 것이었든 아님 불만을 토해내기 위해서든, 중요한 건 각자 이유는 달라도 마염성의 이름 앞에 먼 거리를 마다 않고 모였다는 것이다.

그것을 느꼈음인지 사마교의 미소가 짙어졌다.

"불원천리 노고를 아끼지 않고, 사파연맹에 찾아와 준 여러분께 마염성의 군사 사마교가 고개 숙여 감사의 인사 올리오."

사마교가 정중히 포권지례를 했다.

웅성웅성.

사람들은 그 이름 때문인지, 아님 사파연맹이란 단어 때문인지 지금까지의 침묵을 깨고 자기들끼리 쑥덕였다.

"알다시피 오랜 시간 무림은 마염성, 삼양궁, 녹림, 육파일방의 갈등으로 많은 피를 흘려왔소. 그건 멀리 잡지 않고, 이십 년 전만 따져도 여기 있는 분들은 모두 다 알 것이오. 사파의 갈등으로 얼마나 많은 피가 흘렀는지……."

웅성웅성.

확실히 사파의 갈등 때문이기도 했지만, 실상은 흡정마공이 없었으면 생기지 않았을 것이다. 그리고 사마교의 말과 달리 사파가 있었기에 무림이 평화롭게 지내왔다. 쉽게 움직일 수 없는 팽팽한 긴장감이 오히려 평화를 불렀던 것이다.

그러나 사마교는 그런 것은 무시하고 계속해서 자기 말을 해나갔다.

"그러다 이십 년 후, 천하는 또 한 번의 혼란을 맞이하게 되었소. 모두 다 아는 북신마교, 아니, 북신마교의 교주로 있는 고경천이란 놈으로 말이오. 그놈은 저주라 할 수 있는 흡정마공을 익히고, 그 힘으로 천하인들을 농락해 왔소. 제일 처음 삼양궁을 흔들고, 그다음에는 육파일방과 갈등을 일으키더니 끝내 청성산에서 믿기 힘든 엄청난 살겁을 저질렀소. 만일 그놈만 나타나지 않았으면, 본 성과 녹림은 움직이지 않았을 것이오. 다행히 놈을 치려는 과정에 중앙에서 범문동 총채주와 이야기를 나눌 수 있어, 녹림은 사천으로 향하고, 본 성은 삼양궁과 이야기를 나누기 위해 남으로 향했소. 그러나 결과는 고경천 그놈이 녹림을 선제공격해 커다란 피해를 입히고, 자신들과 손잡은 하오총문을 움직여서 삼양궁까지 공격했소."

웅성거림은 더 커졌다. 모르는 사람이 들었다면, 그냥 믿고 넘어갈 정도로 앞뒤가 너무 잘 맞아 들어갔다.

그러나 실상은 그것과 다르다는 것을 여기 있는 모두 다 알고 있었다. 하지만 그들의 반응은 진실과는 달랐다.

"옳소! 다 고경천과 북신마교 놈들 때문이오!"

"그놈들 때문에 무림이 다시 혼란에 빠진 것이오!"

"맞소! 우리는 즉시 놈들을 응징해야 하오!"

모두 사파 쪽 사람들로 사마교의 말을 지지했다.

정파 쪽 인사들은 진실이 아님을 알지만, 육파일방이 마염성을 지지하고 나서자 얼굴만 굳히고 있었다. 또 만일 여기서 나섰다 어떻게 될지 알기에 차마 입을 떼지 못했다.

사마교는 흡족한 표정을 짓다 계속해 말을 이어갔다.

"맞소. 여러 무림동도들의 말대로 우리는 즉시 고경천과 북신마교 잔당들을 몰아내야 하오. 그걸 위해 우리는 먼저 우리를 이끌 수장을 뽑아야 하오. 일단 삼양궁주 성효명 대협과 녹림 총채주 범문동 대협, 육파일방의 새로운 장문인들은 이미 본 성의 성주님을 지지하는 성명을 발표했소. 여기 계신 여러분들만 지지해 준다면, 본 성은 성주님을 필두로 무림을 좀 먹는 해악을 제거할 것이오."

"옳소!"

"성주님만이 이런 대업을 할 수 있소!"

"우리는 지지하오!"

사파 쪽에서는 목에 핏대를 올리고 사마교의 말을 지지하고 나섰다.

정파는 찬성할 수 없었지만, 차마 입을 떼어 반대하거나 하지 않았다. 그저 눈을 꼭 감고 괴로운 표정만 지었다.

그 순간 한 사람만이 다른 의견을 내세웠다.

"난 반대야!"

손까지 번쩍 든 그는 군웅들을 헤치고 앞으로 걸음을 옮기기 시작했다.

사람들은 자기가 시선을 받는 게 두려운지, 그가 지나가게 공간을 열어주었다. 그게 아니라도 그가 내뿜는 자연스런 기도가 사람들을 밀어내었다.

고경천은 그렇게 사람들 사이를 무인지경으로 지나며 단상과의 거리를 좁혔다. 주변이 온통 적임에도 그는 조금도 두려워하거나 위축됨이 없었다.

"이거 놀라지 않을 수 없군. 북신마교주께서 단신으로 이곳에 나타나고."

사마교가 감탄했다는 듯 말을 했다.

사람들은 그 말에 순식간에 고경천을 노려보았다. 그러나 얼마 전 그의 죽음을 주장한 것과 달리 먼저 나서는 사람이 없었다.

그래서 고경천은 적들에게 둘러싸이고도 별 탈 없이 사마교와 대화를 나눌 수 있었다.

"이 정도로 놀라면 안 되지. 조금 있으면 아예 혼이 나갈 정도로 놀라게 될 테니까."

"허허. 혼이 나갈 정도로 놀란다라. 그건 내가 해주고 싶은… 컥!"

믿을 수 없는 일이 벌어졌다. 사마교가 말을 하는 도중, 그 뒤편에 앉아 있던 범문동이 갑작스레 그를 공격했다. 공격한 범문동의 손은 사마교의 아랫배를 뚫고 밖으로 나와 있었다.

사마교는 믿어지지 않는단 눈으로 그를 바라보았다.

"왜?"

"나를 너무 믿은 게 실수다."

"서… 설마? 혼이 나갈 정도로 놀란다는 말이……."

사마교의 고개가 다시 고경천을 바라보았다.

"맘에 들었는지 모르겠군."

고경천이 차가운 미소로 화답하는 사이 사마교의 아랫배를 뚫었던 범문동의 팔이 빠져나왔다.

촤악.

"크아아악!"

선혈이 뿜어지며 사마교가 고통스런 비명을 질렀다.

"하나 흡혈마공을 익힌 몸으로 그 정도로 죽는다 생각지 않는다."

고경천이 자리를 박차고 앞으로 쏘아져 갔다. 그 속도가 어찌나 빠른지 사람들은 순간적으로 고경천의 신형이 사라진 듯한 착각을 받았다.

그러나 고경천은 사마교를 공격할 수 없었다.

"이놈!"

막청해가 분노에 휩싸인 채 사마교에게 살수를 가한 범문동을 공격했다.

펑!

"크악!"

범문동이 비명을 지르며 그대로 앞으로 날아갔다.

"재로 만들어주마!"

막청해의 전신이 검은 불길로 휩싸였다. 심어강이라 불리는 지옥겁화가 그의 몸을 감싸더니 곧 양손으로 몰려들었다.

"피… 피해라!"

군웅들은 갑작스레 벌어진 일에 어안이 나갔다가 막청해의
그 모습에 몸을 날렸다. 만약 막청해의 공격이 그대로 쏟아지
면 전방에 있는 군웅들까지 그 피해를 입을 수 있었다.

“빌어먹을!”

고경천은 본래 사마교를 끝장내려 했으나, 이대로 두었다간
범문동으로 화한 허표가 재가 되기에 그는 먼저 허표를 몸으
로 받아들였다. 그리고 등을 돌린 채 몸속에 잠재되어 있던 흡
정마기를 끌어냈다.

츄르르륵.

흡정망이 사방으로 퍼지며 고경천의 등 뒤로 둥그런 막을
치기 시작했다.

“겁화분천하(劫火焚天下)!”

그와 동시에 막청해의 호통성이 터졌다. 양손에 모였던 검
은 불길이 사방으로 퍼지며 파도가 되어 주변을 덮쳤다.

“피… 으아악!”

“크아아악!”

순식간에 고경천을 뒤덮은 검은 불길이 그대로 해일처럼 군
웅들을 휘감았다. 군웅들은 분분히 몸을 날렸지만, 미처 피하
지 못한 자들은 순식간에 재가 되었고, 몸을 날린 자들도 허공
에서 불길에 휩싸여 그대로 바닥으로 떨어졌다. 그들은 어떻
게든 몸에 붙은 불을 끄려 했지만, 이미 불길 자체가 하나의 강
기인 지옥겁화는 꺼지지 않고 모든 사람들을 재로 만들었다.

순식간에 그 많던 군웅들이 허망하게 사라졌다. 살아남은

자들은 기껏해야 십수여 명 그들은 다른 자들보다 능력이 떨어져 후미에 있다 목숨을 부지한 것이다. 그렇다 해도 그들이 성한 것은 아니다. 사지가 하나씩 재가 되었거나 심각한 화상에 바닥에서 신음을 흘렸다.

얼마 전까지 희망에 부풀던 그들은 결국 빌붙으려던 자의 손에 의해 허망한 최후를 맞이했다.

"……."

살아남은 자들도 혼이 나갔다. 운이 좋아 단상에 앉아 목숨을 구한 성월여, 옥감영, 곡장음은 얼이 나가 그대로 석상이 되어버렸다. 그와 달리 성효명이나 육파일방의 장문인들은 그 어떤 감정도 내비치지 않았다.

장내는 불길이 사라질 때까지 검은빛으로 물들어 있었다. 그리고 엄청난 위력을 발휘했던 접화도 서서히 흩어져 사라져 갔다.

그러나 한 가지는 사라지지 않았다.

모든 것이 사라진 연무장에 유일하게 남아 있는 검은 구체. 그 안에서 작게나마 말소리가 들렸다.

"허 전주! 허 전주!"

고경천은 입가에 피를 흘리며 품속에서 눈을 감고 있는 허표를 애타게 불렀다.

이미 허표의 역용술은 풀려 본래의 평범한 모습으로 돌아가 있었다.

"푸헉!"

허표가 참을 수 없는지 피를 길게 뿜어댔다.

그러나 고경천은 피를 닦을 생각을 하지 않고, 애타게 그를 불렀다.

"허 전주, 이렇게 죽으면 안 되오. 서생과 수귀를 보내고 내 마음이 얼마나 고통스러웠는지 아시오? 이제 얼마 남지 않았소. 중상을 입은 사마교만 제거하면 모든 것이 끝나오. 허 전주!"

"교… 교주님."

"말하시오."

고경천은 허표가 입을 열자 얼굴에 금방 기쁨을 드러냈다.

"어… 얼마 전, 사마교가 한 말을 기억합니까?"

"사마교가 한 말이라니……."

"놀라게 될 것은 사마교 자신이 아닌 네놈이라고."

"……?"

"내 눈을 봐라."

허표의 눈빛이 갑자기 변했다. 검은색의 평범한 눈이 아닌, 갑자기 핏빛을 진하게 풍기는 적안으로 바뀌었다.

"이건……."

고경천이 놀라 허표를 밀치려 했지만, 이미 그의 육신은 그의 의지를 벗어났다. 그렇게 되자 의지를 따르는 흡정마기도 그대로 동결되었다.

"흐흐흐. 으하하하하."

허표가 대소를 터뜨리며 고경천의 품에서 벗어났다.

고경천은 그 자세로 굳은 채 움직일 줄 몰랐다.

"흐흐. 감히 나에게 간세를 넣어 역으로 이용하려 하다니, 아쉽지만 내 피를 취한 자들은 나의 꼭두각시가 되어 내 심령과 연결이 된다. 그래서 내가 나로 변한 사마교에 전음을 넣는 순간, 그 내용은 고스란히 나에게 들어왔다. 으하하하!"

사마교는 통쾌한 웃음을 터뜨렸다.

우둑. 두두둑.

막청해의 공격으로 부러져 나갔던 뼈들이 제자리를 찾아 원상 복귀되고 있었다. 본래 흡혈마공을 익힌 자는 머리가 잘려도 죽지 않는다. 이미 혈사령(血邪靈)이 된 육체는 온몸의 피를 다 뽑아내지 않고선 죽을 수 없었다. 그리고 지금처럼 대상을 꼭두각시로 만드는 조혼사령술(操魂邪靈術)은 그런 혈사령을 상대의 몸속에 넣어 자신의 통제하에 두는 술법이었다.

"으으으."

고경천의 입에서 괴로운 신음이 흘러나왔다. 몸속으로 침입한 혈사령이 빠르게 그의 육신을 잠식해 나가고 있었다. 제아무리 무적이라는 흡정마공도 이 순간은 아무런 도움도 되지 않았다.

"조금 있으면 끝나셨군."

허표의 모습을 한 강백천은 고경천을 보며 흡족한 미소를 지었다. 만일 고경천이 흡정마공을 익히지 않았으면, 더 빨리 꼭두각시가 되었을 것이다. 흡정마기 자체가 하나의 원신이다 보니, 혈사령에 쉽게 잠식당하지 않게 해주었다. 그러나 흡정마기는 숙주의 의지가 없으면 발현되지 않는다. 만일 숙주가 죽는 엄청난 일이 일어났다면 모를까? 이런 경우라면 별 무소용이 없었다.

"끝났군."

강백천은 고경천과 자신의 심령이 연결된 것을 느꼈다.

"일어나라."

고경천은 멍한 얼굴이 되어 강백천이 시키는 대로 자리에서 일어났다.

"크하하하. 이것으로 천중삼원의 둘과 흡정마공의 주인까지 얻었군. 여기에 공야현만 보태면 난 천하 최강자 넷을 손에 넣은 것이 되는가?"

강백천은 미친 듯이 웃었다. 만일 그가 공야현이 가상이고, 고경천이 그라는 걸 알았다면 더 크게 웃었을 것이다.

그러나 어찌 되었든 결국 천하 최강자 셋이 강백천의 손에 들어왔다는 것이다. 이렇게 되면 천하를 무로 돌리는 것은 손바닥 뒤집기보다 더 쉬운 일이었다.

"사형, 그렇게 막으려 했지만, 결국 모든 것은 내가 원하는 대로 되었구려. 이 말은 곧 하늘이 사형이 아닌 나를 선택했다는 말 아니겠소? 그렇다면 남은 것은 이제 저주대로 하는 것뿐이오. 그래서 더 이상 무림이라는 게 존재치 않게 뿌리째 뽑아버릴 것이오. 과연 그때가 되면… 사형은 어떤 표정으로 내 앞에 나타날 것이오? 벌써부터 기대가 되는구려. 크하하하!"

그렇게 한참 웃던 강백천의 시선이 유일하게 죽지도 않고,

꼭두각시도 되지 않은 삼 인을 바라보았다.

삼 인은 강백천의 시선에 그대로 얼어붙었다.

"어떻게 할까? 별 능력도 없는 것들을 꼭두각시로 쓰기는 그렇고."

말을 하며 강백천은 단상에 앉아 있는 삼 인에게로 다가갔다. 그 뒤를 고경천이 자연스레 보호하듯 따라붙었다.

삼 인은 이미 고양이 앞의 쥐 신세가 되어 아무것도 하지 못했다. 특히 옥감영과 곡장음은 고경천에 의해 내공이 거의 사라져 더더욱 아무것도 할 수 없었다.

"호오. 그러고 보니 계집 둘의 미색이 반반하군. 앞으로 나의 충실한 꼭두각시가 될 수하들을 위해 저 둘이 봉사해 준다면 더할 나위 없겠지."

부르르.

옥감영의 몸이 부르르 떨렸다.

그러나 성월여는 순식간에 꼭두각시가 된 고경천만 바라보느라 아무런 행동도 못했다.

"고경천, 계집 둘은 제압하고 사내 놈은 죽여라. 비밀이 알려지면 골치 아플 테니까."

"예."

고경천이 대답과 동시에 삼 인에게로 다가갔다.

곡장음은 두 눈에 공포를 담다 곧 체념하는 눈빛을 보였다. 과거에도 그렇고, 내공을 상실한 지금도 그렇고, 언제나 그는 고경천에게 대항할 수 없었다. 그래서 아무런 반항도 없이 조용히 눈을 감았다.

고경천은 그 앞에서 오른손을 치켜 올렸다. 그리고 막 고경천이 곡장음의 목숨을 끊으려는 순간,

"고경처어어언!"

갑자기 성월여가 소리치며 고경천에게 달려들었다.

고경천은 성월여를 죽이지 말란 명령에 잠깐 곤혹스런 표정을 지었다. 아직 심령이 제압된 지 얼마 되지 않아 움직임이 부자연스러운 결과였다.

하지만 소매에 비수를 감추고 있던 성월여는 때리기 직전, 비수를 꺼내 그대로 고경천의 아랫배를 찔렀다.

푹.

비수는 신병이라도 되는 듯, 너무나 쉽게 고경천의 아랫배에 틀어박혔다.

"아니, 저 계집이!"

분노한 강백천이 성월여를 향해 장력을 갈겼다.

펑!

"악!"

성월여는 비명과 함께 한쪽으로 힘없이 날아가 처박혔다.

그런데 그녀의 친조부와 의숙부가 되는 성효명과 소철상은 아예 시선도 주지 않았다.

고경천은 비수가 아랫배를 꿰뚫자 고개를 숙여 그곳을 바라보았다. 비수는 과거 손사향에 의해 꿰뚫렸던 단전에 박혀 있었다.

“이런!”

고경천의 상태를 살피던 강백천이 안타까운 음성을 토해냈다.

비수가 손잡이만 남기고, 단전 깊숙이 박혀 있었다. 이렇게 되면 내가고수는 졸지에 범인보다 못한 존재가 되는 것이다. 한번 깨진 단전은 무슨 수로도 복구될 수 없었다.

“내 저년을…….”

스스로 몸을 다치는 연기까지 해가며 얻은 고경천이 쓸모가 없게 되자 강백천은 분노가 머리끝까지 치솟았다. 그래서 분노로 인해 일수에 성월여를 죽여 버리려 했다.

꽉!

그러나 강백천은 그렇게 할 수 없었다. 어느샌가 그의 목이 누군가에게 잡혀 있었다.

“망할 계집이 처음으로 훌륭한 일을 했어. 덕분에 내가 이렇게 정신을 차렸으니까.”

“……!”

강백천의 눈이 놀람에 찢어질 듯 크게 떠졌다.

“믿어지지 않겠지. 나도 믿어지지 않아. 방금 전, 네놈의 흡혈마공에 당한 순간, 나도 모든 것이 끝났다 느꼈거든. 한데 확실히 흡정마공은 대단해. 고통으로 얻은 그 짧은 순간, 의지를 일으키자 네놈이 주입한 그 더러운 기운을 흡수하더군. 지금은 네놈의 기운도 흡정마공에 흡수되어 수많은 나의 내공 중 한 가지가 되었어.”

"거… 거짓말이다."

강백천은 심령으로 혈사령을 움직이려 했지만, 어떻게 된 게 더 이상 혈사령이 움직여 주지 않았다. 그래서 다른 방도를 사용하려는 그때,

"네놈이 꼭두각시를 움직이는 것이 빠를가? 아님 내가 흡정마공으로 네놈의 모든 것을 앗아가는 게 빠를까?"

"난 네놈 말을 믿을 수 없다. 단전이 파괴된 놈이 어찌 흡정마공을 사용하겠다는 것이냐?"

고경천은 강백천의 목을 잡은 손에 힘을 더 주었다. 그러자 그의 의지를 따른 흡정마기가 빠르게 강백천의 몸속으로 들어가 헤집어놓았다.

우두둑.

"큭!"

"바보군. 흡혈마공도 사기에 가깝다는 것을 알면서 내 능력을 의심하는가?"

"……."

"끝내기 전에 한 가지만 물어보자. 그 대답 여하에 따라 천천히 고통스럽게 죽느냐? 아님 고통없이 한순간에 죽느냐가 결정될 것이다."

"……."

강백천은 아무 말도 하지 않았다. 흡혈마공을 익히고 있기에 그와 비견되는 흡정마공의 능력도 쉽게 유추할 수 있었다.

고경천은 강백천의 침묵이 긍정이라 여겼기에 한 가지 질문

을 던졌다.

"이십 년 전의 흡정마경쟁탈전, 네놈 짓이냐?"

"그렇다. 나는 육십 년 전 나를 죽음으로 밀어 넣었던 삼양궁에 복수하기 위해 그 일을 꾸몄다."

"그렇군. 알겠다. 내 물음에 답을 했으니, 그에 따른 대가를 내려줘야지. 잘 가라."

고경천의 전신에 꿈틀거리던 흡정마기가 빠른 속도로 강백천의 몸속으로 흘러들어 갔다.

우둑. 우두둑.

"크악. 이… 이건 약속이 다르지… 으아아악!"

강백천의 근육과 관절들이 요란한 비명을 질러댔다. 거칠게 몸속을 헤집는 흡정마기들이 평소보다 더욱 심하게 강백천의 육체에 고통을 가미했다.

고경천은 그의 비명에 싸늘한 미소를 지었다.

"이게 내 약속이다. 만일 천천히 고통스럽게 죽게 되었다면, 네놈은 평생 이 고통을 겪게 되었을 테니까."

"으아아아악!"

흡정마기들이 강백천의 육신을 붕괴하는 것은 물론, 그의 몸에서 강제로 혈시령의 기운을 뽑아냈다. 그러자 시간이 지나며 고경천의 눈빛도 점점 벌겋게 변해갔다.

그리고 한순간, 강백천의 입에서 더 이상 비명이 나오지 않았다. 그의 육신은 이리저리 뒤틀리고 엉망이 된 채로 날뛰는 흡정마기로 간간이 팔딱거리는 것이 전부였다.

"컥!"

"으헉!"

"억!"

강백천이 숨을 거두자 얼마 지나지 않아 주변에서 동시다발적으로 격한 비명이 터졌다.

지금까지 멍한 꼭두각시처럼 서 있던 막청해, 성효명, 소철상, 육파일방의 장문인들이 칠공으로 피를 쏟아내며 비틀거리고 있었다.

그들을 조종하던 주인이 숨을 거두자 몸속에 잠재된 혈사령이 폭주해 숨을 거둔 것이다.

털썩.

고경천은 잡고 있던 강백천을 놓았다.

털썩. 털썩.

주변에서도 사람들이 숨이 끊어져 바닥에 쓰러졌다.

그러나 단 두 사람만은 쓰러지지 않은 채, 칠공에 피를 쏟으면서 버티고 있었다. 그들은 신화경에 육박했던 자들답게 혈사령이 폭주했어도 숨을 거두지 않았다.

대신 제정신을 찾은 그들은 잠시 멍한 눈으로 주변을 둘러보았다. 특히 본래의 모습으로 돌아와 비참한 최후를 맞은 강백천을 보며 두 눈에 허망한 기운을 담았다. 그러다 고경천에게로 시선을 돌렸을 때는 부드럽게 변했다.

고경천과 막청해, 성효명은 그동안 만나려 했으나, 이런 결과를 맞고서야 만날 수 있게 되었다.

“고맙네. 무인답게 죽을 수 있게 해줘서.”

막청해가 입을 열었다.

“내게 고마워할 필요 없소. 내 손으로 당신을 죽이지 않은 것은 그게 더 비참하다 느껴서일 뿐이니까.”

고경천의 음성에 진한 냉기가 서렸다. 혁진웅이 당하는 모습을 직접 보지 못했지만, 누구의 손에 의한 것인지는 확실히 알고 있었다.

“허허. 그렇지. 내 의지가 아니었지만, 난 자네의 수하들을 죽였지.”

“그 말은 지금 꼭두각시가 된 이후의 기억이 있다는 말이오?”

고경천의 두 눈이 크게 뜨였다.

“그렇네. 그것 때문에 난 무척 괴로운 나날을 보냈지. 무인으로서 커다란 자부심을 갖고 있던 내 자존심이 큰 상처를 받았네. 그래서 이제 스스로 내 자존심을 지키려 하네.”

“잠깐! 죽기 전에 하나만 묻겠소. 혹시 손불이를 본 적이 있소? 듣기로 놈이 마염성으로 왔다던데.”

“단혼살막주라면 봤네.”

“어디 있소?”

고경천의 전신에서 숨 쉬기 힘든 진한 살기가 뿜어졌다. 그러나 그 살기는 이어지는 막청해의 말에 사그라졌다.

“죽었네.”

“죽었다니… 그가 왜 죽소? 분명 그는…….”

“어떤 여아를 데려와서 자네의 약점이라고 협상을 제시했지. 그러나 사마 군사는 애초에 놈을 죽일 생각이었네. 예전 자네의 청부를 받았을 때도 어마어마한 금전을 요구했는데, 이번에는 그의 몇 배가 되는 금전을 요구하자 죽여 버렸네.”

고경천은 안타까웠다. 씹어 먹어도 시원찮을 자가 이렇게 편히 죽다니… 그러나 지금 중요한 것은 그게 아니었다.

“소혜는… 그럼 소혜는 어떻게 되었소?”

“아마 본 성 어딘가에 있을 걸세. 군사는 분명 최후에 그 아이를 이용할 때가 있을 거라 했으니까 말이야.”

고경천의 얼굴에 안도가 내려앉았다.

막청해는 그 모습을 보자 더 이상 이야기는 필요없다 여겨 최후를 맞이하려 할 때였다.

“적이다!”

“막아라!”

쾅!

퍼엉!

연무장 저 너머에서 병장기 부딪치는 소리와 사람들의 비명 소리가 높게 울려 퍼졌다.

“아직 죽을 때가 아닌 거 같소.”

“……?”

“성주는 아직 살아서 할 일이 있소. 죽음은 그다음에나 가능할 것이오. 그렇지 않으면 죽어서도 절대 불명예를 씻지 못할 것이오.”

"내가 이렇게 되었다고 지금 날 협박하는 것이냐?"

막청해는 얼굴을 딱딱하게 굳혔다.

"아니오. 막는다는 것이 아니라 확실히 끝을 내란 말이오. 지금 저 밖, 분명 내 뒤를 쫓아온 수하들과 성주의 수하들이 싸움을 벌이는 소리일 것이오. 알다시피 더 이상의 싸움은 무의미하지 않소? 그러니 싸움을 말리고, 한 사람과 대결을 하시오. 그리고 그 손에 죽으시오. 무인은 응당 싸우다 최후를 맞는 게 좋지 않소?"

"그 말은……."

"저 밖에 성주가 죽인 화산마검의 제자가 있소. 보면 금방 알 수 있을 터니, 차라리 그의 검에 최후를 맞이하시오. 그라면 충분히 성주에게 후회되지 않는 죽음을 내릴 것이오."

고경천은 지금 막청해보고 그전에는 생각도 않은 애송이의 검에 죽으라는 말을 하고 있었다.

막청해는 그 말에 더욱 얼굴을 딱딱하게 굳히다 대소를 터뜨렸다.

"으하하하! 좋네. 하나 지금 내 상태가 이렇다 해도 형편없는 놈이라면, 내 손에 죽을 거야."

"절대 그럴 일은 없을 것이오. 지금 몰골이 아니라도 쉽게 그를 어쩌지 못할 테니까."

"내 그 말을 믿지."

막청해가 몸을 날려 싸움이 벌어지는 곳으로 사라졌다.

그가 떠나가자 고경천의 시선은 자연스레 성효명에게 향했다. 그는 지금 강백천의 공격을 받고 정신을 잃은 성월여의 상태를 살피고 있었다. 그러다 큰 상처가 아닌지 다행이라는 듯 한숨을 쉬었다.

그리고 고경천의 시선을 느꼈는지, 자연스레 둘의 시선이 허공에서 부딪쳤다.

둘의 인연은 막청해에 비하면 질기다고 할 수 있었다. 만나는 것은 이렇듯 처음이지만, 선하령 사건부터 시작해 지금까지 악연의 연속이었다. 따지고 보면 삼양궁이 이 모양이 된 데 가장 일조한 것이 고경천이라 해도 과언이 아니었다.

"난 막 성주와 달리 네놈에게 고맙다는 말은 하지 않을 것이다."

"바라지도 않소."

둘은 말없이 상대의 눈만 바라보았다. 그러다 성효명이 먼저 시선을 성월여에게로 돌리며 한마디를 했다.

"월여를 부탁한다."

"……?"

느닷없는 한마디라 고경천은 잠시 흠칫했다.

"네놈도 모르지 않을 것이다. 아니, 잘 알고 있을 것이다. 애초에 네놈이 이렇게 있을 수 있는 것도 다 월여 덕분이다. 저 아이가 네놈을 마음에 두고 있어 차마 심하게 너를 대하지 못했다. 그렇지 않았으면, 천하의 이 성효명이 그깟 현무칠수와 흡정마공을 익힌 애송이를 살려뒀을 줄 알았느냐?"

"……."

고경천은 순간 무언가 대꾸할 말을 찾을 수 없었다. 그러고 보면 강서성에서 삼양궁을 피해 도망칠 때도, 사천에 몸을 숨기고 있을 때도 삼양궁은 그렇게 적극적이지 않았었다. 다급하게 몰아세우면서도 어딘가 미진한 구석이 있었다. 그런데 성효명은 지금 그 모든 것이 다 성월여 덕분이라 말하고 있었다.

"그럼 내가 저 계… 아니, 성 낭자 덕에 지금까지 멀쩡할 수 있었단 말이오?"

고경천은 일부러 무뚝뚝하게 말을 했다.

"그건 내가 말하지 않아도 네놈이 잘 알고 있을 것이다. 본시 인연은 하늘이 내려주는 것이라 악연도 인연이고, 선연도 인연이라 했다. 그러니 따지고 보면 다 하늘의 뜻이 없으면 불가능한 일이란 말이다."

문득 말을 하던 성효명이 아련한 표정을 했다. 말을 하고 보니, 그의 처지도 그 말에서 벗어나지 않았다. 삼음교를 멸망시키면서까지 얻으려 했던 흡정마공, 결국 삼음교의 후예의 손에 들어간 것이니…….

"그러니 이 시간부로 월여를 데리고 무림을 떠나라. 앞으로 무림은 엄청난 혼란에 빠질 것이다. 주축이 된 기둥들이 무너져 걷잡을 수 없는 혼란에 빠질 것이다."

성효명은 못을 박듯 이 말을 꺼냈다.

고경천은 잠시 그 말을 생각하는지 먼 하늘만 바라보고 있었다.

“궁주께서 말하지 않아도 이미 난 그럴 생각이었소.”

“……!”

그건 막상 말을 꺼낸 성효명도, 너무 급작스레 돌아가는 사태에 숨죽이고 경청하던 곡장음과 옥감영도 모두 의외란 표정을 지었다.

“예전 정강산에서 벽운 노야와 만나 싸운 적이 있소. 그때 벽운 노야는 나에게 무조건 은거하라 했소. 그렇지 않으면 죽이겠다고. 그러나 나는 그럴 생각이 없다고 했소. 내 비록 흡정마공을 익혔지만, 절대 그 저주대로 하지 않을 것이라고. 그러며 나를 먼저 건들지 않으면, 절대 남을 공격하지 않을 것이라 그분께 단언까지 했소. 그러자 벽운 노야가 또 말을 했소. 마공을 익힌 순간, 마가 된다. 아니, 제어할 수 없는 힘을 얻는 순간, 어떤 인간도 마가 될 수밖에 없다고 말이오. 그때 나는 절대 그럴 일이 없다고 장담했지만… 결국 그 말대로 되었소. 내 의지와 상관없이 난 마가 되었소. 의식적으로 늘 모든 것을 혼자 해왔음에도 나는 물론, 내 주변 사람들까지 불행으로 빠뜨리는 마가 된 것이오. 그 때문에 내가 믿고 의지했던 자들이 지금은 모두 다 숨을 거뒀소. 그런데 난 흡정마공이란 괴물 같은 능력에 흡혈마공이란 또 다른 괴물을 얻었소. 그런 내가 과연 무림에 남아 있을 수 있겠소? 아니, 내가 남게 무림이 가만히 두겠소?”

“음…….”

“아…….”

성효명은 물론, 듣고 있던 곡장음, 옥감영도 장탄식을 터뜨렸다. 지금까지와 달리 어울리지 않게 길게 토로한 고경천의 말속에 그의 지금까지의 운명이 엿보였다. 분명 많은 날들을 그런 운명에서 벗어나려 몸부림쳤을 것이다. 그런데 이제 그런 운명에 또 다른 저주가 보태졌으니…….

"그동안은 어떻게든 하늘이 정한 운명을 벗어나고자 했으나, 지금은 확실히 한 가지를 알게 되었소. 세상엔… 받아들여야 할 운명과 저항해야 할 시련이란 게 있다는 걸 말이오. 지금 내게 주어진 건 받아들여야 할 운명이지, 저항해야 될 시련이 아니란 걸 깨달았소. 그래서 과거 벽운 노야의 말대로 난 은거를 할 것이오. 내 또 다른 운명인 성 낭자와 함께……."

고경천의 시선이 성월여에게 향했다.

그 한마디에 모든 이들의 시선이 고경천에게로 모였다.

성효명조차도 이 순간은 상대가 자기 손주만 한 나이란 것도 잊고 감탄의 시선을 던졌다.

고경천은 그런 성효명을 향해 포권을 올렸다.

"내 손녀 분과 떠나기 전 궁주께 한 가지 부탁을 하겠습니다."

고경천의 말투가 바뀌어 있었다. 그는 성효명을 조부로 대하고 있었다.

"말하게."

성효명도 부드러운 표정으로 손녀사위를 보듯 말했다.

"제가 사마교와 싸우다 동귀어진한 것으로 해주십시오. 그래서 흡정마공이 세상에서 사라졌다 소문내 주십시오."

"정녕 그렇게까지 할 필요가 있는가? 그냥 떠났다 해도 될 것을……."

"아닙니다. 그렇게라도 하지 않으면, 그들은 어떻게든 저를 찾으려 할 것입니다. 거기다 또, 탐욕을 버리지 않은 무리들이 저를 찾으러 올 것입니다."

"음… 알겠네. 내 성효명이란 이 이름 석 자를 걸고 그렇게 해주지. 그 후 나도 막 성주처럼 무인다운 최후를 맞을 것이네."

"감사합니다."

고경천은 말리지 않았다. 그저 감사하단 인사로 고마움을 표시했다.

"두 사람도 그렇게 해줄 것이라 믿소."

고경천의 시선이 곡장음과 옥감영에게로 향했다. 그는 지금 협박이 아닌 부탁의 눈빛을 보내고 있었다.

곡장음은 그 눈빛을 받자 차마 아니라 말하지 못했다. 그가 고경천에게 갖고 있는 원한을 놓고 봤을 때는 절대 그 부탁을 들어주지 않고, 일부러 더 고경천이 편히 쉬지 않게 소문을 낼 것이다.

그러나 그의 고개는 위아래로 끄덕여지고 있었다.

"난 못해요."

옥감영은 반대의 뜻을 표방했다.

그러자 찬성을 표했던 두 사람의 표정이 변했다. 특히 성효명은 옥감영에게 강한 기세까지 풍겼다.

"아니, 내 능력을 전부 발휘해서라도 편히 쉬지 못하게 할 것이에요. 단……."

주변의 외압에도 꿋꿋이 떠들던 그녀가 말꼬리를 흐렸다. 그리고 고경천의 눈을 똑바로 주시하며 말을 했다.

"나도 데려가 줘요. 그렇지 않으면 난 당신 말을 믿을 수 없어요. 당신 곁에서 평생 당신의 그 마음이 변하나 안 변하나 지켜볼 거예요."

당찬 그녀의 말에 주변의 분위기가 완전 바뀌었다.

성효명과 곡장음은 잠시 황당하단 표정을 짓다 얼굴을 부드럽게 바꾸었다. 특히 곡장음은 딸 가진 아비처럼 한 손 거들고 나섰다.

"나도 생각이 바뀌었다. 만일 네가 옥 소저와 함께 떠나지 않는다면 약속을 지키지 않겠다. 그렇게라도 하지 않으면, 난 이 원한을 풀지 못할 것이다."

"음……."

고경천의 미간이 찌푸려졌다. 그러다 단도직입적인 옥감영에게 한마디를 던졌다.

"난 당신 할아버지를 죽게 만들었소."

옥정곽이 혁진응 손에 죽었지만, 따지고 보면 고경천이 죽인 것이나 마찬가지였다.

"직접 죽인 것이 아니잖아요. 할아버지는 당신의 뜻대로 신념을 위해 싸우다 돌아가신 거예요. 그러니 이해하실 거예요."

　지금 그녀의 말은 예전 광한의 말과 다르지 않았다. 그래서 고경천은 결론을 내렸다.

　"음… 알겠소. 그렇게 말한다면 옥 소저가 좋을 대로 하시오."

　"각오해야 할 거예요."

　옥감영은 말을 끝으로 성월여에게로 갔다.

　고경천은 모든 것이 결정되자 바로 작별 인사를 했다.

　"전 바로 떠나겠습니다. 그럼 뒤를 부탁드립니다. 그리고 부디 소혜가 가족의 품에 무사히 돌아갈 수 있게 각별히 신경 써주십시오. 그 일이 잘못되면 무림은 흡혈마공이 부른 저주보다 더한 혈세에 빠지게 될 것입니다."

　"알겠네."

　"걱정 마라."

　고경천은 말을 끝으로 양팔에 두 여인을 안고 그대로 허공으로 솟구쳤다. 그리고 마염성의 여러 전각들의 지붕을 밟으며 순식간에 사라졌다.

　"정말 떠날 때는 조금도 망설이지 않는군. 단전의 비수도 뺄 여유도 두지 않고 떠나다니……."

　곡장음은 사라지는 고경천을 보며 말을 했다.

　"자네는 어쩔 것인가?"

　성효명이 그런 곡장음을 보며 입을 열었다.

　"저도 떠날 것입니다. 그리고 옛 사문의 가르침을 따라 도문에 투신할 생각입니다."

"그렇군. 청성파 출신이니 이상할 것도 없어."

"그럼 궁주께서는 어떻게 하실 것입니까?"

"나야 저주받은 지난 전설을 지우고, 무림에 활기를 불어넣을 진짜 전설을 만들어야지."

"그 말씀은 혹시……."

곡장음은 머릿속에 한 가지 생각이 들었다.

성효명은 지금 천하인들이 손가락질해도 묵묵히 참아오고, 그 결과 천하를 구한 한 영웅의 전설을 새롭게 만들려는 생각인 것이다.

"그럼 도량을 이뤄 훌륭한 진인이 되길 바라겠네."

성효명은 싸움이 벌어지는 성의 앞쪽으로 몸을 날려 순식간에 사라졌다.

혼자 남은 곡장음은 미소를 지으며 천천히 걸음을 옮겼다.

"버리면 얻는 것이 있다는 걸 이제야 깨닫다니 아쉽구나. 아쉬워."

이 순간 곡장음의 얼굴에 교활함이 사라졌다. 마치 도를 얻은 진인처럼 한줄기 맑은 미소가 그의 얼굴에 떠올랐다.

『흡정마공』 제6권 完

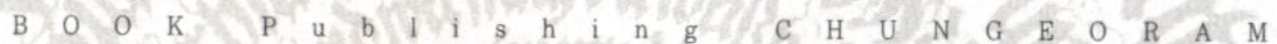

당당하게 글을 쓰는 사람, 멋있게 포장하는 사람,
감동적으로 읽어주는 사람이 있다면
언제든 어디든 인더북이 함께 하겠습니다.

2008년 봄 그들이 온다!!

권왕무적의 초우, 궁귀검신의 조돈형, 삼류무사의 김석진, 태극검해의
한성수, 프라우슈 폰 진의 김광수, 흑사자의 김운영, 송백의 백준 등

총 20여 명에 이르는 호화군단의 인더북 이북 연재 확정!!
그 외에도 많은 정상급 작가들의 이북 연재 런칭 예정!!

**포도밭 그 사나이, 새빨간 여우 등의 로맨스 정상급 작가
김랑의 작품을 이북 연재로 만나다!!**

오직 인더북에서만 독점 연재!!

아쉬움을 남기고 1부에서 막을 내린 **권왕무적 시리즈의 2부** 등 인기 작가들의 수준 높은
미공개 작품들이 시중에 책으로 출간되지 않고, 오직 인더북에서만 연재됩니다.

COMING SOON! INTHEBOOK.NET

1. 인더북의 이북 유료연재는 2008년 1월 말 ~ 2월 중순경 오픈
2. 인더북에 연재되는 작품들은 시중에 출판되지 않은 작품들로 엄선

**이북 유료연재의 새로운 도전! 그리고 새로운 시작! 인더북!!
곧 새로운 모습의 이북 연재 사이트로 여러분께 다가가겠습니다.**